明开夜合 著

长江出版社　漫娱图书

Love is glorious though defeated.

Chapter 01 旧月光 _007

Chapter 02 雨的序曲 _032

Chapter 03 钻石糖 _051

Chapter 04 非法贪恋 _070

Chapter 05 无效止痛药 _083

Chapter 06 一记冷枪 _099

121	不喜错过	Chapter 07
110	彻底的灰	Chapter 08
166	霓虹熄灭	Chapter 09
181	我爱你	Chapter 10
208	我们的院子	Chapter 11
232	爱是明知故犯	Chapter 12
255	诗酒作浮生	Extra Chapter 01
268	爱后余生	Extra Chapter 02
278	一百分	Extra Chapter 03

"你带相机了吗？"

应如寄接过，径直将镜头对准了她，按下快门。

那讶异中带着眼泪的表情，就凝固于她苍白而漂亮的脸上，也凝固于他手中渐渐显影的相纸里。

她的存在，用计算机术语来讲，是一个"bug"。

笑的时候让人魂悸魄动，哭的时候又让人心碎不舍。

"应如寄……"
"嗯?"
"……你怎么这么好。"
"我也没有很好,不过因为你太坏了,衬托得我还过得去。"
"你喜欢坏女人吗?"
"我喜欢你。"
"那你现在……是我男朋友了吗?"
"不然?"
"我不信,除非你现在亲我一下。"

Love is glorious though defeated.

第一章 旧月光

叶青棠盯着茶桌对面的男人看了足足半分钟。

她刚从工作室回来,进门时住家的阿姨告诉她,她父亲叶承寅有客人,现在正在茶室里。

"生意伙伴?"她问。

阿姨说不是,好像是来聊什么茶文化工作室的。

这样一说,叶青棠就知道了。叶承寅是个成功的茶叶商人,这两年突然动念,打算修建一座非营利性质的茶文化博物馆,做些相关的宣传工作。

叶青棠上楼前,决定还是应该跟叶承寅打声招呼。她拐到茶室门口,一眼便看见了坐在茶桌对面的男人。他手里端着一部 iPad,滑动屏幕向叶承寅讲解。淡黄灯光落在挽着衣袖的白衬衫上,像陈年月光。他正垂眸看向屏幕,眉骨至鼻梁有一道险峻的光影分割线。眼睛就藏在暗处,尤显得深邃,像春日里蛰伏着什么似的。

叶青棠愣在原地,脑中响起摧枯拉朽的呼啸声,一个称呼已到嘴边,又被生生咽回,她怔怔地打量和分辨,好一会儿都没回过神。男人此时忽然抬眼,朝门口看来,明显是察觉到了她的视线。

茶室里其余人齐齐或抬头或回头看过来。

叶承寅说:"回来了。"

"嗯。"叶青棠收回落在那男人身上的目光。

叶承寅笑着向众人介绍:"这是我闺女。"

叶青棠微笑着打了声招呼。

"吃饭了吗?"叶承寅知道叶青棠一贯饮食不大规律。

"吃了。"

"我这儿有客人,你要吃夜宵就自己叫阿姨准备。"

"不用管我,您忙您自己的。"

叶青棠将滑落的帆布包带子捋回到肩膀上,转身时的最后一眼,忍不住又落回到男人身上。男人回望过来,目光里三分困惑。叶青棠看清楚他琥珀色的眼睛,一瞬间怅然若失,还是不完全像的。

洗过澡,叶青棠换了身衣服,收拾第二天一早出差要用的东西。她蹲在木地板上,往行李箱里放换洗衣物,动作却在不知不觉间停了下来。

片刻,叶青棠将行李箱一合,起身从衣柜里取出一件芽青色短款针织外套披上,从领口捋出蓬松头发,趿上拖鞋,走出房门下楼。一直走到茶室门口,叶青棠往里看,茶桌对面的位置空了。

她双手环抱手臂,指尖轻敲了一下,目光缓缓掠过敞开的客用卫生间、厨房、客厅……最后停在大门口。廊檐下,那个男人一手插兜地站在那里接电话,身形挺拔,被廊灯裁出孤直的影子。

叶青棠心里有情绪像轻雾一样漫上来。

她走进茶室时,叶承寅转头看过来:"不准备收拾东西?明早不是要出差吗?"

"我来旁听会儿,不涉及机密吧?"叶青棠笑问。

答话的是一个戴眼镜的典型理工科气质的年轻男人,说目前只在意向沟通的阶段,还没有涉及机密的时候。

叶承寅起身,给叶青棠挪了个座,连带着围坐在茶桌旁的其他人也跟着往外挪了挪。

叶青棠挨着叶承寅坐下，拿起桌面上的一沓稿纸，那上面涂涂画画的似乎是关于茶文化博物馆的零碎构想。

叶承寅问女儿："你有什么想法？"

"我说的又不作数。"

叶承寅笑着说："我们聊得累了，正好歇会儿，听听你有什么新颖的想法。"

"新颖的没有，只有割韭菜的那种，您要听吗？"叶青棠抽出一张空白的A4纸，拿支签字笔，边写边说，"博物馆主体配套周边商城，卖茶叶和文创产品，旁边再开个餐厅……"

话音一顿，因为她觉察到打电话的男人进来了。

叶青棠捏着笔抬头看去，男人从他团队的人的身后绕过，重回到那个空位上坐下了，就坐在她的正对面。一息而过，隐约的清苦气息，像是新鲜烘焙过的瑰夏村咖啡豆的味道。

叶承寅："然后呢？"

叶青棠回神，继续道："旁边开个餐厅，卖茶叶主题餐、茶叶饼、红茶火锅什么的……要是修在茶园附近，还能开展采茶、炒茶的体验项目。"

叶青棠说着便搁了笔，因为自觉这庸俗的商人思维太献丑了。

她抬眼看向对面，笑着说："不过我能想到的，你们肯定都已经想过了是吧？"

叶承寅说："不错，我们已经讨论过一轮了。"

叶青棠的目光掠过对面男人的眼睛，她趁机问："还没问，贵姓？"

男人微笑道："免贵姓应，应如寄。"

近看才知这人是深邃桃花眼，稍带笑容，便显得很是多情。

叶青棠问："怎么称呼您比较方便？"

"怎么称呼都行，叶小姐自便。"

"应老师是做建筑设计的？"

"是。"

"我有个朋友最近买了房,要做装修,方便留一个联系方式吗?"

"我们工作室一般不接民用住宅的设计。"接话的是应如寄团队的另一个人,娃娃脸的女孩子,看着还像个学生。她笑着,像是有点不好意思,"而且也几乎不单做室内装修。"

"抱歉。"叶青棠笑着说,"外行闹笑话了。"

叶青棠再度看向应如寄,笑着问:"应老师或许认识靠谱的做室内设计的设计师?"

这一套话术似乎是冲着要他的微信来的,应如寄此刻恍然。对面的年轻女人手背托腮,坦坦荡荡地看着他。她留着一头十分蓬松的深栗色长卷发,白皙皮肤上有三两点浅褐色雀斑,这些雀斑不但不构成瑕疵,反而平添几分野性的美感,身上是乳白色缎面吊带裙,芽青色外套,似一团捉不住的春日烟气,青蒙蒙的。

轻易让人心生好感的女孩子。

但应如寄没拒绝的主要原因,还在于她是叶承寅的女儿。他很难自作多情地认为她会有别的什么想法。

应如寄掏出一张名片递过去,告诉她电话和微信同号,需要的话,他可以向她推荐几位同侪。

叶青棠涂着咖啡色指甲油的手指轻轻捏住了那张纯黑色的名片,上面有一行白色的名字"应如寄",像黑夜里的一串雪花儿,极有质感。

她笑了笑,手掌在茶桌桌沿上撑了一下,站起身对叶承寅说:"我收拾东西去了。"

应如寄拉上百叶帘,午后阳光被过滤后,柔和得像是下霜后清晨的薄薄天光。

他拿起画本,抖落那上面细碎的橡皮屑,又拿起铅笔画了两笔,拿过桌面上的小铁皮盒子,正要打开,响起敲门声。

"请进。"

助理站在门口:"应老师,是不是该出发了?"

应如寄抬腕看了看手表:"车备好了?"

"已经在楼下等着了。"

应如寄起身,拎起椅背上的薄外套:"那走吧。"

孙苗和姚晖已经在车上了。姚晖开车,孙苗坐副驾,照例给应如寄留出了后座的空位——他们这位老板不爱坐副驾位,嫌前座座椅不够舒适。

按说姚晖和孙苗也已经能独当一面了,但每每面对应如寄仍然如初入工作室的学生,生怕大佬冷不丁随口抽查,自己回答不上。应如寄倒也不严厉,只是笑着说:"确定?再回去看看书。"那笑容却比直接的训斥还要瘆人。

车子启动,向郊外开去。应如寄跷腿坐着,翻阅摊在膝头的一册技术资料,想起什么,道:"小孙。"

孙苗赶忙回头:"怎么了,应老师?"

"相机带着了?"

"带了,带了。"若不是相机放在背包里一时拿不出来,孙苗很想把它举起来叫应如寄放心。

应如寄点头:"去了多拍点照。"

他们这一趟是应叶承寅的邀请,去他的茶园参观,以确定最终是否达成合作。

一小时后他们抵达茶园,叶承寅已经在进园的那条路上等着了。

往远处望,起伏平缓的丘陵呈浅绿或深黛色,栽种的全是茶树。

叶承寅领着他们沿着两侧扎了低矮篱笆的小路往里走:"准备了今年的新茶,你们尝尝去。"

应如寄笑着说:"不急,劳烦叶总先带我们去瞧瞧那块地吧。"

往里走没多远,平缓坡道上的一块空地,就是给茶文化博物馆预留的地方,占地近700平方米。应如寄领着两位助手仔仔细细地初步勘测过一遍，才应了叶承寅的邀请，往山间的茶室去。

那茶室坐落于半山坡处，是修得很潦草的一栋平房，拿一块大木板做茶桌，这就地取材的风格倒也不乏野趣。

叶承寅拿插线板过来，接上电磁炉的电源，搁上水壶烧水。

茶是刚炒出来的新茶，茶汤清透，像碧玉。

喝茶的工夫，叶承寅又抓紧时间向几人介绍了自己品牌的制茶技术："每年头一茬的春茶最金贵，又以那几棵古树上的为尊，说是一两黄金一两茶也不为过……"

"我说家里怎么没人，原来您偷偷带别人来喝好茶了。"一道清脆的声音从门口传来。

应如寄转头看去，是叶承寅的女儿。叶青棠今天穿着黑色吊带长裙、松松垮垮的牛仔外套、十二孔高帮马丁靴，墨镜挂在牛仔外套胸口的口袋里。她像是凭空出现的，带着一股蓬勃而生动的气息。

叶承寅露出几分惊喜的神色："出差回来了？"

"对啊。"叶青棠走进来，在叶承寅身边坐下，"回家发现没人，阿姨说您来茶园这边了。"

阿姨说的是叶承寅陪人到茶园看地去了，所以她猜想应如寄应该也在。

叶青棠看了看对面，娃娃脸的女孩子，戴眼镜的典型理工科气质的男生，都是熟脸。目光最后才落在临窗而坐的应如寄身上，他穿着质地柔软的白色衬衫，腕上戴一块金属手表，手背上血管的青色脉络清晰可见，隔着茶水的热气，仍然隐约可闻微苦的气息。

春光一样清隽而光风霁月的男人。

她喜欢看他不笑的样子，有点散漫慵懒的冷意。而他此刻就是不笑的，和记忆里的影子重叠。

"刚到家也不歇会儿？"叶承寅问。

叶青棠回神："怕晚一点就喝不到您这儿比黄金还贵的春茶了。"

叶承寅哈哈大笑，提起水壶，再给叶青棠斟了一杯茶。

刚沸的水烫，尚不能入口，叶青棠一手托腮，一手轻触着白瓷茶杯的杯沿，看着对面的男人，话却是对叶承寅说的："爸，你们晚饭什么安排？"

叶承寅则看向应如寄："晚上请你们吃饭，这回可一定不能再推辞了。餐馆我都订好了，就在附近，几步路就到。"

话都说这分上了，应如寄自然无法再拒绝。

叶青棠神似不满，但语气任谁听都是在同父亲撒娇："那我呢？"

"你也去？"叶承寅知道自己女儿一贯不大喜欢掺和这些应酬。

"合适吗？"叶青棠是看着应如寄问的。

应如寄笑着说："叶总请客，我们客随主便。"

喝完茶，下一项活动是去参观炒茶的工房。

叶承寅带路，紧随其后的是应如寄三人，叶青棠不远不近地跟在最后。

他们经过了一块水泥空地，边角上栽了棵繁茂的皂荚树，树下有一口圆肚的黑色大水缸，接了水管。水沿着缸沿漫出，从竹筒搭起的水槽流经空地，汇入一条小溪流。叶承寅说："那里头是山泉水，传说用这边山里的水洗手能除晦气。"

孙苗忙说："我想试试。"

姚晖也要试，孙苗便将相机递给应如寄："应老师，麻烦帮忙拿一下。"

两人凑到水缸边，拿缸里浮着的木水瓢各自舀水洗手。

孙苗回来，接过应如寄手里的相机。应如寄准备继续往前走，身旁不远处的叶青棠出声了："应老师不试试？"

甜而脆的声音传来，像开花的枝叶轻拂过面颊。应如寄转头，在她脸上落下一眼。

"当然。"他淡笑道。

他往那边走去，不出意料，马丁靴的脚步声紧随其后。

叶青棠在应如寄身旁站定，伸手抓住了浮在水面上的水瓢，舀一瓢水递了过来。她抬头看着他，眼眸明亮，一明一灭的情绪很是勾人。

应如寄顿了顿，将两手浸入水中。泉水寒凉，有几分砭骨。应如寄快速地洗过后，叶青棠泼掉了瓢中的水，再舀了一瓢，将手柄递到他面前，要他帮忙端着，应如寄终究伸手接过。叶青棠十指涂着抹茶色的指甲油，浸在清凉的水中，幼白与茶绿相映。

阳光和树影，一切都揉碎在水里，微微晃动。

她笑着，用只有他们两个人能听见的声音说："可以预约你今晚的夜宵吗？"

应如寄笑得客气，几乎没作犹豫："抱歉，我没有吃夜宵的习惯。"

"这样吗？"叶青棠笑着收回手，轻轻地甩掉那上面的水，语气和神情不见半点被婉拒的难堪。

应如寄将水泼了，将瓢丢回水缸里。瓢在水面上飘忽地打着旋，撞上一侧缸沿，转向，继续顺水流漂浮。

参观过炒茶工房，便到了晚饭时间。

叶承寅开车载着叶青棠在前面带路，应如寄三人的车跟在后面。

订的餐馆就在镇上，是竹栅栏围起来的一个农家乐小院。叶承寅预订了后院里唯一一张大桌，春日晴好，郊区空气也好，最适合在外面用餐。

走进后院，映入眼帘的是角落的一棵海棠树，夭夭灼灼，灯光下像盛装美人面。

几人落座，孙苗忙不迭将收好的相机再从背包里拿出来拍照。她拍了几张总不满意，举着相机往后退，最后退到了叶青棠身边。

叶青棠一眼望过去，确认她这个座位就是能拍到全景的最佳角度，便主动对孙苗说："我跟你换一下座位？"

应如寄闻声抬了抬眼——孙苗原本的座位在他左手边。

孙苗为给人添了麻烦而觉得不好意思，叶青棠笑着说没关系，拿上自己的背包就站起身。

叶青棠在应如寄身边坐下，脱了牛仔外套搭在座椅靠背上。外套的一只衣袖从他手臂上轻擦而过，应如寄垂眸看了一眼，将搭在桌面上的手臂挪远了些。

叶承寅已经提前点好了菜，唤来服务生嘱咐可以上菜了。

消毒过的餐具塑封着，叶青棠拿筷子"啵"地戳开一个洞，顺着破开的口子慢慢拆开。她的一头长发自肩头滑落下来，她随手捋了一下，片刻，又滑下来了。她扯下套在腕上的黑色电话绳发圈，抓起头发，随意地扎了一下。她抓起头发的瞬间，应如寄嗅到一阵香气，来自她的耳后，甜香混杂烈性的草木气息，令他短暂地置身于热带丛林的一场暴雨中。

菜上齐了。姚晖要开车不能喝酒，孙苗又是女孩子，叶承寅叫人拿上来一瓶梅酒，说这酒度数低，可以小酌两杯意思意思。

叶承寅给几人敬了酒，一番虚礼过后坐下，将装着竹荪鸡汤的砂锅朝应如寄的方向挪了挪，笑着说："一些乡野口味，也不知道几位吃不吃得惯。"

应如寄笑着说："叶总客气。上一回真是因为要出差，时间上不凑巧。祖父和叶总有几面之缘，一直得叶总照顾，原该我做东才是。"

叶承寅说："我听说你们从前做过类似的项目，实话说，找上门委托诸位做重复的设计，确实有些唐突。"

"建筑设计没有重复一说，即便是功能相同的建筑，人文景观、自然景观和主观诉求的不同，也会有设计和审美上的本质差异。"应如寄笑着说，"最后究竟能否达成合作姑且不论，请叶总放心，但凡我接了这个案子，一定尽心尽责。"

叶青棠拿着筷子，一边漫不经心地攥着小碟子里的鸡蛋干，一边默然观察应如寄。相对于叶承寅的客套，应如寄则更进退有度，颇有学者气质。看来作为 LAB 建筑事务所创始人之一的这些年，繁杂琐事没有将他磋磨成一个商人，他对外的自我介绍仍然是一名建筑设计师。他有一种清介之感，不会沾染半分酒色财气。可他微醺的眉眼又分外多情，矛盾得叫人着迷。

叶青棠的心情却无端有几分冷却了。他是个迷人的男人，但不是她想要的那种迷人。

想回去了。

念头一起，叶青棠便预备付诸行动。她往旁边挪了挪椅子，站起身。

应如寄投来目光，她笑着说："失陪一下。"

洗手间在另外一端，要经过一段很长的露天走廊。叶青棠接水洗了一把脸，走到走廊下，静默地吹了一会儿风，转身准备回席上拿上外套和包离开。

此刻，通往后院的竹门被推开了，拿着手机的应如寄走了出来。叶青棠恰好站在阴影里，他大约没看见她，往外走了几步，站在走廊的柱子旁，接通了电话。

方才饭桌上，叶青棠就注意到应如寄调成静音的手机频频亮起，但他几乎都掐断了。这回估计是推脱不得的电话。

自叶青棠的角度看去，只能看见应如寄的侧脸。不知道电话什么内容，他没笑，神情透着几分严肃，便显得冷，拒人千里，被昏朦光线勾勒出的侧脸轮廓，叫她产生了熟悉的心悸。

几乎情不自禁，她朝他走过去。

应如寄此刻转身，疑惑地看过来。叶青棠看见他的正脸，恍然清醒，停住脚步，没再靠近，也没转身走开，就站在原地。

应如寄几句话讲完了电话，收起手机，看着她笑问："叶小姐找我有事？"

叶青棠顿了几秒钟，笑着说："我没有加你的微信。"

应如寄没跟上叶青棠跳脱的思维，是以斟酌了两秒钟，才说："叶小姐的朋友已经找到合适的设计师了？"

"不是。"叶青棠说，"我加过的陌生人的微信，百分之九十九最后都会躺在好友列表里生灰。"

剩下的百分之一，会在她 date（约会）过一到两次之后，变成黑名单里的终身会员，她在心里吐槽了一句。

应如寄思索着该如何回应，叶青棠又走近了一步。他们之间，只余半步不到的距离。

叶青棠望着他琥珀色的眼睛，清甜的声音有一种轻巧的无辜感："你的名字很好听，如果沉到列表最底下，我会觉得遗憾。"

应如寄没有立即出声，因为她眼底笑意昭彰得如同宣战。

他微笑，神色岿然不动："叶小姐的名字也不错。是叶总起的？我听说叶总经商之前是中学老师。"

这个时候提她的父亲，不能不说是一种故意。

不待她再说什么，他向着后院扬了扬下巴："回去吗？甜汤已经上了。"

两人错了半步，往回走。幽黄灯光里，一息一息甜而不腻的香气隐约缠过来，叫人疑心是什么妄图寄生的暗生藤蔓。应如寄觉察到叶青棠的视线是落在自己身上的，但始终没有错目去看她。

两人回到院里，叶承寅忙招手招呼："赶快坐，一会儿甜汤该凉了。"

叶青棠走回到座位上，将要坐下，便看见自己搭在椅背上的外套不知道什么时候落在地上了。

应如寄几乎条件反射般绅士地先她一步弯腰捞起了外套。但在递给她的时候，似是有两分后知后觉的迟疑。

她双手接过，笑得仿佛无所察觉："谢谢。"

户外起风了。叶青棠端起碗喝汤，头顶枝叶摇晃，海棠花瓣簌簌落下，恰好落到了她刚喝了一口的甜汤里。

"啊。"她将勺子丢回碗里，转头看向应如寄。应如寄正在跟叶承寅说话，用余光瞥了一眼。

她用手背托住脸颊，不时地看他，但不插话。直到话题被姚晖接了过去，而他陷入沉默的一霎，她出声了，声音不高不低，恰好只让他听见。

她轻轻地指了指他面前尚且一口都没有动过的甜汤，笑问："我能喝你这碗吗？"

应如寄顿了好一会儿，才将自己面前的碗端起来，挪到叶青棠面前。

叶青棠盯着他，笑意狡黠："我以为你会叫服务员重新端一碗上来。"

应如寄始终不动声色，淡淡一笑，用无可无不可的态度回道："不必浪费，我不喜欢甜口的食物。"

他把动机撇得这么干净，叶青棠反倒不气馁。该怎么说呢，疑心才会生暗鬼。

吃过饭，大家收拾东西离开餐馆。

叶承寅和应如寄还在道别寒暄，姚晖上厕所去了，叶青棠趁机靠近站在SUV副座车门旁边的孙苗，笑着说："可以麻烦你把刚才拍的海棠花的照片发给我吗？"

孙苗忙说："可以的……你加我微信？"

孙苗点开微信名片的二维码，叶青棠扫了一下发过去验证信息。申请通过之后，叶青棠发送了自己的名字。

孙苗边给她改备注，边说："是海棠的棠呀。"

"嗯。所以我喜欢海棠花。"

孙苗立即说："那照片我后期处理一下再发给你？"

"好呀，那就麻烦你了。"

"不麻烦不麻烦，顺手的事。"孙苗有种被美女贴贴的微微眩晕感。

片刻，姚晖回来了，大家各自上车。应如寄拉开后座车门，停顿一霎，往前方看了一眼。叶青棠没往这边看，弯腰上了后座，摔门的动作出乎意料地干脆利落。

车子启动往市区驶去。车厢昏暗，唯一光线来自于副驾上的孙苗的手机。

应如寄合眼小憩,听见前方姚晖小声问孙苗:"你又在跟哪个男的聊天?"

"我哪有。"孙苗也压低声音,"是跟叶小姐。我把刚才拍的海棠花的照片发给她了,她送了我两张画展的门票,说是她朋友策划的。"

姚晖微讶:"叶总的千金?你什么时候加了她微信?"

"就刚刚啊——画展你去不去?有两张票。"

"哪天?得看情况。"

"周六。"

……

应如寄此时将手机拿出来,解锁点开微信通讯录看了一眼。"新的朋友"那里,没有任何一条新的好友申请。

叶青棠办公的地点在南城高新科技园。区政府有针对创业公司的税收和租金优惠,所以她和伍清舒暂且还支撑得起两人一手创办起来的艺术书展 Art Book Project(简称 ABP)。

办公室加上仓储区一共 200 平方米,工作室除了叶青棠和伍清舒,还有另外四个正式员工和不定数的实习生。四个员工分别负责财务、媒体运营和网店运营。至于叶青棠和伍清舒,除了以上工作,什么都做,策划、布展、联络赞助商……必要的时候搬货的杂活也是撸起袖子就上。

叶青棠到达工作室时,伍清舒已经到了,正在拆一批从北市运过来的书籍。

"早。"

"早。"叶青棠卸下帆布包扔到自己工位上,"我昨天跟南城美术馆的负责人聊了一下。"

"结果怎么样?"

"没给肯定答复,有个画家的经纪人也在跟他们接洽,展览时间也是定在 7 月。"叶青棠说。

第四届ABP艺术书展将于7月举办，她们必须在下个月15号之前敲定承办的场地。

"南城美术馆不是有两个展厅？"

"另外一个我踩点过了，很小，而且装修太旧了，墙面也不给动，只能在四周打桁架。这样空间就会进一步压缩，成本也要高出许多。"

"实在不行，就只能选蓝潮画廊了。"

叶青棠叹气："可我还是喜欢一芥书屋，空间格局和装修风格都是最完美的，也契合我们这次的主题。"

"人家面都不肯见，有什么办法。"

叶青棠就不是轻言放弃的性格，盘算了一会儿便说："这样，我再试着想办法见一见一芥书屋的负责人，还是不行就选蓝潮。"

伍清舒不善交际，外联这方面的工作，一贯是由叶青棠一手包揽。

忙了一上午，中午时，叶青棠和伍清舒去园区附近的餐厅吃饭。叶青棠点了一份定食，餐上了之后，几乎没动筷，只频频发微信。

伍清舒好奇："跟谁聊天？新男友吗？"

"不是，和一个妹子。"

"……啊？"

叶青棠不知从何处开始解释这稍显复杂的情况。她最近和孙苗联系频繁。孙苗和她的同事姚晖一起去看了画展，回来后发微信感谢她赠票。后来孙苗翻看她的朋友圈，发现一组复古风格的写真照，询问她在哪里拍的，她将摄影师的微信推送给了孙苗，孙苗隔了几天去拍了写真，感谢她的推荐，并要了她的工作地址，连续请她喝了两顿咖啡。就在刚刚，孙苗发来消息，下周LAB建筑事务所办五周年酒会，她有两个邀请名额，请她去玩。

终于——

叶青棠一直忍着没有加应如寄的微信，她怀疑再不跟应如寄见上面，要先跟孙苗发展成挚友了。

叶青棠放下手机，拿叉子叉起一粒牛肉丸，只说："朋友邀请我去参加 LAB 建筑事务所成立五周年酒会，你要不要跟我去？"

"不去。"伍清舒谢绝一切劳神费力的社交往来。

"拜托你不要再为方绍守活寡了，他这种人不值得。"

伍清舒呆了一下："……我没有。"

叶青棠为自己的心直口快懊恼了一秒钟："抱歉，我乱说的。"

伍清舒垂下目光吃东西，没有再说话。

吃完饭，回到办公室，叶青棠继续修改准备发给一芥书屋负责人的策划案。

桌面微信弹出一条消息。

伍清舒：我跟你一起去。

酒会在南城天河附近一家新开张的餐吧举行，LAB 建筑事务所包场。

叶青棠和伍清舒过来时，孙苗正站在门口签到处等她们，看见她们后，热情地冲她们招手。

一番介绍后，孙苗请两人去签到。叶青棠拿上签字笔，一边签名，一边打量。此刻在签到处迎宾的是一个西装革履的男人，她认出来，是她曾在 LAB 官方主页上看过的另一个创始人，叫楚誉，是应如寄的本科同学。

叶青棠随口问孙苗："怎么没看见你们应老师？"

"应老师在后面跟人说话。"

签过到，孙苗领着两人往里面走："酒水食物都是自助，等下八点钟会有乐队演出……"

她话没说完，有个女同事过来说司仪那边需要人手帮忙，孙苗就先离开了，让她们自便。

叶青棠跟伍清舒去往吧台，点了一杯酒，坐在高脚凳上，目光逡巡。

在不远处的人群中，叶青棠发现了应如寄。人声喧哗，应如寄应对从容，叶青棠想到"和而不同"这个形容。盯着看了一会儿，叶青棠收回目光，转而去帮伍清舒物色场子里有没有瞧着顺眼的男嘉宾。

她看见一位，拿手肘轻轻撞一撞伍清舒："那位怎么样？"

"不要吧。衣品好差，衬衫和西装根本不搭。"

"……那位？"

"我不喜欢留胡子的男人。"

"那边那位？"

"肌肉有点恶心。"

叶青棠笑得不行："那大概只有一个人勉强符合你的审美。"

伍清舒以目光问她：谁？

叶青棠朝着签到处扬扬下巴："那个人，叫楚誉，是LAB的创始人之一。"

"年纪不小了吧？"

"唔……三十三吧，我估计。"她是根据应如寄的年龄推算的。

"对老男人不感兴趣。"伍小姐的美貌与毒舌成正比。

叶青棠：……

伍清舒意识到什么："抱歉，我无心的。"

叶青棠耸耸肩。她们互相过分知根知底，方绍之于伍清舒，某个"老男人"之于叶青棠，都是死穴，一句话见血封喉。

闲聊间，叶青棠注意到应如寄笑着颔了颔首，自那群人之间走出来了。他没前往签到区和楚誉会合，而是往后方走去。

叶青棠咽下一口酒，当即撂下酒杯，从高脚凳上溜下去："我要行动了。"

"……什么行动？"

"回头跟你解释。"

叶青棠从人群中经过，有人上前两步拦住路说想认识她，她匆匆侧身，只说一句"抱歉，赶时间"，没空理会。她拐了个弯，前方一条走廊通往后门，一眼望过去，没看见人影。

照理不会跟丢。她顿住脚步，四下张望，忽有所觉，霍然抬眼——二楼栏杆处，应如寄正半倚在那儿，垂眸看着下方。那目光让她有点无法琢磨，他像是在那里待了有一会儿了，大抵已将她寻觅的动作都收入眼底。

叶青棠就迎着他的目光走到台阶处，一步一步踏上去。

走到应如寄身旁，叶青棠背靠住栏杆，笑着说："应老师，又见面了。"

"孙苗邀请你来的？"应如寄的语气更接近于陈述。

"对呀。我爸有事出差了，不然我会跟他一起来。不过，如果跟我爸一起来，是不是就看不到应老师这么有趣的表情了？"

"我是什么表情？"应如寄的语气像被熨烫过一样平整，听不出来情绪。

"什么表情呢？"叶青棠偏了偏头，注视他，作认真打量状。

应如寄没有移开视线，由着她的目光肆无忌惮地丈量他的整张脸。他有一种直觉，假如他回避她的注视，会恰好如她所愿。

片刻，叶青棠又无头无尾地笑问："你们几点钟结束？"

"说不好。十点左右。"

"OK。"

应如寄觉得这个"OK"意味不明，但并未追问。

叶青棠往吧台那边看了一眼："我朋友在等我，我下去喝酒了。"

"祝叶小姐玩得开心。"

"我会的。"她一语双关。

叶青棠站直身体，将要离开，又停下脚步，倏然一步靠近应如寄，伸手，手指在他领口处轻点了一下，轻声如耳语："应老师，你的领带好像歪了一点儿。"

她一触即退，看见了应如寄眼底一霎而生的暗色。

叶青棠下楼，穿过人群，回到吧台。伍清舒不在那儿了，她以为她跟谁搭讪去了，重新要了一杯酒。

伍清舒这时候回来了，一贯冷若冰霜的脸上显出激动的神色，而这激动明显是冲她来的——她走过来，一把抓住她的手臂，低声道："你疯了吧！"

"啊……你看见了？"

伍清舒本是去找卫生间，拐个弯就看见了二楼栏杆处交谈的两个人。站在叶青棠身旁的男人，眼熟得叫她心惊。

"这人是谁？林顿的亲戚？"

"我想……他应该没有同龄的男性亲戚。"

"你别装傻！"伍清舒恨铁不成钢。

叶青棠耸耸肩。

伍清舒不由分说地拽着她往外走："走。"

"清舒，你别管我。"叶青棠挣扎，一时没挣开。

"你不让我管你，又故意把我喊过来，就是为了气我吗？"

"我是想让你……看看觉得像不像。"

"……你有病。"

叶青棠再度挣扎，伍清舒瞥见她几分无所谓的笑容，一时间松了手。

"我清楚自己在做什么。"叶青棠认真道。

伍清舒半晌才说："……你最好是真的清楚。"

叶青棠将吧台上酒保递过来的酒塞到伍清舒手中："好啦，喝酒。不准生气。"

"不要最后跑来找我哭。"伍清舒不买账，将酒杯往台面上重重一放。

应如寄整晚都需应酬交谈，几乎没有空闲下来的时候。即便如此，他也在间隙时注意着叶青棠。她和她带来的朋友，很难不成为全场的焦点。她像一条轻盈的游鱼，在流水的浮光里，没有谁能抓得住她。

临近十点，来客陆陆续续地散去了。应如寄和楚誉在门口同宾客一一道别，最后就剩下事务所的人。明日是周六，大家不用上班，他们跟两位老板打过招呼，也三五成群地离开了。

店里的服务员开始打扫，物资清点的事由几个行政部的人负责。

楚誉回身看了一眼，问应如寄："我们再去单独喝两杯？"

"没这闲心。明早还要开车送老爷子去医院体检。"应如寄笑着说。

"那你怎么回？我送你回去？"

"我的车还在停车场。我自己叫代驾。"

楚誉的司机把车开到了餐吧门口，应如寄则独自朝停车场走去。

停车场由商厦旁的电梯间下去，应如寄拐了个弯，缓缓顿住脚步。路灯下站了个熟悉的人，她正看着这边，明显是在等他。

应如寄不紧不慢地走过去。幽黄灯光照得人影像一幅照片，照片里的人抱着手臂，像是等他很久了，她话意里透着三分委屈："好不容易叫到一辆车，司机又把订单取消了。应老师，我喝醉了，能不能送我回家？"

应如寄说："我也喝了酒，只能叫代驾。"

"没关系。"待他停在面前，她仰面看着他，根本不惧叫他看清楚自己得逞的笑容，"你会让我搭便车的，对吧？"

应如寄的目光在她脸上停了许久，他终究没说什么，转身朝电梯走去。轻快的、哒哒哒的脚步声从他侧后方传来，没有半点喝醉之人会有的虚浮与踉跄。

电梯抵达负2楼，门打开，应如寄大步往停车位走去。叶青棠觉察到他脚步声里的心烦意乱，一时愉悦极了。

应如寄按了一下车钥匙，远处一部车子车灯一闪。他走过去拉开了后座车门，撑住门，回头看一眼，示意叶青棠上车。叶青棠笑着说"谢谢"。

越野车底盘很高，她踩上踏板时，自然地在他肩上撑了一把。叶青棠坐进去，便看见应如寄手臂回推，就要关上车门。她立时笑出声，无辜极了："你怕我啊？"

应如寄动作停顿了一霎，像是下定了决心似的，又一下将门拉开，上了车。

叶青棠往旁边挪了一个座位。他身上有一阵淡淡的酒气,混杂烟熏的味道,如果没有观察错,应如寄没有抽烟的习惯,应该是在方才的酒会上染上的。

应如寄用手掌轻撑了额角一下,声音没有太大起伏:"说吧。"

叶青棠作微讶状:"说什么?"

"你想做什么。"

叶青棠后背往后靠,很是放松,她笑得坦荡极了:"你身边,最近缺人吗?"

她要说的话,终究没有超出他的预期。

应如寄尽量委婉道:"我工作很忙,没空考虑个人问题。"

"工作忙不是更需要吗?还是说,我的表述让人误解。"叶青棠不介意说得更直接,"我这方面很专业的,专业是指,我只会出现在正确的场合。"

应如寄觉得头疼。只有叶小姐有这样的本事,能将这种事描述得像是生意洽谈。

应如寄只得又说:"叶小姐可能不够了解我。"

"……也不需要太了解吧?又不是要谈恋爱,玩一玩的事情,太较真反而束手束脚。"

应如寄曾经问过一位女性朋友,他是不是长了一张花心的脸。很奇怪,被人搭讪,十回有九回是这样,他就这么不像是可以提供一段稳定亲密关系的合适人选吗?那位女性朋友说,他不但长得很花心,而且是让人心甘情愿地觉得,被他这样的人玩弄一下,其实也无所谓。

眼下,他似乎又落入了被以貌取人的境地。他能说什么,他近乎无奈地在心里叹声气,笑了笑:"是吗?怕你玩不起。"

以往,基本说出这句话,对方也就识趣地放弃了。但眼前的人,目光倒似更亮了两分:"成年人要有成年人的担当,遵守游戏规则,愿赌服输咯。"

说完，她忽地凑近，微热的气息拂过他的面颊，清淡酒气混合热带草木的香气一同袭来。蓬松长发自肩头滑落，堆簇在穿着黑色裹胸上衣的胸口，随呼吸而缓慢起伏。

"要不要入局？"她笑着邀请。

应如寄屏住呼吸一霎，目光不着痕迹地上移，只停留在她的眉心处。他依旧语气平静："叶小姐，你是叶总的女儿。出于方便展开工作的考虑，我不希望和你的关系变得复杂，见谅。"

叶青棠的目光在他喉结处停留。她承认有些许受挫，因为他似乎真的冷静极了，毕竟有些反应是骗不了人的。

"好吧。"叶青棠没甚所谓地一笑，"那你不会跟我爸告状吧？"

"我不会。"

叶青棠坐正身体，伸手去拉另一侧车门，应如寄疑惑地看她。

"没醉，骗你的。"她坦然承认撒谎，"我自己打车回去。"

下一瞬，应如寄伸手抓住她的手腕："女孩子一个人终归不安全。我送你回去。"

态度磊落得不容置喙。

叶青棠重新坐回来，她说自己没醉，但像是终于不胜酒力，合眼歪靠在座位上，整个人都似被抽去了骨骼一样。

应如寄拿出手机，叫了个代驾。在等人过来的时间里，他觉察到身边人的呼吸越来越缓。刚要转头去看，有重量靠上肩头。那蓬松的头发轻擦过他的面颊，带起细微的痒。

地下车库里安静极了，只偶尔响起汽车启动驶出的声音。那枕在自己肩头的脑袋一动也不动，直到过去好一会儿，应如寄才确信，她是真睡着了，不是继续玩着什么假作真时真亦假的鬼把戏。

代驾到了。应如寄左边肩膀保持不动，右手打开车窗，递出车钥匙。车汇入深夜的阑珊灯河，代驾问要去哪儿，应如寄报了叶家别墅的地址。身边的人始终没醒,他左臂渐渐僵硬,但终究忍了又忍,没将人吵醒。

一切声息都很轻缓,窗外的风声,被隔绝的胎噪声,以及起落的呼吸声。

应如寄沉默地坐在夜色里,调作静音的手机不时亮起。事务所的微信群里,楚誉慷慨地发了一个大额红包,"谢谢老板"的表情包连续刷屏。有人@应如寄,发了一个挤眉弄眼的表情,暗示意味十足。应如寄依照楚誉的红包数额也发了一个,而后将手机一锁,揣回口袋里,不再理会。

车开到半途,叫人昏沉欲睡的沉静被骤然响起的手机铃声打破。叶青棠一个激灵,抬起头来茫然寻找声音来源,反应了一会儿才意识到手机在提包里,急急忙忙地去掏。

她眯着眼睛往屏幕上看,大抵觉得亮光刺眼。手指轻按下绿色接听键,下一瞬,便自然地换上一副撒娇语气:"妈妈,怎么这么晚打电话呀?"

接下来应如寄有幸见识了叶青棠的另一面:初中生般的幼稚小姑娘,连今天中午喝了一杯奶茶都要向家长汇报。

她讲电话有个不自觉的习惯,会将一缕卷发绕在手指上,看它弹簧似的松开,再绕上,再松开。

家长里短、鸡毛蒜皮的电话,足足讲了有十分钟。应如寄更"有幸"知道了,她的工作室断网了一上午,她跟风种草买的口红翻车了,她买了一罐新的季节限定的樱花味磨砂膏,她的新法式内衣是粉色的。

这个词应如寄不理解,拿出手机来根据发音试着拼出,而后看着显示出来的翻译结果陷入沉默。他有片刻怀疑,叶青棠是不是完全忘了,此刻身边还有个半生不熟的男性。

这通电话终于结束,而叶青棠也似终于想起了他的存在,将锁屏的手机丢入提包,笑问:"应老师,车是在往哪儿开?"

"你家。"

"能改道去观澜公寓吗？"

应如寄没问这是什么地方，叫代驾司机转向。

而到这时候叶青棠才说："刚刚不小心睡着了，不好意思呀。"

"没事。"

"不过这也不能怪我……"她话锋陡然一转，像是二十分钟的小憩叫她满血复活，又能将满腹手到擒来的算计，接二连三地用到他身上。

那杏眼里波光流转，让应如寄条件反射地进入备战状态。果真，她的下一句是："谁让应老师这么正人君子，我不知不觉就过分放松了。"

应如寄瞥她一眼，表情似笑非笑："是吗，就这么相信我？"

"君子或者小人，对我而言好像也没差。"

应如寄转过目光，不欲就这类话题多做纠缠："打电话的是叶夫人？"

"嗯。不过我妈妈不喜欢人家这么称呼她，她更愿意大家叫她庄女士。"

"我似乎没跟令堂打过照面。"应如寄便换了一个称呼。

叶青棠笑起来："正常的。不知道的人会以为我是单亲家庭。她是摄影师，经常去各地采风，不喜欢拘束在家里，也嫌弃我爸黏人。我爸所谓的出差，十有八九是去找我妈了。"

"这次也是？"

"嗯。"叶青棠低头去开链条包，从里面掏出一面巴掌大的复古小镜子，带手柄，缀着鎏金流苏，背面是个曼丽的画报女郎。

她抬手打开了车顶灯，细长的手指捏着手柄，就这样旁若无人地对镜检查妆容。

应如寄以余光打量。她妆半花了，眼角一抹残红，口红已经褪尽，露出原本的淡红唇色，左边脸颊上，那几粒淡褐色雀斑没做任何遮掩，正如她乖张肆意、特立独行又坦荡自若的个性。

镜面忽地转向，应如寄早有预料地别过了目光。

叶青棠盯着镜中映照出的他的眼睛，笑着说："应老师对我的事情很好奇吗？"

应如寄声音再平静不过："你希望我怎样回答你？"

聪明的男人，叶青棠心想，他要是再搬出和她父亲合作，免不得以后要打交道，多做了解总归是未雨绸缪等那一套，她就会有点讨厌他的冠冕堂皇。这像是他能说得出来的话，但是他没有说。

叶青棠收起镜子，丢回提包里，再将手机拿了出来。她点滑屏幕，不知在做什么，但终究安静下来了。

应如寄将车窗打开透气，潮润的春风拂面而来。吹了会儿风，忽觉手臂被轻戳了一下。回头一看，叶青棠递来手掌，掌心里躺着一枚蓝牙耳机。

"你送我回家，我请你听歌。"她笑着说。

应如寄稍作停顿，还是伸手拈起了耳机。塞入左耳的瞬间，歌声续播。

"……大提琴？"

"嗯，C小调挽歌，著名大提琴家演奏的。她有一把琴叫作Davidoff，现在由马先生收藏。"

应如寄凝视她片刻："不像你的风格。"

"我的风格是什么样的？"叶青棠笑问，"摇滚？Kpop（流行音乐）？"

应如寄捕捉到她微微抿了一下嘴角，忧伤一霎而过。忧伤这种情绪，不，单单是这个词，和叶小姐放在一起就有一种格格不入之感。但应如寄确信那并非错觉。

观澜公寓完全是在另一个方向，近三十分钟才开到。

近零点的街道，路上寥寥车辆驶过。

叶青棠收了耳机和手机，伸手拉开车门，同时说道："先别走，稍等。"

应如寄不明所以。

打了双闪灯的车临时停于路边，应如寄用手臂撑着车窗，看见叶青棠匆匆跑去小区门口。门岗的附近有张桌子,她在桌前停顿一瞬,片刻转身跑回来,手里多了只纸袋。

她停在窗户前,将纸袋递了过来,应如寄迟疑接过。

她退后两步,笑得灿烂:"这下,你欠我一份夜宵了。"

根本不给他说话的机会,她手臂抬高一挥:"拜拜,下次见!"

她转身朝门口跑去,刷卡开门,轻盈地消失于夜色深处。

应如寄将纸袋置于膝头,叫代驾司机往住处开去。关上车窗,揭开纸袋,蒸饺和玉米粥尚且温热。手机屏幕亮起,应如寄瞥一眼,照例是微信群的新消息。刚准备将手机丢到一边,瞥见通讯录那里,变魔术般地浮现出了一个红点。

"新的朋友"里多出一条申请。

"yqt",她的微信名一本正经得让人意外。

第二章
雨的序曲
Chapter 02

下午四点,天已黑得如同锅底。天气预报说傍晚有大暴雨,怕一会儿被雨困住回不去,叶青棠提前给员工放了假。

今日伍清舒不在,她跟一个出版社的老师会面去了,只有四位员工和三个实习生在岗。

几人陆陆续续走了,负责媒体运营的妹子最后一个离开,见叶青棠还坐在电脑前,便问:"棠姐你不下班吗?"

"我再忙会儿,"叶青棠从电脑屏幕前抬起脸,笑着说,"你快回去吧,一会儿就要下雨了。路上注意安全。"

"那我先走啦,拜拜。"

"拜拜。"

叶青棠起身续了杯挂耳咖啡,重回到办公桌前。

她发给一芥书屋那边的邮件,附上了翔实的策划方案,依然只得一句"抱歉,一芥书屋尚无对公众开放的计划"的冰冷回复。

叶青棠一整天没精打采,始终不甘心。她几经周折扒到了一芥书屋的主人、收藏家汤望芗的个人邮箱,试图再做最后一次尝试。汤望芗深居简出,极少在公众场合露面,叶青棠对即将发出的这封邮件不抱任何希望。

叶青棠点开策划案,思索如何再做一点针对性的修改。忽听窗外一声闷雷，天被捅开一个窟窿，雨水哗哗浇在落地窗户玻璃上。雨势磅礴，整座高楼都有摇摇欲坠之感。叶青棠默默看了会儿雨，重新投入工作。

微信上，约饭群里热闹起来。

高中同学韩浚在群里@叶青棠：出来嗨，晚上九点。后面附上一个pub（酒吧）的定位。

焦头烂额的叶青棠抽空回一句：嗨什么嗨，没空。

韩浚：最近忙什么呢堂妹？一个月没出来玩了。

叶青棠入学比其他人早一年半，读书时一直是班里最小的，朋友们因此叫她"棠妹"，输入法的第一关联词是"堂妹"，大家懒得纠错，就变成她最为通用的一个昵称。

叶青棠：找场地。展要开了，地方还没着落。

韩浚：瞧上什么地方了？我帮你问问。

叶青棠：一芥书屋。你有人脉吗？

韩浚：……告辞。

韩浚：工作归工作，也要劳逸结合啊。没有你的场子没有灵魂。

叶青棠：以为人人像你家里有矿。

韩浚：也不是人人家里都有茶园啊。

叶青棠：所以我再不努力就只能回家继承家业了。

手边来了条问询消息，叶青棠忙了一会儿，再看群，韩浚连发了好几条，问她去不去，他可以亲自开车来接。

叶青棠：真不去，没空。

叶青棠烦躁地将小群设置了免打扰，继续忙工作，一直忙到七点钟，整份策划案几乎重修了一遍，着重强调专业性和创始宗旨，她个人揣测这或许会是汤望芗这样的大佬更看重的地方。

将邮件内容斟酌检查多遍以后，叶青棠点击发送键。她站起身，用力伸了一个懒腰，而后拿起手机，检查微信消息，拣重要的回复了，再点开打车软件。她今早没自己开车，打车来的。

排号132位。

叶青棠：……

这种情况，自然要向叶承寅呼救。

叶青棠点开和叶承寅的对话框，讲了五秒钟的语音条，将发出的最后一瞬，她心念一动，手指拖到左侧取消了。退出去后，她从列表里翻到加上之后就没说过一句话的应如寄，选出"SOS"的表情包，发送。

大约半分钟过去，那边发来了一个问号。

叶青棠：救命呀应老师！暴雨天打不到车，困在工作室了。应老师你在南城吗？在公司吗？

"对方正在输入"闪了一会儿，应如寄回复：在。

叶青棠：我在高新科技园，离你们事务所好像不远的样子，可不可以顺便过来载我一程？

附带流泪猫猫头表情包。

"对方正在输入"又闪了一会儿。

应如寄：哪个门？

叶青棠将输入框里"可以从西门进地下车库，登记就行"删掉，重新打字：南门。

应如寄：好。

叶青棠退出和应如寄的聊天框，随意点开一个姐妹种草群，加入群聊，悠然地等人来接。

二十多分钟后，应如寄发来消息：5分钟到。车牌号南AY3668。

叶青棠：OK，我下楼。

她将笔记本锁定后丢在办公桌上，没带着，怕淋湿。她挎上帆布袋，刚准备走，瞥见桌角上随意放置的、忙得还未插瓶的每日鲜花，想了想，一把拿了起来。

应如寄将车停在南门附近，打着双闪。

雨天的高新科技园，门前路上堵得水泄不通。等了约莫有五六分钟,他瞥见前方一道高挑的身影跑了出来。叶青棠穿着背心、衬衣外套、休闲裤和帆布鞋,背着一只帆布袋,手里还抱着一束花,大朵的粉橘色的花束在阴沉天色里鲜艳醒目。

叶青棠有一秒钟后悔,为了应如寄,自己有点太拼了。

她浑身被雨浇透,鞋里也进了水。她一只手作雨棚搭在眼前,踮脚眺望,试图在一片双闪的车海里,找到那辆 AY3668。

寻找一圈的目光,忽地停顿。她没看清他是从哪辆车上下来的,那孤独挺拔的身影,似凭空出现于灰白的雨幕之中。

叶青棠挥了挥手,伞下的人脚步一时更快。黑沉的伞面先一步斜遮过来,紧接着他的手往她肩膀上搭了一下,虚虚地朝他跟前一揽。

她被雨水淋得发冷,是以清晰察觉到手掌挨上时的温热触感。

雨水在头顶伞面上敲出清脆声响,叶青棠嗅到潮湿的气息里,混杂了一股清苦的香气。

她递出墨绿色柔胶纸包裹的扶朗和玫瑰,仰头笑着说:"应老师,又见面了。"

应如寄低头看她手里的花:"给我的?"

"不然呢?"

应如寄似觉得好笑,虚揽她一把,示意她赶紧往前走。

"你不要?"

"你先抱着,上车再说。"雨声太大,他们说话都费力。

雨水浇在路面上,溅起白色水花,伞面很大,遮住两人绰绰有余,但应如寄仍然颇具绅士风度地将大半伞面都向她这边倾斜。

到了车旁,应如寄一手撑伞,一手拉开副座车门。叶青棠踩着踏板弯腰钻进车里,应如寄后撤半步,朝她伸出手。她反应了一霎,递出花束。轻甩上副座车门,应如寄又一把拉开后座门。那被雨淋湿的花束,被他妥善放置于后排真皮座椅上。叶青棠不由笑了一下,心道自己这么造作的这一套,他到底还是买账的。

应如寄收伞上车,启动引擎,顺手将车内空调温度调高。雨刮器像演唱会上粉丝疯狂挥舞的荧光棒，扫出一片清晰区域，又立即被雨水浇得模糊。应如寄打转向灯，进入左侧车道。前后都是车，都正以龟速驶出这片区域。

出风口吹出温热气流，水汽蒸发带来的微微寒意叫叶青棠鼻子发痒，她忍不住别过头去，用手掌捂住口鼻打了个喷嚏。她将半湿的帆布袋搁在腿上，从里面拿出便携装的湿纸巾。

一件外套朝她扔了过来。水泥灰色的休闲西装外套，料子和剪裁都很高级，还是干燥的，带着一股咖啡似的清苦香气，和应如寄身上的如出一辙。

叶青棠擦干净手，毫不忸怩地拾起披上，再将两臂伸进袖管里。袖子长了一截，但因为是微落肩的款式，穿在她身上有种 oversize（宽松版型）的腔调。

"应老师。"

应如寄正留心跟着前车，转头看她一眼。

"外套在哪里买的？"

闻言，应如寄又看她一眼，这一回是在打量她身上穿着的衣服。

他收回目光："朋友自己的原创品牌。"

"网店？"

"有一家线下门店。"

"地址发给我可以吗？"

"嗯。"

叶青棠抽出几张干燥的纸巾擦头发上的水，一边问道："你住在哪个区？送我顺路吗？"

"附近，不远。还算顺路。"

他话音落下的一霎，叶青棠又别过脸去打了一个响亮的喷嚏。

他抬手调大了空调的风力："你要去哪儿？上回的公寓？"

"好远。我爸那里也远。"叶青棠双手抱住手臂，作微微瑟缩状，"应老师，我觉得，我好像要感冒了。"

应如寄沉默。好像，他又踩进她设置的语言陷阱里了。

果真，叶青棠转头看着他，从神情到眼神，都透着教科书范本般的楚楚可怜："有什么方便且近的地方，可以让我冲个热水澡吗？"

应如寄直视前方，声音波澜不惊："附近有和我们事务所长期合作的五星酒店，需要的话，我打电话帮你订一间房。"

好难啃的骨头，叶青棠反倒越发被激起胜负欲："什么酒店？"

应如寄报了名字。

"我不喜欢他们家洗沐产品的味道。麻烦应老师送我回去吧，观澜公寓。"

应如寄拿手指轻点着方向盘，陷入微妙的焦躁。好像，他不知不觉变成了那个害得她只能一路穿着湿衣服回家，面临感冒风险的罪魁祸首。

在前方过红绿灯时，应如寄将车转了向。叶青棠看出车不是往观澜公寓方向去的，勾起嘴角一笑。车开了十五分钟左右，拐入一栋大楼的地下停车场。应如寄找了个空位将车停下，解开安全带，对叶青棠说："下车吧，带你去换衣服。"

叶青棠拉开车门下去，身上仍旧套着应如寄的外套。她跟在应如寄身后，得以看清他身上的装束，白色宽松T恤，和西装外套同色的休闲长裤，闲适的一身，显得清闲而随意。

进楼梯，应如寄按下一层的按钮。叶青棠有些许困惑。等到了一楼，穿过走廊与大堂，再穿过一段长长的有遮挡的户外走廊，应如寄终于停下脚步。

"到了。"他拉开门。

宽敞、洁净、灯火通明，极简装修透出高级感，展柜上挂着低饱和度的各式各样的衬衫、西装、长裤、半身裙……这是一家服装店。

应如寄走进去，同店主打了声招呼。店主是个短发的女人，唇上打了一枚银色唇钉，身上穿一条不对称设计的黑色连衣裙。应如寄对她说："带朋友过来挑一身衣服。"

女人目光落在叶青棠身上，不动声色地打量了几眼，笑着说："喜欢裙装还是裤装？需要我推荐吗？"

叶青棠猜测，这人大概就是应如寄所说的设计师朋友了——她说想要同款西装，他干脆就直接将她带到店里来。

叶青棠被气到，反而笑了："我先自己挑挑看，拿不定主意再麻烦您推荐。"

"好的，您随便看。"女人笑着说。

叶青棠草草逛了一圈，飞快选了吊带背心、衬衫和长裤，和她今日的通勤装差不多的一身，看见圆形展示台上有杏白色的休闲皮鞋，也一并拿了起来。她走进换衣间，将一身湿衣服换下，湿掉的头发堆在后颈贴着皮肤难受，就用发圈随意盘起。

走出换衣间，叶青棠让店主帮忙拿个袋子装衣服。

"就这一身了吗？还需要再试试吗？反正是挂应如寄的账。"店主笑着说。

"不用。"叶青棠拿出手机，"我自己付账就可以。"

立于收银台旁边的应如寄看过来，说道："还欠叶小姐一顿夜宵，就当是抵消了。"语气没有太多情绪。

叶青棠斟酌片刻，最终没跟应如寄抢单。

店主将两人都打量一遍，从收银台后方拿出一只纸袋，笑着说："帮您剪一下商标——换下的衣服给我吧，我帮您包起来。"

叶青棠将衣服递过去："麻烦了。"

两人走出服装店，穿过那些七拐八拐的路，回到地下停车场。上车以后，叶青棠一直没说话。直到车子驶出地面，她开口笑着说："麻烦应先生在前面便利店靠边停一下吧。"

她从语气到称呼都已经变了，应如寄当然能觉察，转头看她一眼：

"要买东西？"

"不是。"叶青棠微笑，"算起来跟应先生已经两讫了，再叫你送我回去，过意不去。"

应如寄一时没作声。

车子沉默地驶过了那家便利店，叶青棠平静重申："可以麻烦靠边停车吗？"

片刻，应如寄放慢车速，打起转向灯，将车子靠往路边，刹停。双闪灯滴答滴答响起，雨已经小了，路灯照出发亮的牛毛般的雨丝。那光投入车厢里，昏朦而幽黄。

应如寄伸手，暂且将车门锁定。他两臂轻搭在方向盘上，转头看向她，语气认真："青棠，请见谅。但我必须申明，我不喜欢任何人逼我做决定。"

"嗯。"叶青棠说，"所以我尊重你的自由意志。这是最后一次了，我不会再找你。"

她依然像惯常那样笑得坦然，没有胁迫，没有勉强。让人不得不相信，她所说的"最后一次"，一定就是最后一次。

一时无声。

应如寄抬手按停双闪灯，声音毫无起伏："我送你回家。"

"你要送我也可以，换个地方吧。"

应如寄以目光询问去哪儿。

"嗯……"叶青棠语气中带着斟酌，"不知道，你等我下，我去微信上随便揪个男人问问？"

应如寄目光一沉。

叶青棠歪了一下脑袋，笑了："你不会觉得，你不愿意答应的事情，其他人也不愿意吧？"

应如寄许久没动静。半晌，他抬手，重重按下引擎按钮。

车子熄火，归于一片彻底的平静。与之相对的，黑暗里却有什么逐渐鼓噪，如沉寂湖面下的暗涌与乱流——叶青棠不由屏息，因为应如寄倏然伸手，握住了她的手臂。

像是慢动作，手缓缓落下，扣住她的手腕，一拽。她身体往侧旁倾倒，失去平衡，下意识伸手撑住座位之间的排挡。应如寄的另一只手也探了过来，微凉的手指在她颈侧停顿一瞬，便几分用力地抬起了她的下巴。

叶青棠清晰地知道，自己的几句话，终于将眼前的人惹恼了。

他的另一面极富侵略性，让人意外，让她于微微的战栗之中放缓了呼吸。

"你可以不来接我，"叶青棠直视他的眼睛，笑着一把打出所有的牌，"……你也可以不用管我是不是要感冒。最重要的是，你如果真的那样光明磊落，为什么不敢带我去你家换衣服？"

"说完了？"应如寄沉声问。

叶青棠耸耸肩。

应如寄手臂落下去，他猛地扣住她的腰，倾身而来。那挟了风雨一样的强势气场，让叶青棠有一秒钟后怕自己的轻敌。她闭上了眼睛。

但没有，他没有吻她。

应如寄声音低哑，语气依然严肃："你要知道，这种关系里面，男人总不会是吃亏的那一方。"

叶青棠亦低声说："我也不会做吃亏的事，我又不傻。"

温热的呼吸萦绕于鼻尖，空气黏稠，像是某个停电的盛夏夜晚，气温无止境升高。叶青棠闭眼等待，时间仿佛被无限拉长。然而，禁锢她的力量忽然都松懈了，温热的呼吸也瞬间远离。

叶青棠疑惑睁眼。应如寄退了回去，神情平静，像是什么也没发生一般地伸手，摁下了车子的启动按钮。

话都说到这分上了，还有功亏一篑的道理？叶青棠想撞墙。

应如寄没有错过她一霎呆滞的眼神。他暗自扬起嘴角，才慢悠悠问道："去你那儿，还是我那儿？"

叶青棠毫不犹豫："我那儿。"

第一回合，主场优势不能丢。

应如寄有几分意外，毕竟她方才费尽心机可不就是要去他家。

车驶离这一段路，汇入主干道，又是一片一眼望不到尽头的红色尾灯。换上干衣服的叶青棠身体渐渐回暖，除了双脚。打湿的棉袜她脱掉了，只赤脚穿着那双休闲皮鞋。

"应如寄。"称呼变了。

应如寄转头看她。

"我脱掉鞋子可以吗？"

"随意。"

叶青棠蹬掉了皮鞋，两腿抬起，踩在座椅边缘。应如寄不由自主地睨了一眼，她脚趾上涂着指甲油，但车厢里光线昏暗，看不大出具体是什么颜色，只显得很深，便衬得她脚背皮肤白皙。

过了一会儿，叶青棠又伸手从车载系统的菜单里调出他常用的音乐软件，点击播放按钮。应如寄觉得她多少有些自来熟，但不知是源于经验还是未经思考的直觉，她的行为总会处在一个差一点就过界，但没过界的微妙地带，并不会叫人觉得冒犯和讨厌。

耀眼、轻易让人喜欢是一种天赋。她是他碰到的、在这一领域里天赋最高的人。

音响响起，续播他在办公室里听到一半的歌曲：

Close the door and come on in , I got skin I'd like to wrap you in .

幽黄路灯的光投入车窗又一闪而逝，整座城市于水中倾覆。

她在身旁随歌曲没调子地轻哼，快乐，自由，像游鱼或者栖息于珊瑚丛的精灵。

车开到观澜公寓小区门口的时候，雨已经停了。叶青棠拎上自己的包和装衣服的袋子下了车，将要关上门的时候，应如寄开口了。

"你先上去，我回个工作电话。"叫人听不出是否是借口的平静语气。

叶青棠笑着说："我住3栋1402，车可以开进去，跟门卫报户号和业主名就行。上楼拨可视电话，我给你开门。"她顿一顿，似提示，也像是就随口一说，抬手指了指旁边，"那边有便利店。"

叶青棠上楼进屋，蹬掉鞋子，脱掉衣服，率先走进浴室。她没刻意加快速度，卸妆、洗头加上洗澡一共花去二十来分钟。换上睡衣，她将头发擦到不再滴水，接上吹风机的电源开始吹头发。直到这时候，可视电话终于响起。

叶青棠关上吹风机，趿上拖鞋走去玄关接通可视电话，解锁楼下的门。等应如寄上楼的时候，她从鞋柜里拆出一双干净的一次性拖鞋。

片刻，响起敲门声，"笃笃"，不轻不重的两声。叶青棠检查一眼可视屏幕里电子猫眼摄入的画面，将门打开。

"请进。"她将拖鞋头朝里递到应如寄跟前。

应如寄关上门，换鞋，淡淡地说："手底下的人负责的项目遇到一点状况，多聊了会儿。"

他身上有一股清寒的气息，人在玄关淡白的灯光里，显得很是孤郁。

叶青棠微微晃神一下，笑着说："我还以为应老师临阵脱逃了。"

应如寄语气里带着玩笑意味："是有这打算。"

不，不是玩笑。他坐在车里，吹了二十分钟风，最后一刻才真正下定决心。

叶青棠的目光在他脸上停顿了好一会儿。当他笑的时候，那种叫人错会的孤独沉郁感便没有了，取而代之的是一种不失清逸的多情之感。

她转身往里走，笑问："要喝一点什么吗？"

"随意。"

叶青棠去开放式厨房的冰箱里拿出两瓶矿泉水，放到茶几上："你先坐，我吹一下头发。"

应如寄在沙发上坐下，拧开水瓶喝一口，打量四周。这公寓目测七十多平方米，样板式的所谓简约风的装修，好在墙上没挂鹿的挂画，餐桌上也没铺格子桌布，不至于过分千篇一律。

没一会儿，叶青棠吹完了头发，返身去了趟卧室，在睡裙外面披上一件乳白色的针织外套走了出来。沙发微微下陷，她自然地在他身侧坐了下来："你饿吗？要不要先点个外卖。"

应如寄依然这样回答："随意。"

"那就……等一下直接吃夜宵？"她偏过脑袋，笑着看向他。

她刚洗过的头发更显蓬松，弥散一股洁净而轻盈的香气。

应如寄尽量忽略，语气随意地问道："请谁做的装修设计？"

"以你专业的眼光，看是不是有点太样板间了？"叶青棠笑着说，"开发商送的。我本来想再找人改造的，太忙了，一直没抽出时间。"

"我还不知道你是做什么工作的。"

"我自己有个工作室，做艺术书展，ABP，Art Book Project，你在国外读书的时候，应该有参加过类似的展？国内的话，目前倒是不多。"

应如寄留意到了："你对我的信息很了解。"

叶青棠理直气壮："知己知彼，百战不殆。"

应如寄微微挑了一下眉："所以，我是因为不够了解你才棋差一着？"

"现在开始也不晚。"叶青棠得胜还卖乖。

一时，无人接下一句话。在气氛变得越发微妙之前，应如寄微微躬身去拿茶几上的水，而叶青棠则站起身。脚步声往作书房使用的次卧去了，片刻叶青棠又回到了客厅。

叶青棠手里拿了一份文件，重回到沙发坐下。

"怎么，要签协议？"

"不是。"叶青棠一改平日那过分狡黠而显得漫不经心的做派，严肃而认真，"有两件事情，我想我们最好有必要提前做一下了解。首先是这个——"

她将文件递到他手边："我的体检报告。相应地，可能也需要你提供一下你的。"

应如寄垂眼一瞥，将那报告接过，翻开文件，不紧不慢地扫了一遍。

实则，他觉得进展到这一步已经有些魔幻的意味，而且多少有点超出他的经验范围。但他又不得不叹服，至少，她确实十分理智，也对自己十分负责。

应如寄平静地合上了那份体检报告，轻放到茶几上，掏出手机，从某体检机构的APP（应用软件）里，找出一份PDF格式的电子体检报告——三月上旬是事务所固定的集体体检时间。

叶青棠接过他的手机，他似乎没有用手机壳的习惯，直接暴露于外的机身金属边缘有微小的划痕。她滑动手指放大那份体检报告，先是整体扫过一遍，再细看。

"应老师，你的体脂率好低。"

应如寄一条手臂撑在沙发扶手上，闻言转头看一眼。而叶青棠盯着他，眨了一下眼，睫毛扑闪："有腹肌是吗？"

"……勉强。"

"我可以看一下吗？"

应如寄：……

"或者摸一下？"

应如寄只得低笑一声："现在不行。"

叶青棠翻完体检报告，将手机递还给他："OK。第二件事……"

叶青棠话音一顿，突然陷入了沉默。沉默放大了彼此的呼吸声，还有来自叶青棠身上的、清新甜美如春日清晨的香气。

应如寄不甚自在地往后靠了靠，跷腿而坐。就在他准备开口的时候，叶青棠先一步出声了："我一直有一个问题。"

"嗯？"

应如寄回头，未承想，叶青棠已凑拢过来，轻轻吸了吸鼻子："你的身上，为什么一直有咖啡的味道？"

应如寄屏息，垂眸便清晰看见她长而卷翘的睫毛，卸妆后冷玉一样白皙的皮肤，以及那几粒鬼斧神工的雀斑。

应如寄伸手去摸裤子口袋，手指触到某个长方形的塑料包装盒，顿了一下，想起是在另外一边，换了只手。一只不及巴掌大的铁皮盒子，他拿出来打开，里面是压得薄薄的含片，一股浓郁的咖啡苦香扑面而来。

应如寄说："刚工作那会儿抽烟，后来戒了。这是替代品。想尝尝？"

叶青棠点头，伸出指尖拈出一片，放入嘴里。

应如寄盯着她。

"很还原的味……"没让她将话说完。

铁皮盒子被轻扣上，掷到了木质茶几上，发出轻响。一只温热手掌，扣住了她的后颈。应如寄抬手摸到了墙上的开关，啪的一声，室内陷入黑暗。他倾身低头，叶青棠呼吸微滞，心脏也骤停半拍，很快便伸出双臂，绕过肩膀搂在他后颈，热烈回应。那轻而薄的含片，渐渐融化在舌尖。

一切变得模糊而不可辨别。

窗外又下起了雨，这一隅的空间早就变成深海，黑暗、潮湿的潜流将他们吞没。

顶灯再亮起时，叶青棠只觉得晃眼，她眨了眨眼睛，听到应如寄问："饿了吗？"

"有一点儿。"叶青棠捞起沙发上的手机，点开手机里的外卖APP，递给应如寄，"你可以看一下想吃什么。订单里面我常点的几家味道还可以。"

应如寄伸手接过，叶青棠往浴室走去："头发好像没干透，我再吹一下。"

"好。"应如寄笑道。

叶青棠从浴室出来，应如寄递回手机："看看要加什么。"

"你已经点好了？太好了。"叶青棠接过手机，"我最讨厌思考每顿吃什么。"

应如寄笑着说："我只是照着你的订单选了再来一单。"

叶青棠付了款，无事可做的他们目光交会，再次陷入莫名的尴尬。

叶青棠拿手指轻轻碰了一下鼻子，别开目光："对了……"

"嗯？"

叶青棠走到餐桌旁，从那上面拿了只纸箱，返身放到茶几上："是刚从海外买回来的几本书，我觉得有一些你或许会感兴趣，要看看吗？"

"这个，"叶青棠摊开一本书，"*To destroy is to build*，是摄影师 Czar Kristoff 发在 Instagram 上的照片合集，专门拍摄的建筑物被拆除时的瞬间。"

薄薄的一册，蓝色的封面和内页，照片噪点模糊，像是古早录像带里的影像。画面里烟尘四起，似乎能通感爆破瞬间的巨大轰鸣。

叶青棠留意到应如寄盯着一页看了很久，就说："这本就送给你啦——不过，送一位建筑设计师建筑物'死亡'瞬间的留影会不会不大好？"

"不，很有意义。谢谢，我收下了。"

剩余的几本应如寄也简单翻过，都是类似于私影集的册子，非常小众，也非常有趣。

"我喜欢这个。"叶青棠举起一本影集，红色底的封面，那上面的影像是一只蘑菇。

"*Mushrooms and Friends*，里面的内容是各种寄生或者与其他植物共生的蘑菇。我觉得作者选用这张图做封面，可能是因为蘑菇极具破坏性的生命力……"

应如寄好整以暇地看着仔细分析的叶青棠，叶青棠远比他以为的更有趣。不是娇生惯养长大，对个体、对生命毫无思考的美丽花瓶——即便是花瓶，她也是绝无仅有的品类，叫人甘愿奉于案上，精心呵护。

应如寄转头看她，好奇地问道："你念的什么专业？"

"艺术管理。"

"我印象中这似乎是BU大学的优势专业。"

"应老师高看我了。"叶青棠笑着说,"只是普普通通的一个学校,混了一张普普通通的文凭。"

"本科就去国外了?"

"嗯。十七岁去的。那时候成绩不太好,念的南城外国语学校的国际班,纯粹是靠家里砸钱才有书念。我爸妈对我没什么太高的要求,本意是让我出去见见世面,有没有学到东西不重要,反正回国了也不会少我一口饭吃。"

"但你似乎很热爱你现在的工作。"

叶青棠点头:"我是去了以后,渐渐对学的东西感兴趣,才真正开始投入精力和时间,并且继续读了研究生。我的同学要么去了博物馆和画廊工作,要么做独立策展人,和真正的艺术品打交道。我比较喜欢书籍,另辟蹊径地做了现在的工作。"

"非营利性质的?"

"第一届是免费的,但是效果不好。你知道的,艺术书籍是关于绘画、雕塑、装置、影像、平面设计还有研究性文献这一类的专业书籍。文学作品、漫画和绘本也有,但不是我们展览的主要类目。有一些家长不了解,看到是书展,又免费,就会把孩子送过来。书店的童书区应老师见过吧……"

应如寄笑道:"可以想象。"

叶青棠依然心有余悸:"第一届简直不堪回首。我们好多书和装置是千里迢迢运送过来的,有些可能全世界就印刷了50本,结果在展览中被熊孩子糊上一个油乎乎的手印。后来就改成收费了。"

"今年的这届是什么时候?"

"现在是一年两届,七月和一月。"叶青棠转头看他,"到时候我送你票。"

"既然和我们从事的行业相关性很强,到时候自然要组织事务所所有人去观展学习。团体票可以打几折？"应如寄一本正经。

叶青棠扑哧一笑："你是想让我社会性死亡吗？"

聊着天，叶青棠的手机响了一声，是新邮件提示的声音。叶青棠连忙摸过手机，点开邮箱一看，不过是某 APP 会员续订的通知邮件，顿时大失所望。

应如寄觉察到了，问："在等谁的回信？"

"嗯。"叶青棠简单解释了自己联系一芥书屋三次被拒的事情，"我下班之前直接给一芥书屋的主人汤望芗先生发了邮件，希望他能回复。"

"据我所知，汤老先生现在基本已不会查看私人邮箱了，他的事情都是助理在处理。"

叶青棠顿了下，意识到："你认识汤先生？"

应如寄微微垂眼，看向身旁的人，露出微微思索的神色，片刻笑着说："你知道我在 YL 大学读的书。"

"我们好像讨论过这个问题呀，知己知彼百战不殆？"

"嗯……"应如寄犹豫着，似在纠结该不该说，"……那你知道一芥书屋是谁设计的吗？"

叶青棠一愣，差点从沙发上跳起来。一芥书屋是南城她最喜欢的建筑之一，当时汤望芗做了有限制的开放参观活动，是预约制，统共只接待了不到 1000 人，她有幸获得参观名额。叶青棠进入书屋之后，对这座兼具藏书、起居、工作多功能的建筑叹为观止。她不喜欢奇观式的建筑，更喜欢因地制宜的创新，一芥书屋就是这样的风格。

除了惊讶，还有尴尬。该怎么说……没去了解一芥书屋是出自谁手，是因为她一贯是"喜欢吃鸡蛋不必知道母鸡是谁"这句名言的忠实拥趸。而这段时间，她对应如寄的调查则纯粹是功利性质的，个人简介页面看完生平概述就关掉了，至于他具体设计了什么作品，根本不在她的兴趣之列。现在这情景，简直是"叶公好龙"的现场演绎。

果真，应如寄似笑非笑地看着她，戏谑道："看来是不知道。"

他有幸得见叶青棠耳根泛红，似乎想找个地缝就地蒸发，少见地卡了壳，完全说不出话来。

应如寄不逗她了："需要的话，我可以跟汤老先生打声招呼。"

"不不不，"叶青棠赶紧说，"我不想走这样的后门，不知道你能不能理解。"

"放心，我还左右不了汤老先生的抉择。我可以叫他助理看看你的邮件，答不答应他们有他们的考量。"

叶青棠双手合十："谢谢应老师！这样就够了。反正对我而言已经尽力了，仍然不行也能坦然接受 plan B 了。"

应如寄不由微笑。她对工作的热情太具感染力了。

可视电话突然响起，叶青棠起身趿上拖鞋，走过去接通："外卖到了。"

应如寄看了叶青棠一眼，她身上只穿着睡衣，便说："你去穿件外套吧，别感冒，等下我帮你拿。"

叶青棠对他比了一个"OK"的手势。

没一会儿，响起敲门声。应如寄走过去开门，将外卖拿了进来。几个清淡口味的炒菜，两盒米饭。两人分坐于餐桌两侧，开始吃这顿迟来的晚餐兼夜宵。

叶青棠见识过，应如寄吃饭非常慢条斯理，一看即知家教很好，从小养成了良好习惯。

应如寄抬眼，对面女孩子一手托腮，不吃东西，只看他。

"看什么？"他笑问。

"你是真的不爱吃甜口的，还是骗我的呀？"

"你猜。"应如寄风雨不动安如山。

"那你觉得……"叶青棠睫毛忽扇，"我够甜吗？"

应如寄十分平静地夹起一箸菜。

吃完饭，叶青棠收拾了打包盒和餐桌，将垃圾袋暂且放置于门口，准备明早再带下去。她返身回到屋里，看见应如寄正在戴之前摘下来的手表。

"准备走了吗？"

"明早还有事。"

叶青棠走过去，两手往应如寄身侧的桌沿上一撑，仰头看他："时间还早哎。"

应如寄动作缓滞了一秒钟，轻轻的"咔嗒"一声，扣上了手表。

"跟你说个秘密。"她杏眼含笑，灯光下漾着潋滟水波，只看一眼就无法错目。

"什么？"

"嗯，我的头发是自然卷。"

应如寄觉得好笑："这是秘密？"

"是啊。很多女生来问我找哪个托尼老师烫的，怎么会这么自然这么持久。"叶青棠说话的时候，目光盯着应如寄的手腕，他的腕骨嶙峋，手指修长。

"那我也有一个秘密。"应如寄说。

"什么？"

"怕痒。"

"哪里？"叶青棠抬手，手掌隔着衣服按住他的腰间，"这里吗？"

"这里。"应如寄声音低哑。

他两臂垂落，握住她两手的手腕，让其环绕至他的腰后搂住，随即低下头去。直到叶青棠无法呼吸，应如寄退开，眼底深黯。

他手指在她嘴角轻擦了一下，时间还早，雨的终章刚刚奏响第一个音符。

第三章 钻石糖

Chapter 03

叶青棠难得倒头就睡,思绪是断线气球,停留在大门被关上的最后一刻,然后轻飘飘地远离了肉身。她陷入睡眠,像是黄昏一头扎进了暮色。

清早醒来,她心情好极了,从床上一跃而起,拉开窗帘,单膝跪在飘窗上看了会儿楼下的大爷遛狗,然后去洗漱。手掌撑在冰凉的陶瓷台面上刷牙时,叶青棠往镜子里看了一眼,顿了顿,将领口扯开查看,颈侧白皙的皮肤上有一道浅红色瘀痕,已经想不起是昨晚什么时候弄出来的了。

到办公室的时候,伍清舒已经到了,她正在跟两个网店运营人员沟通"书本盲盒"活动的具体细节,抽空抬头看了一眼,顿了一下才说:"早。"

叶青棠:"早。"

放了包,叶青棠先去冲泡咖啡。

一会儿,伍清舒也走过来:"心情这么好?"

"一个好消息和一个好消息,你想先听哪个?"

"坏……"伍清舒反应过来,"别卖关子,我看你已经憋不住了。"

叶青棠笑着说:"第一个好消息,应如寄我搞定了。"

伍清舒露出一言难尽的表情:"……下一个。"

"第二个好消息,刚刚来的路上,汤望芗的助理回复了我的邮件,我们加上微信了。"

"他们答应了?"

"暂时还没有,他助理说会先看看策划案,然后再给我答复。"

"成或者不成,到这个程度也没有遗憾了。"

"我也是这么想的。"叶青棠点头,眼睛一转,继而笑着说,"那你还想听听第一个好消息的前因后果吗?"

"留着你自己慢慢回味。"伍清舒一脸唯恐避之不及。

"我真的超想跟人分享,你就不能偶尔发挥一下好闺蜜的作用吗?"

伍清舒叹气,她想世界上没有男人可以抵挡叶青棠的撒娇,女人也不行,"……你说吧。"

"细节我就不说了……"

"我也并不想听细节,谢谢。"

"总的来说,他和我百分之百合拍。你知道百分之百是什么意思吗?"

"小学数学就学过了。"

"……而且今天早上我出门的时候,发现他昨晚走之前,还顺便帮我把门口的垃圾都带走了。"

"你拜托一下外卖小哥,他也会帮你把垃圾提下去的。"

叶青棠快被她毒舌的吐槽逗得憋不住笑,端起咖啡杯,愉快地啜饮一口。

伍清舒却隐隐担忧:"青棠,不要怪我泼凉水,你知道有个词叫玩火自焚。"

叶青棠不以为意,笑着说:"不要低估我的理智程度。"

两人回到工位上,叶青棠先处理了一些工作消息,闲下来时,给应如寄发了一条消息:应老师,送你的书你昨晚忘记带走了。

这条消息半个多小时才得到回复。

应如寄：麻烦先帮我保存，下次拿。

叶青棠：晚上有空一起吃晚饭吗？我带在包里了，给你送去。

应如寄发来一张照片，是某个高速服务区。

叶青棠：在出差？

应如寄：去东城。

叶青棠依照服务区的距离推算出发时间：一大早就出发了吗？

应如寄：7点。

叶青棠：去几天？

应如寄：东城有个在建的项目需要周期性验收，两到三天吧。

叶青棠：这么久哦。我会寂寞哎。

等了片刻，应如寄没有回复。

叶青棠笑着打字：我去工作，先不说了。你回来以后一定要第一个找我哦。

应如寄只回应了她前半句话：去忙吧。

这日临近下班的时候，叶青棠收到了汤望芗助理的微信回复，说她已经看过了策划案，也同汤老先生简单聊过。汤望芗的态度是觉得这个项目挺有意义，也愿意支持文化传播工作，但对细节执行部分有疑虑，希望能同她们见面详谈，地点就约在一芥书屋，时间由她们定。和伍清舒确定过时间之后，叶青棠同对方定了明天中午11点会面。

叶青棠一向不打无准备的仗，为把握好明天的机会，她把往届的文字和影像资料都翻出来，和伍清舒分工，针对汤望芗有顾虑的方面做了详细的整理。

其余员工和实习生到点就走了，两人则一直加班到了晚上十一点。伍清舒和叶青棠顺路，就搭她的车回去。两个人累得没交谈，这一路听着电台音乐，但心里很充实。

车先开到伍清舒租住的小区，下车前她问叶青棠："你要不就去我那儿休息吧，这么晚了。"

她们常常互相去对方家里留宿，因为身高体型相当，换衣服的问题也很好解决。

叶青棻说："我可能还得回一趟我爸那儿。我们家茶园不是刚刚收成了春茶嘛，我回去拿两盒，明天做伴手礼用。"

"辛苦了。"

"清舒姐姐明天早上帮我买早餐，我就不辛苦。"

伍清舒笑了："想吃什么？"

"你家附近那家抄手。"

伍清舒答应下来，拉开门下车："拜拜——注意安全。"

"拜拜。"

第二天早上，叶青棻带着茶叶去了办公室，伍清舒后脚即到，带着她心心念念的抄手。怕泡烂了，伍清舒还特意让老板将抄手和汤分开盛装。

十点多，叶青棻开车载着伍清舒前往一芥书屋。那是栋整体白色的建筑，从外观上看，没有任何冗余的装饰，就像是山巅上的一捧轻雪，白得纯粹而有意趣。

进门之后，别有洞天，建筑分为主馆和副馆两个部分，一圆一方，一高一矮地呼应着。

建筑内仍以大面积的白色为主，但在恰到好处的地方，总会有一扇窗、一丛竹叶、一条木凳……它们点缀其间，兼具功能性与审美价值，杜绝了纯粹的白色所带来的无聊与视觉疲劳。

主馆共三层，是汤望芗主要用来藏书的地方，宽阔的螺旋式台阶平缓地向上延伸，一侧墙体有精心设计的镂空，镶嵌玻璃，封存着汤先生那些最为得意的古籍珍品。副馆是一个带了阁楼的平层，是汤望芗起居、工作、会客之处。即便是冬日，斜飞的大面积天窗依然能提供充足的自然光线。平层地基做了架高层，留出了三级台阶的高度，长条的台阶下方便是庭院，而台阶则兼具了户外长椅的作用。庭院里有一棵柿子树，是汤老先生特意从故乡移植过来的。

深秋时节，柿子结了霜，引来鸟雀啄食。庭院里烧起炭盆，汤老先生坐在台阶上饮茶。他说，这是他追寻了一生的关于生命的最终答案。

这是一部纪录片里涉及汤望芎的内容，昨晚临睡前，叶青棠又特意将其翻出来看了一遍。

到了一芥书屋门口，叶青棠给助理发了一条微信，过了一会儿，助理出来接她们。两人随助理走进大门，在宽阔的院子里，叶青棠微微驻足，迎着阳光仰头观察。这栋建筑还如她第一次来参观时那样简洁而优美，像一只正在优雅梳羽的白鹤。

此刻，在得知它出自应如寄之手后，多少会觉得和以往的体验不一样了。

和汤望芎相谈的过程比叶青棠预期的顺利了许多。

汤老先生最担忧的地方在于，展览时人来人往，有可能会对建筑造成破坏。叶青棠给汤望芎讲述了以往她们在这方面的预防措施：例如布展之前就会进行合理的动线规划，避免人流拥堵；进场时不允许携带拆封的食物；由专人进行参展礼仪讲解，现场也会有经过专业培训的工作人员随时进行监控和提醒；购票时实行实名制登记，配合电子监控设备，造成损毁后也可以具体到人进行追责等。而根据以往的经验，实施实名制购票之后，参展的观众大多都是展览的目标用户，他们的意识和素质都在基准线以上，对展会现场和展馆几乎没造成过任何重大的破坏。

叶青棠和伍清舒的细致和专业最终打动了汤望芎，他同意将一芥书屋的前院和主馆开放一周，供她们使用。后续相关部门备案、消防检查等工作如需一芥书屋配合，就直接跟他的助理对接。

叶青棠和伍清舒维持着礼貌的笑容到会谈结束，直到走出大门，终于按捺不住，互相拥抱欢呼。

叶青棠在工作室群里发出好消息：周五团建，想吃什么可以开始提议了。

回到工作室,叶青棠抽空给应如寄发了条消息,措辞认真诚恳:刚刚和汤老先生面谈过,他已答应和我们合作。谢谢你,应老师,回南城了有空联系我,我请你吃饭。

直到晚上,应如寄才回复:下午在忙没留意微信。祝贺你,成功就好。

叶青棠已经洗完澡躺在床上了,本想着撩一撩他。结果他的口吻比她还要官方,且自带一种长辈的立场,让她有点无从撩起。

周五,工作室团建吃火锅。叶青棠团队里的都是年轻人,几乎都是因为兴趣聚到一起的,因此整体氛围十分活泼融洽。除了布置任务和发工资的时候叶青棠和伍清舒比较像领导,其他时候她们更像是整个团队的后勤保障。

吃完饭,大家意犹未尽,想去泡吧。叶青棠总算想起了那个被她设置了免打扰的约饭群,点进去@韩浚,问他人在哪儿。

韩浚发了定位:场子刚热,赶紧过来。

叶青棠带着一群人浩浩荡荡地杀过去。韩浚将叶青棠带来的人安排妥当,让叶青棠和伍清舒单独去他开的小卡座那儿聊聊天。坐了没一会儿,叶青棠打算去跳舞,伍清舒不肯同去,她便脱了外套单独去了。

剩下韩浚和伍清舒,两人见过很多次面,但真算不上多熟。韩浚喝着酒,目光不时飘过去打量伍清舒。伍清舒是他们圈子里出了名的冷美人,韩浚多次想跟人搭讪,奈何有贼心没贼胆。此刻缭乱的灯光下,伍清舒冷冷清清地坐着,也不说话,只偶尔端起杯子喝一口酒。而在察觉到韩浚的注视之后,她瞥过去一眼。

韩浚当即就尿了,掩饰尴尬地笑着问:"吃果盘吗?我点一个?"

"不吃。"

韩浚再度铩羽。

气氛凝结成冰,韩浚觉得把人单独撂这儿不好,也就始终陪坐着没起身。他努力想了个话题,刚准备开口,转头一看,却发现伍清舒正怔怔地看着吧台附近的某个男人。

叶青棠跳舞回来,发现伍清舒不在座位上了:"人呢?"

韩浚说:"她找人去了,说不回来了,叫我跟你说一声。"

"找谁?"

"不知道,一个男的。"

叶青棠心里有一种不大好的预感。

韩浚将叶青棠交由伍清舒代为保管的手机递给她,叶青棠接过,解锁一看,意外看到有应如寄的新消息。

应如寄:下班了吗?

叶青棠赶紧回复:在玩,你回南城了?

应如寄:嗯。

叶青棠:我在酒吧,你要过来玩吗?

应如寄:不了,受不了嘈杂。你玩吧,回头再说。

叶青棠抿唇笑了笑,打字:可以过来接我吗?我请你吃夜宵。

她看见"对方正在输入"闪了停,停了闪,最终,应如寄回复了两个字:定位。

应如寄照着地址将车开到了酒吧门口,临时停于路边,打起双闪灯。他双手搭在方向盘上,转头看向车窗外。门口人来人往,过了一会儿,那道熟悉身影走了出来。

她穿着露脐上衣、西装外套和同色系的西装短裤,脚上是中帮的靴子,露出笔直修长的腿。不过是在门口张望的一会儿工夫,就有好几个男的围上前去。估计要么是搭讪,要么是提议送她回家,更有人直接按了车钥匙,路旁一辆豪车车灯闪烁。

应如寄见多了她巧笑灵动的模样,倒没见她这么臭脸过——她似觉得那些搭讪的人像苍蝇似的烦人,板着脸蹙着眉,目不斜视,连个多余眼神都懒得给。

应如寄不由得笑了声，拿起手机发了条微信：往对面看。

他瞧见叶青棠看了眼手机，紧接着抬头，目光一定，片刻，便拎着链条包朝着他的方向走过来了。

叶青棠拉开车门上车，应如寄立即嗅到那熟悉的热带草木般的热烈香气，混杂一点汗味，以及……

"晚饭吃的火锅？"他笑问。

叶青棠揪起衣服闻了闻，做出一个夸张的表情："……救命，好臭。"

应如寄神情一如既往地波澜不惊："想去洗个澡吗？"

他瞥了一眼，眼里却有深黯底色："……我知道一个好地方。"

叶青棠眼睛弯出好看的弧度："但愿那个好地方还能有一台洗衣机。"

应如寄将目光缓缓自她脸上收回，轻笑一声，双手打起方向盘。叶青棠注视着他骨节分明的手和隐隐的青色脉络，以及手腕上那块银色金属腕表。像有隐形的雨滴落在心口，隐约地痒，但是挠不着。她是个无可救药的手控。

车子启动的瞬间，叶青棠放在膝头的链条包滑落下去，她弯腰去捞，应如寄抬臂替她揿亮了头顶的阅读灯。

"谢谢。"叶青棠往旁边靠坐，将拾起来的包放在身侧，随意起了一个话题，"你们在东城的项目进展还顺利吗？"

"前两周天气原因稍微耽误了一点儿进度，还好。"

"会戴那个吗？"

"什么？"应如寄没跟上她的思路。

"安全帽。"

应如寄笑了："要戴，工地有规章制度。"

叶青棠目不转睛地盯着他："无法想象你戴安全帽的样子。我只能用宋运辉来勉强脑补一下。"

"宋运辉是？"

"一部国产剧的男主角——应老师平常应该不大有空看剧吧。"

"比较忙,很难有完整的时间。有时候会看看Netflix(一家会员订阅制的流媒体播放平台),但大多剧也只是看了一两集。"

"应老师时间这么少,那我一定要抓紧了。"

她笑着,把这句话后半句里的每个字都拿捏出了叫人浮想联翩的暧昧。仿佛一句言出法随的暗示,应如寄不自觉地多踩了一点儿油门,贴着最高限速行驶。

二十分钟左右后,车驶入一处高档小区。

小区实行人车分流,应如寄从车行门驶入,直接开进地下车库。

叶青棠下了车,应如寄拉开驾驶座门,对她说:"稍等,我去后备厢拿点东西。"

叶青棠往前走了两步,站在车头前方等待。应如寄绕到车后,打开了后备厢,不过一会儿,抱出两只纸箱。

"重吗?需要我帮忙抱一个吗?"

"不重。"应如寄笑着说,"走吧。"

叶青棠跟在应如寄身侧,四下打量,车库很新很干净,地面上的车位线都像是刚刚划定的。

"应老师,这小区的物业怎么样?"

"还行。怎么了?"

叶青棠笑着说:"不瞒你说,我经常开车经过这儿,也曾经打算跟我爸撒娇叫他在这里再买一套房,这样我早上至少能多睡二十分钟。"

"你现在住的地方离你工作室确实不算很近。"

"我们工作室一开始是租在观澜公寓附近的,所以我爸才帮我在那里买了套小房子。后来仓储空间不够,才搬到了高新科技园。"

"仓储区是做什么用的?"

"卖书,不然单单一年两届的展览,周期长回款慢,要喝西北风了。"

应如寄笑着说:"现在卖书不是最不赚钱的行当吗?"

"是的。不过我们卖的书门类比较特殊,算是在长尾的最尾端了,一般书店都没货,没竞争压力。然后国外进口的书还能勉强赚一点儿差价,能糊口吧。我下一步准备做文创,那个来钱快。"

应如寄微笑看着走在身侧的人,但凡提到工作,她总会充满分享欲。她有一种能力,能将天真与慧黠完美融合,就像她从事的行业偏僻又冷门,自带阳春白雪的格调,但她这么坦荡地提到"文创来钱快",又无半点市侩。

进了电梯,应如寄腾不出手,说:"帮忙按一下18层。"

叶青棠伸手去按按钮,应如寄注意到,她指甲的颜色换了。

楼层一梯两户,应如寄住1801。推开一道消防门进去,才是入户门。消防门和入户门之间,还有3平方米的空间,基本等同于赠送的入户玄关。这里可用不可占,没做改造,放置了黑色地毯、黑色鞋柜、灰色皮质圆形换鞋凳和一只形状不规则的克莱因蓝亚克力雨伞收纳桶。

应如寄将两只纸箱稍稍抵住墙壁,左臂单手抱住,腾出右手用指纹解锁。

开了门,将纸箱放到门厅的地上,应如寄说"请进",顷刻却犯了难。片刻,他拉开鞋柜门,从里面拿出一双亚麻质地的布拖鞋:"只有我的拖鞋,将就穿一下?"

尺码大了好多,叶青棠趿拉着不跟脚,很费力,便干脆不穿了。

应如寄垂眸看一眼她踩在门厅灰色地砖上光裸的脚,提醒说:"三天没打扫了,有灰。"

"没关系。"叶青棠松手将链条包丢在玄关柜上,赤脚轻快地走进去。

屋子里黑白灰三色为主,灰蓝作点缀,中和了空间的冰冷感。

"你自己做的装修吗?"叶青棠问。

"我没空,丢给一个朋友全程包办的。"应如寄抬手揿下了总控开关,LDK一体(客厅、餐厅、厨房一体化设计)的空间里,灯齐齐亮起。

"喝点什么？"应如寄走过去拉开冰箱门。

叶青棠跟了过来，挤在他身旁探看，冰箱里的饮料种类比她以为的要丰富，纯净水、啤酒、椰子水、果汁都有。

叶青棠在冰箱门上的置物格里，发现了条形包装的冷萃红茶："我要喝这个。"

"晚上喝茶不怕睡不着？"应如寄笑问。

叶青棠转过头来，眼眸明亮，像是被冰箱里洁净淡白的光照亮，又像是凭空升起的一轮小月亮。

"……今晚会早睡吗？"她笑问。

应如寄垂眸，目光滑过她的鼻尖，往下，看见她被细细银链衬托得分明的锁骨。锁骨中间微微凹陷的地方，陷落着串在银链上的小吊坠，仔细分辨，是"L"的形状。

应如寄没有回答，视线转向冰箱："还要别的吗？"

叶青棠笑着伸手拿出了一瓶椰子水。

应如寄从橱柜里取出一只玻璃杯，拿到中岛的水槽去清洗。片刻，叶青棠又过来了，身上的西装外套脱掉了，只着白色的露脐吊带小衫。

她拆开了椰子水，喝了一口，放在台面上，而后凑到他身边："我洗个手。"

两只素白的手，伸到了水龙头下。应如寄顿了顿，先往旁边让了让。流水之下，她新做的指甲油，呈现出一种熟透的、微微发紫的浆果的颜色。

应如寄将玻璃杯倒过来，甩了甩水，轻置于一旁。叶青棠洗完手，刚要收回，忽觉应如寄往她背后迈了一步。应如寄一只手往她身旁的台沿上一撑，而另一只手自身侧探过来，伸向水槽，一把扣住了她仍在清凉流水下冲淋的五指。叶青棠整个人顿住。

那只手关上了水龙头，紧接着抬起来，去搂她的腰，手上还沾着水，挨上的时候，她忍不住一缩，下一刻，她感觉到了紧贴着腰上皮肤的玻璃表盘，微凉而坚硬，战栗之感瞬间从脚趾蹿上头顶。

她手掌撑在台沿上，微微躬身。耳畔浮动微热气流，应如寄低头，那撑在她身侧的手抬起来，轻轻捏住她的下巴。她顺势回过头，迎接他的吻。

许久，叶青棠轻轻一推。

"嗯？"

"我想先去洗个澡，受不了自己身上的味道。"叶青棠轻笑说道。

应如寄松了手。

"有合适借我穿的衣服吗？"

应如寄又似被难住了，片刻，将她带往衣帽间。他打开一扇衣柜门，正准备挑一挑，外头手机来电的声音骤然响起，便说："我接个电话。你自己先看看？"

电话是楚誉打来的，问东城项目的情况。应如寄多聊了会儿，等挂断电话，再回到衣帽间里，叶青棠已经进主卧的浴室去了。换衣凳上，散落着她的衣服，一整套。

应如寄回到岛台那儿，继续清洗杯子。洗完之后，帮叶青棠泡了那条冷萃红茶，紧接着走去门厅，将那两只纸箱搬进书房，整理里面的东西。

十多分钟后，觉察到外面人影晃动。应如寄刚要出声提醒，叶青棠已朝着门口走了过来。应如寄抬眼，一顿。叶青棠穿了件黑色衬衫，衣服很长，下摆及至大腿，她打湿的头发不再那样不驯服，柔软垂落，还滴着水。

"我好像没有找到吹风机。"她笑着说。

应如寄放了手里的东西，朝门口走去。叶青棠就跟在他身后，赤着脚，悄无声息，只有一脉一脉的香味，是他惯用的洗发水和沐浴液的气息。

经过衣帽间时，应如寄不经意地瞧了一眼，凳子上被她换下的全部衣物，依然原原本本地丢在那儿，一件也没动。

应如寄走进浴室找了找，在毛巾架的上方找到了不知什么时候随手放上去、被毛巾挡住了的吹风机，插上插头，递给叶青棠。叶青棠打开吹风机，呼呼的暖风中，她从镜中看见应如寄没有出去，而是抱臂倚在浴室门口，嘴唇启合，说了句什么话。

"什么？"她将吹风机关掉。

"我说，我有个问题。"应如寄声音听似平静极了。

"什么问题？"

应如寄目光扫过来，并未答话。

叶青棠没有在光明处见过这样的应如寄，神情冷静，但眼眸深黯，蛰伏着危险的情绪。

她意会了他的问题，随即笑出声，声音像是微微融化的钻石糖："你为什么不自己过来确认一下呢？"

应如寄一步迈进来，叶青棠只觉头顶灯影跟着晃了晃。

叶青棠呼吸一滞，笑着道："应老师，你果然是摩羯座。"

叶青棠撩了撩半干的头发，转身出了浴室。应如寄顿了一下，一只手拔下插头，拿起了台面上的吹风机进了卧室，而后将吹风机的插头插在床边柜旁的插座上，再递给她。

叶青棠坐在一边，没有接："可以拜托你帮我吹吗？"叫人无从拒绝的撒娇口吻。

应如寄顿了顿，在床边坐下。叶青棠调整角度，将脖子枕在他的膝头，脑袋悬空。应如寄打开了吹风机，手掌抵在出风口试了试温度，而后才捞起叶青棠的头发。

叶青棠大声提醒："先从头皮开始吹。"

嗡嗡的声响一时凑得更近，在呼呼热风里，叶青棠闭上了眼睛。应如寄的身上有一股好闻的槐花似的香味，和她身上的不一样，她吸吸鼻子，依旧大声问道："你身上是什么味道，好香。"

应如寄低头，鼻尖凑近自己肩膀嗅了嗅，将吹风机调到低档，才回答说："回南城之后先去了一趟我祖父那儿，补觉前冲过澡，可能是在他家里用的沐浴露的味道。"

应如寄偏头看了叶青棠一眼，继而看见她颈上戴着的锁骨链，那"L"形状的吊坠悬空，随她手掌给自己扇风的动作微微晃动。应如寄伸手，将吊坠轻轻捏住，叶青棠一下顿住。

"L 有什么特殊意义？"

"没有。"叶青棠笑着，轻轻地将吊坠从他手指间抽了回来，攥入掌心，"好看就买了。"

应如寄没再说什么，总觉得她此刻的笑很不一样，有些讳莫如深之感。

帮叶青棠吹干头发，应如寄歇了会儿，起身出去了一趟，回来时手里多了只玻璃杯。叶青棠坐起来接过玻璃杯，来不及细品这冷萃红茶究竟是什么味道，咕嘟咕嘟一饮而尽。

"麻烦再来一杯可以吗？"她伸臂递回杯子，笑意盈盈。

应如寄接过前顺手在她脸颊上轻捏了一把。

他再回来时，只拿了一杯水，叶青棠接过，说道："我看见生活阳台好像有烘干机。"

"有。"应如寄没时间和精力晾衣收衣，一般睡前将换下的衣服丢进洗衣机，早起再把衣服往烘干机里一扔，设定好程序，晚上到家只需拿出来叠起收纳即可。有时候碰上要出差，衣服在烘干机里待上十天半个月也有可能。

"我想把衣服洗一下。"叶青棠有点抗拒再穿回那身染了火锅味的衣服。

应如寄点头，带她去了生活阳台。叶青棠把一身衣服扔了进去，包括那件看着便价格不菲的西装外套。

应如寄抬高手臂，从上方储物柜里拿出洗衣液："你的衣服能机洗和烘干？"

"能。不能也能。"叶青棠笑着说，"我一般不会买那种麻烦得要死的面料的衣服，什么真丝、羊毛……拜托，衣服是给人穿的，不是要人来伺候的。"

"你一定洗坏过不少衣服。"应如寄倒入洗衣液，转动旋钮设定程式。

"是啊，懒得看水洗标。洗坏了就再买。"

不叫人意外的大小姐做派。应如寄笑了笑。

应如寄设置的是标准洗涤模式。

"要四十五分钟哎。"叶青棠笑着往前一步。

"饿吗？可以点夜宵。"应如寄问。

"不饿，火锅吃太饱了。"

"那想做点什么？"

"我看到你刚才好像在整理东西，需要我帮忙吗？"

"不用，一些技术资料，比较枯燥。"

叶青棠想了想，道："我可以参观一下你的书房吗？"

应如寄的书房里有一面很大的书柜，填得很满，一眼扫去几乎没有文艺类的书籍，大多是与他行业相关的专业书籍，以期刊杂志居多。叶青棠随意抽出一册杂志，封面上是英文——*Building Innovations*。

"我前两天不是去一芥书屋和汤老先生会面吗？"叶青棠随手翻着，说道。

"嗯？"应如寄走到书桌那儿，继续整理那些资料。

"知道一芥书屋是你设计的之后，再逛那里的体验很奇妙。"

"怎么说？"

"比如，主馆二楼拐角的地方不是有一扇不规则四边形的窗户吗？它好像很突兀，那里不该是开窗的地方，但真的开在了那里，又特别精妙。我现在就会想，你决定在那里开窗的时候，心里在想什么。还有三楼角落有一条孤零零的长椅，我观察过，它有一角是缺损的，是故意为之吗？我看不像是后期维护时造成的损毁，因为汤老先生对建筑的一砖一瓦都很爱惜。"

应如寄动作一顿，闻声抬眼，目光落在她脸上："你注意到了。"

他不知为何看她的这一眼很轻，像是源于某种不敢惊扰什么的潜意识。具体是什么，又怕惊扰什么，他自己也说不清。

叶青棠点头，听出他这句话的潜台词："是故意为之的，对吧？"

"长椅的椅面是拿汤老先生当年用过的书桌改造的，那缺的一角是他当时做手工时锤子砸落造成的。我不喜欢一栋建筑是纯粹的'新'，最好有一些痕迹和记忆能够延续，或者完全保留，或者换一种生命形式。"

叶青棠将杂志翻过一页，若有所思："你是恋旧的人吗？"

"和恋旧无关。我做事习惯性先去寻找一种最初的根源，可以是意义，可以是动机。正如房子不能凭空垒砌，需要地基。只不过这里的地基，是一种抽象的概念。"

"你不喜欢虚无、混乱和无意义。"叶青棠总结。

应如寄眸光微敛，似是轻轻叹了口气，最终没有看她，只抬手轻按了一下额角："我不喜欢。"

叶青棠拿着杂志走到应如寄身旁去。

应如寄将椅子往后拉了拉，说："坐。"

叶青棠坐下，看见桌面上有一本翻开的速写本，问："可以看吗？"

应如寄瞥一眼确认是什么："可以。"

叶青棠将杂志放到一旁，一手托腮，一手翻开了那个速写本，里面都是建筑物设计稿，但不像是要落地实施的，更像是应如寄天马行空的灵感，有一些奇形怪状，有一些她一个外行人也知道已经违背了力学，完全不具备可行性。她懂这种灵感速记，作为一个有素描和油画基础的半吊子艺术生，她以前也常常会画一些稀奇古怪的东西。

叶青棠一页一页翻过,纸张里夹着的没清理干净的橡皮屑掉落出来,她从纸巾盒里抽出一张纸,将它们拢了起来,低头看一眼,桌面下就有垃圾桶,就伸手投了进去。

翻到某一页,叶青棠手指一停。那上面是铅笔潦草勾勒出的一个小院,和一芥书屋那种了柿子树的后院有些类似,不过更凌乱,更随意,院子里有一棵歪七扭八的树,卧倒的树根用来做凳子,信手垒砌的高低不一的矮墙上,爬着牵牛花藤。这一页的右下角除了应如寄的签名和日期,还有一行字。

"功名应如寄,诗酒作浮生。"她念出来。

应如寄闻声抬眼,解释说:"是我爷爷起名时,随口诌的两句诗。"

"原来你的名字是这个意思。好听。"叶青棠举起那张速写,"这莫非是你的梦中情房吗?"

"算是。"

应如寄以为叶青棠会多问两句,转头一看,她已经翻到下一页去了。他笑了笑,没说什么。

一本翻完,叶青棠听见阳台那儿传来洗涤程序结束的提示音。叶青棠起身:"我去拿出来烘干。"

过了一会儿,叶青棠又回到书房,她将速写本放回原处,继续翻那本建筑专业的杂志。应如寄有一些觉察出她的百无聊赖了,这没什么,他平静地想,他们的关系本就是如此。

片刻,应如寄停了手头的事,决定将她从无聊中解救出来,他伸手,将椅子一转,叶青棠不明所以。他躬身搂住她的腰,一把将她从座椅上抱了起来。叶青棠怕跌下去,赶紧两臂攀住他的肩,应如寄抱着她往外走去。

阳台再次传来提示音,叶青棠轻声问:"烘干结束了吗?"

"应该结束了。"应如寄转头看她,平静地说。

叶青棠笑笑,起身去拿衣服,这时候,应如寄放在客厅里的手机响了起来。他过去接电话，叶青棠往客厅里瞥了一眼，见应如寄坐在沙发上垂着眼，清俊的脸上毫无表情。不知电话对面是谁，他很少接腔，只有诸如"嗯""我知道了"这样的回应。

叶青棠似乎是第一次见应如寄的这一面。他完全抛却了哪怕再不高兴也会维持的体面，只剩单纯的厌倦，和似乎逃脱不开、不得不打起精神应对的无奈。

前女友？叶青棠否定了这个想法。她相信以应如寄的修养，男女关系一定能处理得滴水不漏，他应该是那种分手之后都能继续做朋友的类型。

应如寄注意到了她站在门口。他伸手将手机稍稍拿远了一点，抬头对她说："稍等，我等会儿送你回去。"说话时，他依然有三分恹恹的神色。叶青棠用唇语答了一声"好"，应如寄点了点头，而后继续面无表情地接那通电话。

叶青棠换回自己的衣服后，应如寄也接完了电话。他穿着白色衬衫与黑色长裤，立在灯下扣手表的时候，极有一种芝兰玉树之感。

叶青棠不得不走了。

车驶出地下车库后，叶青棠第一时间打开了车窗。深夜微潮的风吹进来，她眯住眼睛，电台里在放靡靡的情歌，她懒倦地靠着座椅，看向应如寄。

应如寄很沉默，可能是那通电话引起的。

叶青棠想了想，还是过问了一句："有什么事让你困扰吗？"

她没问是谁的电话。

应如寄像是刚回神，转头看了她一眼，淡笑："家里的事。"

这样叶青棠就不便多问了。一路沉默，叶青棠此刻隐约觉得，她与应如寄之所以相处时气氛轻松，是因为应如寄愿意配合着她，就像打球，有来有回。而当对面不接招了，球只能落地。她略感烦躁，不太喜欢这种感觉。

车到了观澜公寓门口。叶青棠要去拉车门，又停住。她转身，手掌撑在储物格上，朝着应如寄倾身。呼吸挨近，唇离他只有咫尺，但她不再靠近了。她直直盯着他的眼睛，一瞬不瞬。

时间凝滞，像一种无声对峙。

片刻，应如寄先行垂眼，错开了目光。他将手掌猛地往她腰际一扣，顿了一下，低头吻她。

进家门后，叶青棠蹬了靴子，换上拖鞋，把提包随意往沙发上一扔，便回到卧室，倒在床上。躺了会儿，她拿过手机，给伍清舒发消息。

叶青棠：美女，你是跟谁一起走了？

叶青棠：你不要告诉我是方绍。

等了好一会儿，伍清舒都没回复。

叶青棠发了个骂骂咧咧的表情，扔了手机。她趴了会儿，没有睡意，翻身将一侧的平板电脑拿过来，点开邮箱，斟酌着开始写邮件。写了两行，又停住，将英文开头的"*Dear Mr.Lin，I am so glad that your new literature has been published*"全部删掉，换成了中文。

林老师：

春天即将过去，您近日可好？

听说您的作品《布谷鸟钟声》新近出版了，我很为您高兴。

冒昧来信，是因为 ABP 第四届展览将于七月举行，我希望能在国内首次展出您的新作……

叶青棠写不下去了，将平板扔到一旁，整个人趴下去，脸紧紧埋进枕头。

春天即将过去，而我似乎正在腐烂。

第四章
非法贪恋 Chapter 04

　　车停在菀柳居的门前,应如寄在驾驶室内坐了许久,才解开安全带下车。

　　门前有株上了年头的老柳树,应如寄刚记事时第一次来这儿吃饭就已经在那儿了。正午时分春光晴好,丝绦碧绿,一切瞧着都是生机盎然的模样。

　　进了门,有服务员过来招待。应如寄说订了座,在二楼包间。包间名"槐月",服务员领他上楼,代为敲了敲虚掩的门。

　　"请进。"

　　服务员推开门,应如寄走进去。梁素枝坐在上首位置,穿一身墨蓝色的旗袍,低绾发髻,手腕上戴着翡翠珠串,正提着紫砂壶往白瓷茶杯里斟茶。陆濯坐在她身旁,穿了件灰色套头卫衣,低着头刷手机。

　　应如寄进门的一霎,陆濯立即起身笑着打了声招呼:"哥。"

　　而梁素枝不过抬头瞥他一眼,语气平淡:"想见你一面倒是难得很。"

　　应如寄拉椅背的动作稍顿,脸上表情倒没什么变化,放了蛋糕,坐下以后,将上午去商场挑选的礼物递过去:"祝您生日快乐。"

　　梁素枝瞥了一眼接过,脸上瞧不出有多少喜悦的情绪。她朝门口候着的服务员招招手:"开始上菜吧。"

　　"好的。"服务员退出去。

梁素枝将紫砂壶递给应如寄,示意他自己倒茶:"最近在忙些什么?"

"还跟以前一样。"

"你爷爷身体还好?"

"老样子。糖尿病,得时刻注意饮食。"

梁素枝皱眉,似是嫌弃地随口一问:"那你爸呢?"

"最近没碰过面。"

梁素枝轻哼一声。

这是每回见面的必聊话题,而梁素枝期盼的"标准答案",大抵是应如寄告知她,应仲泽报应不爽,晚景凄凉,不日就将撒手人寰吧。

梁素枝和应仲泽是爱侣变怨偶的典型范本。梁素枝今年五十五岁,但看面相像才四十来岁,年轻时候自然更不消说,是个艳光四射的大美人。

应如寄的爷爷是大学教授,奶奶则承接了娘家的生意。应家不是大富大贵之家,但也算是衣食优渥。应仲泽生得英俊潇洒,又因为母亲和外祖父母溺爱,管教松散,染了一身纨绔习气。

这样的应仲泽,与梁素枝金风玉露一相逢,恋爱不到两个月便准备结婚。应家不答应,两人便偷家里的户口本领了证,独自在外面租房子生活。应奶奶一生气,切断了应仲泽的收入来源。

应仲泽拿着最后一点积蓄创业,结果求胜心切轻信损友,赔得只剩条底裤,靠梁素枝做时装模特儿的不稳定收入补贴家用。后来梁素枝怀孕,显怀以后身材走样,模特工作也没得做了。最困难的时候,两人只能吃馒头咽咸菜,应仲泽晚上打热水给梁素枝泡脚,说媳妇儿你跟着我受苦了,我永不负你。

应家家长不忍叫人大着肚子吃不饱穿不暖,最终松了口,将两人接回家里。孩子刚出生那会儿,两人好得像蜜里调油。在母亲和舅舅的帮衬之下,应仲泽自己的生意也渐渐步入正轨。但时间久了,应仲泽便恢复浪子本性,应酬场上一来二去,逐渐失去分寸。风言风语传到梁素枝耳朵里,两人大吵一架。梁素枝不肯受这委屈,以其人之道还治其人之身。那段时间流言传得沸沸扬扬,大家都调侃,说应教授的儿子儿媳玩得好开放哦,开放婚姻,国外才时兴这个。

两人要真是理智地达成了"开放婚姻"倒还好说,但应仲泽只许州官放火不许百姓点灯。梁素枝哪里服气,两人三天一小吵,五天一大吵,吵得火气上头,把家里的锅碗瓢盆砸得没一件是完整的。

应如寄六岁的时候,两人终于离婚了,应如寄被判给了应仲泽。应仲泽基本不管他,将他丢给父母,自己继续一边日进斗金一边花天酒地。

这故事还没完,过了半年,两人不知怎的又凑到了一起,像是旧爱复炽一般,轰轰烈烈地要复婚。但这段关系最终又崩散于复婚的前夕,具体原因两方各执一词,梁素枝说是应仲泽江山易改本性难移,应仲泽说是梁素枝水性杨花。最终落得一地鸡毛。

而离婚后的两人也没偃旗息鼓,只不过不再正面交锋,而是将战场转移到了应如寄这个中间人身上。一个跟应如寄说:"转告你爸,真当他身边那女人好?她的名声我都听说了。可得把钱袋子捂好了。"另一个跟应如寄说:"告诉你妈,想再婚眼光也要放高点,想让那种人给我儿子做继父,门儿都没有。"

后来两人各自组建了新家庭,梁素枝也跟现在的丈夫又生了一个孩子,也就是陆潆,可彼此之间的互相刺挠从未停过。应如寄夹在他们之间二十几年,腹背受敌两面受气,心力交瘁。前几年,应仲泽生了场大病,两人才稍稍消停。

眼下,梁素枝轻哼一声后说道:"新找的人小了他二十来岁,有这么年轻的人在跟前伺候,料想他受用得很。"

应如寄只觉头疼,但也没说什么,平静地笑了笑说:"您今天过生日,何必提不开心的事。"

梁素枝："你还知道今天是我生日。电话也不见你主动打一个。"

应如寄只得解释："昨天上午还在东城出差，原本是打算今天上午跟您打电话。"

梁素枝上下打量他："怎么还做这种劳心费神的工作。你爸没劝你接手他的生意？"

应如寄平静说道："您知道我不擅经商。"

"学学不就会了。"梁素枝倒没多劝，也就随口一提。

服务员先上了四色的凉菜，梁素枝拿上筷子，夹了块腌萝卜："你同学楚誉，什么时候订婚？"

"下半年，等 Jenny 毕业。"

"你自己倒是不操心。"梁素枝瞥他一眼。

"没遇上合适的。"应如寄一阵厌烦，心里叹了声气。

"你总也不接触人，哪里知道合不合适。"服务员开始上热菜，梁素枝帮着转动桌子，"回头我帮你安排两个饭局。"

"妈，我之前就明说过，不希望任何人干涉我的私人生活。"应如寄语气很平缓，但态度十分坚决。

梁素枝瞥他一眼："不愿意我不安排就是。不过，还有件事你必须得帮忙。"

一旁的陆濯一直没作声，这时候赶紧插话："妈，我说了这事儿我自己就能解决。"

梁素枝不以为然："你大哥举手之劳的事情，非自己逞强做什么。"

她转向应如寄，道："陆濯在准备出国的事，想找个有分量的实习填充履历，你看看你那儿能不能安排一下。"

陆濯急了："我的专业压根也不是建筑行业相关的。"

梁素枝道："他工作室总不会个个都要画图纸下工地。其他什么部门随便加个人有什么难的。"

陆濯还要争论，应如寄朝他使了一个眼色，他暂且按捺住了情绪。

菜上齐了，同母异父的两兄弟陪梁素枝吃饭，几乎是同样无奈的心情。

吃完饭，应如寄将蛋糕提过来拆开。梁素枝叫他们别点蜡烛，说吹灯拔蜡的，晦气。等吃上了蛋糕，又挑剔这味道过甜了，她上了年纪原本就消化不好。一小块蛋糕，她只吃了两口，放下之后拿纸巾擦擦嘴，起身要去趟洗手间。

陆濯逮到和应如寄单独相处的时间，急忙同兄长表明立场："这都是我妈自作主张。哥，你也知道她的性格。"

应如寄说："我知道——你真的在找实习？"

"嗯。"

"加塞这事不合规。你把简历发给我，我回头帮你在朋友圈子里问问。"

"那不是还得麻烦你。"

"顺手的事。"

陆濯笑笑，也不推拒了："行。我回去整理一下。"

过了一会儿，梁素枝回来了。应如寄买了单，下楼时问梁素枝去哪儿，他送她一程。

"用不着。我自己开车来的。"

三人走到门口，梁素枝从口金包里拿出车钥匙，按了解锁键，一旁一辆红色的豪车响了一声。

梁素枝看向陆濯："我跟人约了打麻将，不回家。你坐我的车，我只能送你到半途。"

应如寄说："我送他吧。"

梁素枝便往停车位走去，也不同应如寄说再见。

陆濯看着梁素枝关上了车门，转头对应如寄笑着说："我自己坐地铁就行。"

"我去趟事务所，正好顺路——走吧。"

陆濯拉开副驾车门上车，拉出安全带扣上时，目光不经意自脚垫上瞥过，顿了顿，躬身将落在那上面的东西捡起来。他摊开手掌，伸到应如寄跟前，笑着说："这你的？"

一只蓝牙耳机。

什么时候落下的？应如寄回想，昨晚叶青棠捡包的时候？还是他们分别时在车里接吻的时候？

应如寄伸手接了过去，揣进口袋里："朋友落下的。"

"女朋友？"

"不是。"

陆濯没多问。

路上，应如寄问他："最近还好？"

"就那样。"

"辛苦了。"说的是要跟梁素枝朝夕相处这件事。自陆濯的亲生父亲，也就是梁素枝的第二任丈夫去世之后，梁素枝的脾性就越发难以捉摸。

陆濯笑笑："还行。能怎么办，顺毛捋吧。"

将陆濯送到之后，应如寄拿出手机，给那只形单影只的蓝牙耳机拍了张照片，发给叶青棠：你落东西了。

叶青棠几乎秒回：我找了一上午！差点就要下单买一个新的了。

应如寄：有空我给你送去。

叶青棠：我现在就有空。

应如寄：我得去趟事务所，说不好什么时候结束。

叶青棠：我下午也要去工作室，等下路过你们那儿，你帮我送下来可以吗？没有降噪耳机我没办法好好办公。

应如寄：可以。

应如寄回到办公室里，打开电脑，开始处理出差三天积压下来的一些待批复事项。大约过了一小时，微信上弹出新消息，叶青棠告诉他，她已经到楼下了。应如寄拿上门禁卡和手机下楼。

周末写字楼附近清静极了，叶青棠的车就临时停在咖啡店门口，一辆黑色豪车。车窗落下，她冲着他所在的方向招了招手。

应如寄走到车旁，从口袋里摸出耳机递给她。叶青棠接过了，目光却没收回，而是盯着他拿在手里的工牌。

"可以看看吗？"

"这有什么好看？"应如寄笑着递过去。

蓝色挂绳绕在工牌上，叶青棠解开看了看，登记照上的应如寄神情严肃，有一种清正的英俊。

叶青棠缠回挂绳，将工牌递还给他，抬头时往他脸上瞥了一眼："你好像不高兴？"

"还好。"应如寄淡淡一笑。

"嗯。你这样一笑就显得更不高兴了。"她从打开的车窗里探出头，凑近仰头看着他。

应如寄垂眼。

她今天把一头十分蓬松的自然卷长发扎了起来，扎了个高马尾，露出漂亮的额头和颈项。脸上没化妆，素净的肌肤、毛流感十足的原生眉毛，配合那几点雀斑，便和平日的明艳不同，有一种稚气未脱的野性。

她笑着说："要不要我哄哄你呀？"

应如寄觉得好笑，被小八岁的女孩"哄"？他便笑问："你想怎么哄我？"

"想怎样都可以。"

"嗯……"应如寄作沉吟状。

叶青棠以为他怎么着也得狮子大开口，哪知，他只是笑着说："陪我加班？"

"可以呀。外人能进你们事务所吗？"

"能不能进当然我说了算……"应如寄停顿一霎，想了想，又笑着说，"算了。怕你会无聊。"

"确定?你想好哦,我可不是随时都愿意陪人加班的。"叶青棠不待他再说什么,当机立断道,"我去前面停一下车,你帮我买一杯美式,我们门口见。就这么愉快地决定了。"

她转身将放置在副驾驶座上的大号托特包提起来,递给应如寄:"电脑在里面,先帮我保管下。"

叶青棠去前方写字楼的地下车库停好了车,乘电梯到地面,走到咖啡店门口时,应如寄已经买好了咖啡。她伸手要接回自己的包,应如寄只将两杯咖啡递给了她,说这个轻。叶青棠笑着接过去。

往 LAB 建筑事务所所在的大楼走时,叶青棠突然想到什么:"那个,孙苗今天在吗?"

应如寄转头看她一眼,一下明白她这么问的用意,笑问:"怕碰见她?"

叶青棠不是特别想承认,她当时接近孙苗确实别有所图,她自己是一点儿也不在乎是非议论的人,但她有点担心孙苗反应过来她的目的之后会觉得受伤。

"……所以她在吗?"

"我没注意。"

孙苗在。叶青棠和应如寄一进门就跟她撞上了。她手里拿着马克杯,似正准备去茶水间续水。

"应老师。"孙苗有些慌张地打招呼,注意到他身旁的叶青棠,小小地挥了一下手,笑着说,"嗨。"

叶青棠也笑着打声招呼。

孙苗似乎没有觉得她出现在这里有什么不妥,自动替她想好了原因:"叶小姐是过来跟应老师聊茶文化博物馆设计细节的吗?"

叶青棠还没开口,应如寄替她回应了:"嗯。"

他转头瞥了叶青棠一眼,煞有介事地说:"去我办公室聊吧。"

叶青棠憋住了笑,对孙苗说:"那我先去一下。"

办公室门阖上之前,叶青棠往工位那边瞟了一眼,问应如寄:"你们事务所禁止办公室恋爱吗?"

"没禁止。不过也不提倡。"

"我说呢。"

"看出来了?"应如寄再一次叹服于叶青棠的敏锐,这似乎是除了讨人喜欢之外,她的第二项天赋。

"嗯。"

孙苗和姚晖在谈恋爱,在应如寄眼皮子底下,两人常有些偷偷摸摸的小动作,应如寄早就觉察到了,不过懒得点破。方才孙苗撞上他们时慌慌张张的,恐怕也是因为姚晖也在。两人周末来办公室蹭电蹭网,一边自主加班一边偷偷谈恋爱。

叶青棠进门后环视一圈。办公室有三面是磨砂玻璃,透光而不透影,从装修风格来看,基本就是应如寄家里书房的翻版。

应如寄将一旁的椅子搬到办公桌对面。

叶青棠却说:"我要跟你坐一边,不然太像是被老板监督干活了。"

应如寄笑了,把自己的椅子往旁边挪了挪,给叶青棠空出位置。叶青棠坐下,从托特包里拿出笔记本电脑。翻开后解锁,再伸手去拿咖啡。

"哪杯是美式?"她问。

"两杯都是。"

叶青棠伸手一碰,才发现两杯一冷一热。

应如寄说:"忘了问你喝冰的还是热的。你挑吧,剩下的给我。"

叶青棠微微一怔。她一直有些刻意地忽略这件事:应如寄是她碰到过的、最细心周到的男人。他的周到毫不刻意,自然而然,仿佛细雨无声。

应如寄这时看向她:"怎么了?"

"没。"叶青棠笑笑,将那杯热的美式拿了出来。

拿出失而复得的蓝牙耳机，叶青棠想了想还是没戴上，怕应如寄要同她说话，自己听不见很没礼貌。

她注意到应如寄电脑屏幕旁边放置着蓝牙音箱，便问："你办公室隔音怎么样？"

应如寄打开蓝牙音箱的电源："要放歌？"

"嗯。"

蓝牙连接成功，续播叶青棠的歌单，依然是大提琴曲。

应如寄问："你只听这个？"

"习惯了。"叶青棠笑笑，手指滑动触摸板点开了桌面微信。

叶青棠一边查看消息，一边问："你作为老板还要加班吗？"

应如寄说："有些申请需要我本人批复。"

"你同学楚誉呢？"

"他和我负责的部分不一样。"

应如寄刚点开OA（办公自动化系统）后台，微信上陆濯发来了简历。他点开仔细看了看，心里盘算把这份简历推给自己哪位朋友合适。最后，目光落在了叶青棠身上。

"青棠。"

叶青棠转头看去。

"你们招实习生吗？"

"常年招。"

"我这儿有个人在找实习工作，你看看他的简历合不合适。"

应如寄点开她的对话框，将陆濯的简历转发过去。

叶青棠打开粗略扫过一遍："这条件投正经大公司都够用吧，有点大材小用了。确定要来吗？"

"我问问。"应如寄在网上搜索到了ABP的官网，发送给了陆濯，询问他是否感兴趣。

陆濯很快回复：这种展览国内比较少见，申请学校挺吃香的。

应如寄：那我帮你答应下来。

陆濯：这么快？效率也太高了吧。

应如寄对叶青棠说："他愿意去。"

叶青棠说："让他加一下我的微信，去报道之前最好提前说一声。我和我朋友不一定一直都在办公室里。"

应如寄说："好。"

叶青棠："冒昧问一句，这是你的朋友吗？需要特别照顾吗？我们后面要开始准备布展了，可能会很忙。"

"不用特别照顾，该怎么使唤怎么使唤。"应如寄顿了顿，"他是我弟弟。"

叶青棠微讶，又将目光移回到简历上："你们不同姓，长得也不太像。"

"同母异父的。"

叶青棠没有多问。"同母异父"一词已然含义丰富，料想应如寄不会喜欢有人对其复杂的家庭背景追根究底。

过了一会儿，陆濯发来了好友申请。叶青棠和陆濯沟通过后，确定了陆濯于下下周一前去工作室报道。

两人各自忙碌，时而交谈。应如寄时不时地向叶青棠投去一眼。她工作时好多小动作，玩头发、抠指甲，有时候又忽地往手臂上一趴，吹着垂落下来的碎发，叹气。假如是在学生时期，前座坐着这样一位女同学，应该没有哪个男生可以好好听讲。

中途叶青棠去了一趟洗手间，被孙苗喊住，又去她的工位上欣赏了一下她养的多肉植物。

等她再回到应如寄的办公室，发现微信上有新消息。

伍清舒终于回复了她。两条消息：第一条是一个"嗯"字，第二条是"海报做好了，你看看喜欢哪个"。

叶青棠点开了桌面版微信，敲击键盘，噼里啪啦地打了一串字，临发送前，又想算了，她好像也没什么资格劝诫伍清舒。把刚打的字全部删除了，她只回复说：我先看看。

叶青棠点开海报研究片刻，觉得都好，一时不能完全下决定。

"应老师。"

应如寄转眼看她："嗯？"

叶青棠将笔记本屏幕朝他所在的方向一转："帮忙看看，两张海报，你会更喜欢哪个？"

"你自己做的？"

"不是，清舒——我朋友，我们另一个创始人做的。"

"这种事还得创始人亲力亲为？"应如寄笑问。

"创业团队就这样，再单招一个美术设计师成本就太大了。反正我俩都学过平面设计，凑合着能用。"

应如寄滑动椅子，到她身旁去。

叶青棠将两张海报都点开，调整大小，并排放置。

应如寄认真对比，指了指右侧那张："如果在一芥书屋展览，黑白色调更呼应主题。"

"我也倾向于这张。"叶青棠隐隐高兴，来自场馆设计师本人的肯定，很有分量。

她不由转头去看应如寄，却一时顿住。那被百叶帘过滤后的阳光，如柔和的清辉，他琥珀色的眼睛在这样的光线里淡了两分，气质尤为清隽，叫她想到只在小时候停电的晴朗的夜里见过的、清霜一样的月光。

目光下落，是他撑在桌沿上的小臂，质地柔软的衬衫衣袖被挽起，露出嶙峋的腕骨。

叶青棠几乎是不由自主地伸出手指，往他手背上一搭。在他露出疑惑神色之前，她轻不可闻地问道："可以吻你吗？"

应如寄面有犹豫。

叶青棠多敏锐的人，一霎就捕捉到了。她并不觉得尴尬，笑笑，就要抽回手。

一瞬间，她的手指被一把捏住。叶青棠动作停顿，应如寄轻轻一拽，她坐着的这张椅子往他所在的地方滑动。她的膝盖撞上了他的腿，没办法更近了。捉住她手指的那只手上移，往她颈后一拊，她便身不由己地从椅子里站了起来，单膝抵跪在他双膝之间的皮椅边缘。

应如寄仰面看着她，连眼里虹膜的纹路，亦清晰可见。

呼吸一起一落，像心底浅浅的潮水声。

叶青棠抬手，手指轻按住他的喉结，感觉到它缓缓地滚动了一下。与此同时，按在她颈后的手掌忽地用力。她低下头，应如寄一条手臂环住她的腰，另一只手掌按在她的肩胛骨上。她一直觉得自己个子算是很高的，但在应如寄的怀里，总有被完整包围的感觉，无处可逃，又甘心沉溺。

他们的吻从来热烈，没有浅尝辄止一说。

退开时，叶青棠气喘吁吁，脑袋伏在应如寄肩膀上，肩膀微颤。

应如寄有些无奈："别动。"

"那你怎么不松开我？"

应如寄不理会她。

叶青棠不继续闹了，忽而轻声问："心情有变好一些吗？"

"嗯。"

应如寄顿了顿，缓缓地松开了她。这一下午像泡在温暖海水之中，贪恋的心情过分明显，以至于无从忽视。这预兆不好。

应如寄抬腕看了看手表，再抬头时，神情已平静如初："可以看看想吃什么，我请你吃晚饭。"

叶青棠察觉到了他突然的情绪变化。前一秒尚且热切，下一秒几乎是瞬间淡下去的。她微微蹙眉，有些费解。

第五章 无效止痛药

陆濯报到那天叶青棠和伍清舒都在。

简历登记照里的陆濯穿的是正装,像是个周正严谨的四有青年,但见了本人才知少年气十足。

他穿白色T恤,黑色运动夹克,黑色的束脚长裤和运动鞋,单肩背一个双肩包。个头高高瘦瘦,皮肤和应如寄如出一辙的白。不笑的时候有点厌世感,一笑起来又显得十分清爽。

他进来的时候做媒体运营的妹子眼睛都看直了,在小群里说陆濯某个角度好像某个明星。

所有人里对他最无感的可能就属伍清舒,她瞥了一眼之后淡淡地说,最不能理解的就是这种盐系长相。

叶青棠跟某个编辑约了视频会议,将陆濯带到之后,就把他交给了伍清舒。伍清舒给他安排了工位,带他熟悉了一下办公室的环境,把他往工作群里一拉,暂且没再管。

陆濯无所事事地坐了一会儿,看见伍清舒拿上包似要外出,他立即起身朝她走去,笑着说:"好像还没给我安排任务。"

伍清舒想了想,转头问办公室里的人:"你们谁手头有事需要帮忙?"

"申请公告刚发出去,今天应该没什么事。"负责媒体运营的人说。

"暂时没事。"负责网店运营的人也说。

伍清舒有点被难住了,她要是在办公室里,还能指派一点琐事给陆濯,但她马上得出去了。

陆濯看她手里拿着单反相机,问:"清舒姐是要外出?"

"嗯。去一芥书屋拍照量尺寸。"

"我陪你去?"

伍清舒看他一眼:"会开车吗?"

"会。"

陆濯转身去自己工位拎上背包,回到等在门口的伍清舒身旁,伸手,再自然不过地接过了她手里重重的相机,把相机带子往肩头一挂,笑着说:"走吧。"

他靠近的一瞬,伍清舒嗅到一阵清新的气息,像海盐掺杂一点青草香,再在阳光下晒过的味道。

之后的一个月,叶青棠与应如寄维持着当下的关系。

工作方面,工作室发布在官方微博、公众号、官网及各大平台的招募申请陆陆续续收到反馈,到招募截止时,一共有115个出版社、独立编辑或个人提交了申请。之后便是筛选资格、审核展品、对接细节的烦琐工作。

与此同时,布展方案也做好了,只等与一芥书屋那边沟通过后开始落地。

最忙的时候,叶青棠要过生日了,5月25日。

她没有非常想过,但韩浚说早就已经在筹备了,她盛情难却。韩浚了解她的性格,喜欢热闹但又不喜欢与自己无关的热闹,就安排了一个音乐派对,只请他们共同的朋友。地方是韩浚提供的——他去年十月刚装修好的新别墅,带泳池、草坪和一个大大的露台。

生日当天是工作日。叶青棠和伍清舒下午去了趟一芥书屋沟通细节，四点半左右回到工作室，预备先回家一趟，化妆换衣服。

刚一进办公室，媒体运营的妹子提醒说："棠姐，有你的包裹。好像是海外的件，我帮你签收放办公桌底下了。"

"谢谢。"

叶青棠放了包，去了趟洗手间，再回到工位上。

那包裹很大，又沉，面单贴在了侧面。她用力将纸箱子翻了个面，仔细辨认了一下那上面的寄件地址之后愣住了，随后赶紧拉开抽屉，翻出美工刀，顺着贴了透明胶带的缝隙一刀划下去，拆开了纸箱。

里面是两摞书——*The Cuckoo Bell*（《布谷鸟钟声》），最上方还有一个大号的牛皮信封，上面手写着英文"TO Tania"。Tania 是叶青棠的英文名。

叶青棠心跳过速，缓缓地呼了口气，拿上牛皮信封，走到了后方仓储区，站在窗边，快速拆开信封。里面有一封信和一张贺卡似的东西。叶青棠的第一反应是生日贺卡，等拿起一看，那白底烫金的卡面上，印着硕大一行花体的"wedding"，下方居中对齐，印着如下字样：

Lyndon

and

Sienna

她脑中霎时一片空白。

过了好久，她才用微颤的手指翻开了那封被整齐地叠做三叠的信。

青棠：

很高兴收到你的来信。

我辞去了讲师一职，搬回了里城，同 Sienna 一起。Sienna 开了自己的心理咨询室，我则全职写作。蒙编辑多番奔走，我的新作得以付梓。这并非我的满意之作，但我为此书筹谋五年，并深受其苦，是时候该为它画上句号了。

很荣幸见证你创办的书展发荣滋长，新书在你的展览上首次展出，更是乐意之至。随信付寄新书五十册，以作展览之用，倘若后续还有需要，我再同编辑部联系。

愿展览顺利。

顺颂夏祺，平安喜乐。

PS.

Sienna 有孕，我们婚期定于 8 月 6 日，随信附上婚礼请柬。若你有空，欢迎前来观礼。略备薄酌以待。

伍清舒在外面唤她，叶青棠仓皇回神，将信潦草地叠起来，连同请柬塞回信封里，应道："马上来！"

她深吸一口气，平复了一下心情，才笑着走出去。

伍清舒问她："你不是要回家去化妆吗？怎么还没走？"

"马上就走——你等下直接过去？"

"嗯。"

叶青棠将牛皮纸信封塞进提包，心神不宁地收拾了东西，对伍清舒说："我走了。"

伍清舒："去吧。等下见。"

乘电梯下到地下车库，叶青棠在提包里摸了好一会儿才摸到车钥匙。她拉开车门上了车，把提包往副驾上一扔，摁下启动按钮，伸手去拨挡，忽地停下了动作，头低下去，往方向盘上一趴，许久没有动弹。

到家之后，叶青棠冲了个澡，换上一早准备好的连衣裙，化妆、打理头发。临出门了，她却提不起任何兴致，身体往后一倒，仰躺在床上。

不知道过去了多久，电话催命似的一个接一个响起。叶青棠强打起精神，摸过手机接通。

韩浚在那头催她："姑奶奶，到了没有啊？"

叶青棠说:"不想去了。"

"……开什么玩笑。知道那蛋糕我提前多久帮你订的吗?你要不来,我跟你绝交信不信?"

"好了好了,我开玩笑的,在路上了。"

"那等你啊。搞快点。"

叶青棠从床上爬起来,对着镜子检查了一下妆容,冲自己露出一个笑,拿上提包出门。

天已经黑了。

别墅的草坪上支着长条桌,两侧支起架子,挂着灯串和透明波波球,星光一样璀璨漂亮。

叶青棠一露面就成为全场焦点,朋友一个接一个地过来打招呼、合影、送礼物。礼物拿不下,在一楼茶室堆了满满一桌。

到8点钟,韩浚请来的乐队,也是他的好朋友开始演唱。大家拿了食物,或者去长条桌那儿,或者直接席地而坐。

叶青棠这时候才得以脱身,去找伍清舒会合。伍清舒在三楼天台上,那儿靠栏杆处支了张户外桌,陆濯坐在她对面,两人好像在聊场馆布置的事儿。

叶青棠笑着说:"就你们两个人?"

"不然还有谁?"伍清舒反问。

叶青棠想了想,还是没问她和方绍的事,只说:"你们两个好敬业,现在还在聊工作。"

伍清舒朝对面瞥一眼:"拜托,我也不想,他非要拉着我聊。"

陆濯手臂几分懒散地撑着椅背,笑着说:"对,我拉着清舒姐聊的。"

伍清舒的盘子里还有很多食物,叶青棠拈了个小面包,咬了一口,说:"好累。"

"交际花能不累吗?"伍清舒一贯毒舌。

叶青棠笑着说:"如果不是因为你长得好看,你已经挨过不知道多少顿打了。"

她在伍清舒这里躲了没五分钟，就被楼下的韩浚发现了，招手叫她下去。

叶青棠道："我去一下。"

伍清舒说："去忙吧，花蝴蝶。"

等叶青棠走了，伍清舒掀眼看向对面的人："还要聊工作？"

陆濯露出笑容："清舒姐想聊点别的也行。"

"……你就不能自己去玩吗？下班时间不想跟任何人聊天，谢谢。"

陆濯当即做出一个给嘴拉上拉链的动作，不再说话，拿起啤酒罐，起身往一侧栏杆上一靠，听底下的演奏。

又一轮寒暄过后，叶青棠离开人群去院子的草坪那儿拿食物。她拧开一瓶水喝了一口，目光越过正在演唱的乐队，看见对面角落里站着的身影。

她不引人注意地走了过去，笑问："什么时候到的？"

"刚到。没错过什么吧？"应如寄笑着说。

"没有，蛋糕还没切呢——要吃点东西吗？"

"刚从饭桌上下来。"

"应酬去了？"

"嗯。"

"难怪穿成这样。"

他穿着正装衬衫、西裤和皮鞋，装束比平日里要更正经三分，透着一种不可亲近的清贵之感。

应如寄也在打量她。叶青棠穿着黑色挂脖的复古连衣裙，头发似专门打理过，呈现有规律的大卷，不像平常那样蓬松随意。脸上描了精致的妆容，浆果色的红唇明艳非常，没有一丝瑕疵，但也因此缺乏一点生气。

应如寄盯着她看了会儿，轻声笑问："你好像有点累。生日不开心？"

"没有。"她下意识否认。

"没有吗？"

叶青棠轻轻地咬了一下唇，不说话了。默了一霎，她伸手抓住他衬衫的衣襟，将他往后一推。应如寄不明所以，回头看了一眼，也就顺着她的动作往后退了几步，彻底退到了黑色栅栏上缠绕的蔷薇花藤后，没有灯光照及的地方。

叶青棠抬手，手指顺着他的下颌慢慢地攀上去，轻触他的鼻梁、眉骨，最后，又颓然地落了下去。她脑袋低垂，额头往他胸口一抵，不再动作。

昏暗中，只闻起伏不定的呼吸声。

片刻，应如寄抬手搂住她的腰，低头温柔地问："怎么哭了？"

他衬衫衣料上沾了淡淡的酒气，被眼泪洇出一小片温热的潮湿，像对着冬日的窗户玻璃哈出的淡白雾气。

叶青棠试着出声。该怎么说，那封信，那封请柬……她比谁都清楚，她独角戏般的心事在三年前就已结束，但哪怕已然知晓故事的结局，带着觉悟翻到最后一页，看见句末的最后一个句号，依然会觉得怅然、失落和空虚。故事盛大落幕，她被留在灯火熄灭的观众席，甚至与这个故事无关。

叶青棠轻声说："你有没有过这种体验，特别热闹和开心的时候，会突然觉得失落。"

"会。"

"有专业的术语可以描述吗？我自创了一个词，后狂欢综合征。我可能就是……"

"是吗？"应如寄不完全相信。

叶青棠眼睛发痒，想伸手去揉，又忍住了。她退后一步，微微扬起头，屈起指节轻触面颊上的泪痕，好似自嘲地笑了一声："救命，妆可能花掉了，我不想这样走出去，这么多人……"

她的声音像泡过水，塌软又潮湿。

应如寄凝视她片刻:"你的包在哪里?"

"一楼右手边的茶室,在堆礼物的那张桌子的抽屉里,是一个黑色的包。你可以打开确认一下,里面有气垫粉饼和一瓶小号的香水,蓝色的……"

"好。"

叶青棠抱着手臂,站在蔷薇花藤的阴影深处,看着应如寄穿过了一片煌煌的灯火,身影隐没于拐角处。她仰起头,深深吸气。

过了一会儿,应如寄又出现了。他走到她跟前,扬了扬手里的包:"是这个?"

"是。"叶青棠伸手去接,盘算着去有亮光的地方补个妆。

手指尚未触及,应如寄手臂往后一撤,另一只手伸过来,一把捉住了她的手腕:"走。"

叶青棠微怔:"去哪儿?"

"你想留在这儿?"应如寄看着她。

不待她回答,他手指微一用力,紧扣,就这么牵着她,不由分说地朝花园侧门走去。

"应如寄……"叶青棠试图说服自己留下来,"我等下还要切蛋糕,我朋友专门为我定做的。"

应如寄仿佛没听见,脚步更快。叶青棠跟得有两分踉跄,穿过花园时有几个朋友注意到了,问她去哪儿,她笑笑说等下就回来。

两人一直出了门,顺着那平缓的坡道往下走了一两百米,热闹的灯火被完全抛置于身后。

两侧垒砌的高台上,初夏树木枝叶扶疏。他们站在树木投下的阴影里,应如寄这才松了手,转头看着她:"强颜欢笑有点难看。你一直是个坦率的人。"

不,我没有那样坦率,叶青棠在心里反驳。

应如寄说:"你缓一会儿再回去吧。也免得叫朋友担心。"

"我不想回去了。你带我走吧。"

"想去哪儿？"

"……去哪儿都好，只有我们两个人的地方。"那种难言的情绪又翻涌而起，她仿佛听见心底清脆的裂帛之声。

应如寄垂眸凝视片刻，伸手再度攥住她的手腕："走吧。"

晚饭喝了酒，应如寄是打车过来的。此地有些偏远，打车软件上无人接单，两人便打算先往外走走，到稍繁华的路段上再试一试。

整条路上阒寂无声，一颗颗昏黄的路灯泡藏在树叶间，水泥路上投落着他们拖长得变了形的影子。

叶青棠忽然停下脚步："我脚痛，走不动了。"语气颓然又沮丧。

她穿着跟高七八厘米的高跟鞋，鞋跟细细的，这样的鞋只适合作华服的装点，不适合走路。

应如寄思索几秒，刚想开口，叶青棠又抬手一指："那前面是不是有个篮球场？"

她明明都说了脚痛，而此刻又不知是哪里来的意志力，忽然加快了脚步。

那篮球场像是小区的配套设施，但似乎乏人问津。四周围着高高的铁丝网，小门没上锁，一推就开，标准大小的地面上落了一层枝叶，许久没人打扫了，空气中有一股白日里暴晒过的塑胶的气息，混合着草木的潮腥气。

应如寄稍稍放缓脚步，拿出手机发了两条消息。再抬头时，叶青棠已走到场地旁固定的长椅上坐下，几下随意地蹬掉了高跟鞋。应如寄加快几步跟过去，在她身旁坐了下来。

四下寂静，偶尔有风吹过树梢，也觉得那窸窣的声响极远。

"你遇到什么事了，或许可以跟我说说看。"应如寄出声，尽管已知徒劳。

果真，他余光瞥见叶青棠缓缓地摇了一下头。他不再说什么，只无声一叹。

又沉寂片刻，应如寄看见叶青棠拿起了放置在两人之间的提包，翻开，从里面拿出一小包湿纸巾。她拆开取出一片，摊开，整个盖到脸上，停顿片刻，自额头开始擦拭。擦完一遍，再取出一片新的，三遍过后，她取出第四片，开始擦拭唇上的口红。

应如寄料想湿纸巾应当不能完全擦干净妆面，否则不会有一款专门的产品叫作"卸妆油"。

在灯光底下看，那浆果色的口红还残留了一些在她嘴唇上，像被雨水打落而凋谢的海棠花，显出几分凄然之色。

"那边，是不是有个洗手池？"叶青棠抬手指了指场地对面的角落处。

应如寄抬眼看去："嗯。"

叶青棠当下要站起身，应如寄伸手按住她的肩膀。他起身，踏着一地枯枝败叶朝着那洗手池走过去。

洗手池嵌了白色瓷砖，不知道闲置多久了，里面同样一池子的枯叶，许是蓄了雨水的缘故，正散发着一股沤出来的腐殖质的气息。水龙头凝涩，应如寄用了点力气才拧开。一阵空响后，水哗哗地流了出来。借路灯光看去，水流初始有几分黄浊，渐渐变得清澈。

许是听见了水声，应如寄瞥见对面凳子上的叶青棠站了起来。他出声提醒："穿鞋过来，地上有沙石和树枝。"

叶青棠走到了洗手池边，应如寄往旁边让了让。她接了一捧清水，一把浇到脸上。洗过脸，叶青棠抬手拧上水龙头。抬起头时，额发被沾湿，一张脸也湿漉漉的，睫毛湿漉漉簇成一团，鼻尖泛红，看起来惶惶而凄楚。

"青棠。"

几乎本能使然，应如寄伸手，一把将她搂入怀中，低头，鼻尖挨近她的额心，停顿片刻，抬手擎着她的下巴，抬起她的脸。

她露出了一个意义不明的笑，那眼神格外凄迷："怎么不吻我？"

因为这眼神，应如寄一时没动。而她抬起双臂搂住他的后颈，踮脚，望着他的眼睛，主动挨上他的唇。

应如寄脑中闪过一个念头。今后，路过世界上的任何一个篮球场，他都会想起这暗昧夜色中的这个吻。如此难以形容，那微凉又清苦的感觉，像是从她心底里泛出来的。

两人回到长椅上坐下，依旧没交谈。

叶青棠的手机接连不断地响起微信提示音。她受不了了，从包里拿出手机看了看，不单单是韩浚，好几个朋友都在问她去哪儿了，也包括伍清舒。

叶青棠回复了伍清舒：我跟应如寄走了。

伍清舒很快回复：……你跟他几小时都等不及哦。

叶青棠不知道还能回什么，干脆没再管，再点开韩浚的对话框，回复道：不好意思，临时有点事，先回去了。你们照常玩，不要受我的影响。回头我单独请你吃饭赔罪。

韩浚很快发来了语音，叶青棠转成文字看了看，无非是一些要跟她绝交之类的废话，末了又问她有什么事，要不要紧。叶青棠回复了一句"不要紧"，便锁定手机，将手机放回包里。

应如寄一直瞧着她。她此刻似乎变得开心了点，笑笑说道："感觉没吃到蛋糕还是有点遗憾。"

应如寄正要出声，手机响了起来。他看一眼，接通，起身对叶青棠说了句"稍等"，朝着方才进门的地方走去。

过了没多久，应如寄回来了。

"走吧。"

他倏然俯身，单手提起了她放在地上的高跟鞋，而后一条手臂自她后背环抱，另一只手则托住了她的膝弯，轻巧地一把将她抱起。叶青棠身体腾空的最后一瞬，倒还来得及反应，伸手钩住了提包的链条。链条从手腕滑下去，挂在臂弯，她抬起双臂搂住了应如寄的颈项。

他脚步平稳，穿过半个荒弃的篮球场，走回到那一角的小门。

外头路边停了一辆车。打车软件可叫不到这种级别的车,叶青棠说出疑问。

应如寄说:"叫楚誉派过来的。"

司机也是楚誉的司机,服务意识专业,下了车绕过来,替他们拉开了后座车门。叶青棠滑下来,在应如寄的皮鞋上一踩,钻进车里。应如寄将她的高跟鞋放到她脚边,躬身上了车。

司机绕回到驾驶座,扣上安全带,笑问:"应先生去哪儿?"

应如寄转头看着叶青棠。

"去你家。"叶青棠毫不犹豫。

"你生日不用跟你家人一起过?"应如寄问。

"家里的习惯是提前一天过,我昨天已经跟我爸一起过了。"

"令堂呢?"

"她有点事被缠住了,过几天会回来帮我补过。"

应如寄便跟司机报了自家的地址。

车在前方掉了个头,平缓地驶入夜色。两侧的遮光帘放了下来,车厢里一片昏暗。

应如寄拿出手机,发了几条微信,忽觉肩头一沉。他侧眼垂眸:"睡一会儿?"

叶青棠摇头:"借我靠一下。"

应如寄肩膀稍稍抬起,身体坐正了些。

回去一路上叶青棠都没有说话,应如寄以为她睡着了,抬手捋起滑落下来盖住她脸庞的头发,才见她眼睛是睁着的。

没多久,车开到了小区门口。应如寄跟门岗打了招呼,叫司机驶入地下车库。车停在应如寄所在单元楼的电梯前,他率先下了车,依旧一手拎上了叶青棠的高跟鞋。

叶青棠忙说:"歇一下已经好了,我自己可以走。"

应如寄恍若未闻地将她从车里抱了出来。

停在门口,应如寄说:"门卡在裤子口袋里,你帮忙拿一下。"

叶青棠两臂都搂着他,不敢松手:"会掉下去。"

"不会。"他抱得稳稳当当。

叶青棠选择相信他,腾出一只手,垂下去掏他的口袋,似乎只摸到了手机,叶青棠不甚确定:"是在另一边吗?"

"嗯。"

叶青棠拿出卡,在读卡处靠了一下。应如寄抱着她侧身,以肩膀抵开了门。

到了电梯口,叶青棠伸手帮忙揿下了向上的按钮。等进了电梯,上升到一层,门"叮"的一声弹开了。外面等电梯的人往里瞥了一眼,愣了一下。叶青棠原本不觉得有什么,大抵是应如寄一路都太坦荡了——她脚痛,他抱着她,仅此而已。可此刻碰到了外人,她后知后觉,脸竟难得地热了两分。应如寄却神情平静极了,往里退了一步,给人让出了空间。

叶青棠差一点也被他唬过去了,直到仰头去看他,却发现他耳根微微泛红。她轻笑一声。应如寄垂眸,投来带着警告意味的一眼。她只得憋住了笑,肩膀微微颤抖。

到18楼,进了玄关,应如寄将她放下。她此前第二次来的时候,应如寄就为她备了双女式拖鞋,摆放在固定位置。叶青棠趿上拖鞋,待应如寄指纹解锁后走进屋里。

门厅柜子上放了一瓶无火香薰,散发着浅淡的海风一样微咸的香气。

"你这里还有酒吗?"叶青棠问。

"有。"

叶青棠点头:"我先去洗个澡。"

来过多次,叶青棠对应如寄的家已了如指掌。衣帽间的柜子里,挂着给她准备的女式睡衣,浴室梳理台上也有洗面奶、卸妆油等全套洗护用品。

叶青棠脱了连衣裙，丢在凳子上，换上浴室拖鞋走进浴室。水淋下来的时候，她觉得脚后跟一阵刺痛，猜想是磨破皮了。

洗完澡，吹过头发，走出浴室，叶青棠在屋里晃了一圈，没有找到应如寄。她觉得奇怪，准备发条消息问一问时，门外响起密码锁解锁的声响。叶青棠往门口瞥去，应如寄一只手里抱着束白色郁金香，另一只手里提着一个方方正正、系着香槟色缎带的盒子——是蛋糕。

"专门订的？"叶青棠微讶。

"我可不能未卜先知。朋友店里卖剩下的，不知道什么口味，拆开后喜欢不喜欢，都将就吃吧。"

叶青棠笑了："应老师的人脉好广，哪行哪业都有朋友。"

应如寄把蛋糕和花束放到桌上，转身去了趟书房，找出一支专门用来点蜡烛的电子点火器。

叶青棠正在桌边拆蛋糕盒子，她穿着白色缎面的系带睡袍，刚洗过头的头发蓬松地堆在耳后，簇拥着她霜白的脸。等盒盖被拿开了，应如寄才从她脸上收回目光。

说是卖剩下的蛋糕，但品相和专门定制的无异。蓝莓慕斯上，嵌着一块白色巧克力片，上面写着"青棠生日快乐"。

叶青棠拆开蜡烛，想了想说："就点五支好了，一支代表五岁。"她间隔出几乎等分的距离，插上蜡烛。

应如寄打开了点火器，凑近蜡烛一一点燃，再走到一旁关了灯。烛火映照在叶青棠的眼睛里，缓缓摇曳，她抬眼望着他，似在等待什么。

应如寄反应过来，面无表情地说："……不会唱。"

"那样仪式就不完整了。"

叶青棠恢复了她平日促狭的性格，应如寄相信她是开心起来了。然而他并不为所动，伸手拿过一旁的手机，随意点开一个音乐软件，搜索"生日快乐歌"，点击播放。

叶青棠笑得差点呛到。等那首歌唱过一遍，她双手合十，闭上眼睛。应如寄将音乐暂停，安静的空间里，跳动的只有心脏和烛火。不知她在许什么愿，这样虔诚认真。

终于，叶青棠睁眼，鼓起腮帮，一口气吹灭了蜡烛。

应如寄按开了开关。烛芯顶端袅袅的烟雾散去，叶青棠拔下蜡烛，拿出餐刀，将蛋糕划出两块，盛入纸碟。那写了生日祝福的巧克力片，被放入她的碟中。她拿叉子叉了一口蛋糕，送入口中，抬眼一看，应如寄的神色可用"忍辱负重"来形容。

叶青棠笑出声："看来你没有骗我，是真的不爱吃甜的。"

应如寄给了她面子，到底是尝了一口才放下。

蛋糕自然没能吃完，剩余的被装回了盒子里。

应如寄想起刚进门时叶青棠的问题，便问："想喝酒？"

叶青棠顿了顿，点头。应如寄让她先坐会儿，他先去冲个澡换身衣服。叶青棠绕到开放式厨房里，拉开冰箱，从一排啤酒里拿出了四罐，抱着啤酒走到客厅里，在茶几旁的地毯上坐下。手指扣住拉环一拉，"扑哧"一声，少许酒沫溅了出来。

她喝完了一罐，应如寄洗完澡出来了。他穿着宽松的白色短袖T恤、灰色及膝短裤，刚洗过的头发柔软而服帖，整个人干净如一抹月光。

应如寄在她身旁的沙发上坐下，她开了一罐啤酒递过去。他微微躬身，一条手臂撑在膝头，接过啤酒喝了一口，忽而伸手，来摸她的额头："心情好点了？"

叶青棠就势脑袋后仰，枕在他的膝盖上："……但是疼。"

应如寄一顿："哪里疼？"

叶青棠笑了笑，神情一时空茫："……脚后跟。"

应如寄放下易拉罐，抓住她的手臂，牵着她站了起来，在他腿上坐下。他俯身捞起她的脚，拐过来看了看后跟处。他松了手，起身朝走廊的储物柜走去，过了一会儿，拿了盒创可贴过来。

他坐在沙发靠扶手的地方，抓过她的脚搁在他腿上，拆开创可贴，扳过足跟，照着磨破的地方贴上去，再轻按抚平，确定它已粘牢。另一只脚同样如此。

叶青棠手掌撑在身后，怔怔看着他垂眸的模样，他神情认真极了，贴创可贴这样的小事，也郑重得像是在修复一件国宝。

初识以为他高冷而不可亲近，认识了才知道他是这样温柔的一个人。

可是，他什么都好。独独不是他。

应如寄把创可贴的包装纸丢进一旁的垃圾桶里，再回头去看叶青棠，一时间愣住。她两臂撑在身后，维持这姿势，一动不动地看着他，睫毛像淋湿的鸦羽。

应如寄有几分无奈："怎么又哭了……"

话音未落，叶青棠凑了过来，手臂攀住他的肩膀，抬眼，拿雨中月亮一样朦胧潮湿的眼睛凝视着他。顿了一瞬，她嘴唇挨近，在他嘴角轻触，再靠上去。

苦涩的味道，分不清楚，是刚刚的啤酒，还是她的眼泪。

他有些许茫然与不适。

他不懂她今晚所有眼泪的来由，这样伤感的叶青棠很是陌生。而他仿佛是被当作了一剂膏药，似乎还是无甚疗效的那一种——不然，怎会他抬手去摸她的脸，触到了一手冰凉的眼泪。

第六章 一记冷枪
Chapter 06

叶青棠睁眼时反应了一下自己是在哪儿。空间晦暗,一股木质调的香气,是她熟悉的,但并不是她卧室里的气息。

一条手臂搭在她腰上,那重量不沉,但极有存在感。她这才意识到,不止她一个人。

她和身后的人朝着同一个方向侧躺,后背被他胸膛的热度焐出了一层汗。面颊上皮肤微微紧绷,或许是昨晚临睡之前洗了脸,但没擦乳液的缘故。

叶青棠倦懒地眯住眼睛,等最后一点困意退潮,她动作轻缓地拿开了应如寄的手臂,蹑手蹑脚下地。

拉开窗帘紧闭的卧室门,初夏明亮的天光劈头涌来。叶青棠看着那从落地窗投射进来的淡蜂蜜色的阳光,意识到这会儿可能已经不早了。她抬头去看墙壁上的挂钟,上午十点。这时候才想着去找手机。

手机落在了沙发上,已经没电关机了。她在沙发旁的插座那儿找到应如寄的手机插头和充电线,接上以后充了一会儿电,手机自动开机。没有意外,无数条微信消息未读,那些密集的红点仿佛过分夸大了她的作用:这世界没了叶大小姐就不能运转了。叶青棠拣重要的回复了,主要是伍清舒问她什么时候到工作室,她说下午。

丢下手机,叶青棠先去浴室。这时候应如寄还没醒,洗漱完毕的叶青棠突发奇想，朝厨房走去。

应如寄睁眼，抬臂摸过床头柜上的手机看了一眼，十点半。

他凌晨两点多才睡着，临睡前关掉了工作日的闹钟，并跟助理打过招呼，今天白天会晚点到。他起身走到卧室门口，拉开虚掩的门，往厨房那儿瞥了一眼，哈欠打到一半，竟生生顿住。他完全忘了叶青棠昨晚在这儿留宿的事。

此刻叶青棠穿着睡裙，拿着锅铲站在灶台前面，抽油烟机微微的轰鸣声里，混杂着平底锅里发出的油花爆开的吱吱声。

"早。"应如寄迟疑出声。他疑心自己其实还没睡醒。

"早！"叶青棠抬头看过来，她将头发扎成了马尾，露出饱满光洁的额头，脸上是加了冰块的柠檬水一样清爽的笑容。

应如寄走到了中岛台那儿，叶青棠将火关小，转身去西厨的小吧台那里，端来了一杯热咖啡。

"咖啡机冲泡的？"

"嗯。"

"……你自己喝了吗？"

"喝了一小口。"

应如寄用手掌撑住额头，笑了一声："该不该告诉你……"

"什么？"

"咖啡机我很久没用过了，可能超过三个月没有清洗过。"

叶青棠：……

应如寄又往平底锅里瞥了一眼，那里面果真煎的是鸡蛋："我不确定鸡蛋有没有保质期，但……那是半年前买的。"

"……你其实可以不要煞风景，我相信吃下去也不会死。"

"嗯。你说得对。"应如寄露出深以为然的表情，伸手捏住杯耳，端起那杯咖啡，便喝了一口。

叶青棠甚至都来不及阻止："……好吧，如果我们食物中毒了，一起去医院还能有个伴。"

"那鸡蛋也别浪费了。"应如寄逗她。

叶青棠什么性格,贪玩,唯恐天下不乱。他既然这样说,她便从橱柜里拿出一只干净的白瓷盘子,涮了涮,再将平底锅里四个煎得半熟的鸡蛋夹起来,盛在盘子里。

叶青棠给应如寄递了双筷子:"来吧?"

"来吧。"应如寄拿筷子尖挑下一块鸡蛋,"食物中毒套餐。"

叶青棠托腮哧哧地笑出声。

应如寄说:"你竟然会下厨。"

"下厨这个词就言重了,我只会烤面包,煎鸡蛋和火腿,还有就是炒半成品的番茄意面。"

"足够了,已经掌握了在国外念书的基本求生技能。"

"这么说你和我半斤八两?"

"多少比你强一点。"应如寄煞有介事。

"强在哪里?"

"我还会拌沙拉。"

叶青棠笑得肩膀都颤抖了。

应如寄看着她。她是他见过笑起来最不顾及形象的女孩子,偏偏又笑得那样明媚好看。好像昨晚的阴霾已经彻底过去,没有对她造成丁点影响。他于是没有再问"心情已经好了吗"这种显而易见的废话。

吃完了"食物中毒"套餐,应如寄放下筷子,认真地说:"多谢款待。"

于是叶青棠又笑起来。

应如寄洗漱过后,出来时见叶青棠已经换回了昨天那条黑色连衣裙,正斜倚在沙发扶手那儿刷手机。他说:"我先换身衣服,等会儿送你。"

叶青棠点点头。

过了片刻,应如寄从衣帽间出来了。叶青棠抬眼,原是习惯性地随意一瞥,却不由得定住目光。应如寄今天仍着一身偏商务的正装,白色衬衫、灰色西裤，外套挽在手臂里，他两手抬起，正在调整领带的结。这一身衬得他肩宽腰细，气质清正，似乎只可远观不可亵玩。

叶青棠手肘撑在沙发扶手上，手掌托住脑袋，饶有兴致地瞧着他："应如寄。"

"嗯？"应如寄掀眼看她。

"你可不可以过来帮我看下，我脚后跟磨破的地方结痂没有？"

应如寄不疑有他地走了过来，将西装外套往另一边的扶手上一搭。他刚坐下来，正准备去拿她的脚，她已倾身而来，猛地将他往后一推。他往后靠去，她一个翻身，在他膝头坐下，手指勾住了他刚刚打好的领带。混杂一点果木甜香的气息拂面而来，缠住呼吸，应如寄脑袋又往后靠了两分，借以躲避。

"你着急去工作室吗？"她笑着，涂了暗红色指甲油的手指缓缓用力，松解他的领带。

"看情况。"应如寄的语气听不出来情绪。

"看什么情况？紧急情况吗？"叶青棠面颊凑近到只余咫尺，她眨着眼睛，似乎认真求教的模样，长而卷翘的睫毛垂低又抬起，显得无辜极了。

她对如何施展自己的魅力了如指掌，并毫无保留地在他身上实践，不矫揉造作也不忸怩。看他似乎仍旧无动于衷，她放出大招，凑拢到他耳畔，轻声地说："应老师，已经这样了，还不是紧急情况吗？"

迎着烈日，他们终于出门。叶青棠没穿那血滴子似的高跟鞋，就赤脚踩在座椅边缘，跟着电台里一首烂俗的情歌轻轻哼唱。

这才是他熟悉的叶青棠，肆意、热烈，轻快又自由。

车先开到了观澜公寓，叶青棠让应如寄稍等，她上去换身衣服马上下来。她没耽误太久，十五分钟不到就赶紧下来了。拉开车门时，应如寄正轻敲着方向盘，看似有些百无聊赖。

"抱歉久等了。"

"没事。"

应如寄转头看一眼，叶青棠通勤的服装一贯是以运动休闲风为主，今日也不例外。白色竖螺纹内搭上衣，浅亚麻色的薄西装外套和休闲裤，搭配白色老爹鞋，再提一个牛皮纸纹路的大号托特包。

"青棠。"

叶青棠正在扣安全带，听闻语气如此郑重的称呼，停顿一下，抬头看去："怎么啦？"

应如寄轻敲方向盘的动作终于停下，伸手打开了右手边合上的储物格，从那里面拿出一个长条形的墨绿底色的礼品盒。

他语气淡淡的："生日礼物。"

"哇，你还给我准备了生日礼物？"

应如寄瞧出来她的惊喜不是伪装的，她并不是被优渥的生活宠坏后，对善意失去感知和珍重的大小姐。这惊喜叫送礼的人觉得受用。

叶青棠接过，问："我能现在打开看吗？"

应如寄迟疑了一秒钟："可以。"

叶青棠打开纸盒，那里面的东西一霎折射阳光，流光溢彩。是条项链，吊坠大概有食指指甲盖那么大，一粒绿宝石镶嵌在眼眶形状的银色外框里，浓郁的翠色像是异域美人神秘的眼睛。

"是祖母绿？"

应如寄点头："喜欢就拿着玩。叫助理帮忙买的，我拿到了才知道是项链。"他转过目光，启动车子，不再看她，状似随意地补充一句，"……你似乎，有可能用不上。"

"哦，那个。"叶青棠眸光微垂，紧接着笑了一下，"那条被我弄丢了。谢谢，我正好缺一条这样的项链搭配复古风格的衣服。"

应如寄嘴角微扬："喜欢就好。"

叶青棠拿起链子，将绿宝石摊在掌心里，迎着光细细地看了会儿，便将项链的锁扣解开，两手捏住两端，绕到脖子后方。她试了试，到底没有挑战成功，就转过身，后背朝向应如寄："帮我扣一下，可以吗？"

她的特殊口癖，用请求句式时，"可以吗"三个字总要放在句末说，请求的语气弱化了，反倒更让人难以拒绝。

应如寄踩下刹车，车子临时停在路边。他抬手按下双闪灯，随即倾身低头，从叶青棠手里接过了链子的两端，指甲抵住锁扣，将锁扣对准圈环，指甲松开，扣牢。

"谢谢。"叶青棠抬手轻抚锁骨之间的宝石吊坠，刚准备转身，却觉应如寄的手掌在她肩头轻轻按了一下。

声音也自耳后落下，他问："一直有个问题。"

"什么？"

"追你的优秀的人应当不少，怎么不考虑好好谈恋爱？"没有太多情绪，似随口一提。

"如果说，我不擅长谈恋爱你相信吗？"叶青棠笑着说。

应如寄收回手，坐正身体，一边拨挡启动车子，一边问道："怎么说？"

"我谈过的恋爱没有超过半年的。"叶青棠从包里拿出那柄背后是画报女郎的复古小镜子，对着镜子观察脖子上的项链，那浓绿的宝石，衬得她皮肤似更白了一个度。

她说："除掉那些只 date 过一两次的，正式的关系，短的就一到两周，长的可能三个月。唯一接近半年的那段，仅仅是因为我在 L 城他在 A 城，距离限制了我们见面的频率，也稍微延缓了我厌倦的速度。"

应如寄抓住重点："你很容易厌倦？"

"是。"叶青棠坦然说道，她收起镜子，丢回包里，"我是上头很快下头也很快的人，上头的时候，可以大半夜搭飞机赶到对方的城市跟他见面；下头的时候，也会很快切割清楚毫不留恋。"

"会因为什么原因对人下头？"应如寄知道"上头""下头"这些说法是因为孙苗也常说。

"不好说。各种方面的原因：比如某次一起出去吃饭，对方对服务员吆三喝四的态度让我不喜欢，比如因为念的是名校就有莫名其妙的优越感……还有一些则非常琐碎，比如穿着背心运动，刚打完球一身汗就来抱我，我会觉得好恶心……再比如，腿毛太旺盛……"

应如寄听得笑出声："似乎是因为你对对方不够了解。为什么不多接触，深入了解再在一起？"

"因为我上头很快。特别是遇到心动对象，没办法忍耐，可能第一天见面，第二天就会直接告白。我接受不了延迟满足，我觉得感情只有满足和不满足两种状态。延迟的满足还是满足吗？夏天炎热的中午特别想喝冰汽水，而到了晚上才喝到，那个强烈渴望的瞬间已经过去了，即便我喝到了汽水，也已经不是我想要的那一瓶了。"

应如寄一时沉默。

叶青棠继续说道："虽然我也渴望长期而牢固的亲密关系，但似乎很难克服新鲜感衰退后的平淡。如果还有更多的口味等待我去尝试，我不会一直嚼着已经没有甜味的口香糖。"

应如寄转头看她一眼："你是否想过，或许，真正的爱情不是口香糖。"

"我知道不是，我知道。"叶青棠微微敛下目光，很淡地笑了笑，"……所以我说我不擅长谈恋爱。我谈过的，都好像是在恋爱的假象。"

应如寄拿手指轻点着方向盘，片刻，换了一个角度讨论这个话题，又问道："你设想过理想爱情中的另一半是什么样吗？"

叶青棠忽有所觉，转头朝应如寄瞥去一眼，好在他表情十分平淡，且语气也很随意。

她抬手轻轻摸了一下鼻尖，笑着说："没有很仔细想过。"

应如寄余光瞥见了她的动作，没点破——摸鼻尖是撒谎时下意识的动作。

一时间两人都沉默了。片刻后，叶青棠笑着出声："说起来，应老师你又是为什么还单身呢？依照国内普遍的传统，好像超过三十岁的男性大多已经结婚了。"

应如寄说："我似乎说过，我很忙，没空考虑个人问题。"

"没有很忙之外的其他原因?"

应如寄沉默了数秒,还是言简意赅道:"因为我父母,我对恋爱关系比较谨慎,对婚姻则更谨慎。"

叶青棠笑:"所以你看,我是不擅长,你是很谨慎,不如就只顾当下,及时行乐好了。"

应如寄不置可否,淡淡一笑,目光直视前方,不再说什么。

叶青棠到工作室的时候,伍清舒不在。一问才得知,她上午感冒了,中午这会儿有点低烧,陆濯送她回去了。叶青棠在微信上慰问她,没收到回复,就给陆濯发了条消息询问情况。陆濯说她吃过退烧药了,正在睡觉。

叶青棠问陆濯:你还在她家里吗?

陆濯:在的。有什么活要派给我吗?我带了电脑。

叶青棠:不用不用。麻烦帮忙看顾好她,她这个人毛病多,感冒了尤其喜欢喝冰饮。

陆濯:没问题。

手机锁屏的一霎,叶青棠后知后觉地意识到了什么。

下午四点多,处理完了手头的事,叶青棠先行离开工作室,去伍清舒那儿探病。

开门的人是陆濯。叶青棠不意外他在这儿待了一下午,换拖鞋时问道:"她烧退了吗?"

"已经退了。"

进门一看,伍清舒穿着家居服,披着薄毯,病恹恹地歪靠在沙发上,手里握着 PS5 的游戏手柄,正在玩某个西部题材的 4A 大作。别人生病是面容憔悴,她是我见犹怜的病西施——小男生哪见过这个,怕是心疼坏了吧。

叶青棠看着茶几上如上供一样摆满的洗净的草莓、车厘子和插着吸管的椰子以及喝了一半的奶茶,忍不住揶揄:"清舒姐姐生个病这么享受。"

伍清舒一记眼刀剜过来。

叶青棠放了背包,在她身旁坐下,伸手背探了探她的额头,确定是真没什么热度了才放心。而就这一会儿的工夫,伍清舒操作的角色被人射死了。她烦躁地丢了手柄。

叶青棠笑着说:"不是要怪我吧?你游戏本来就打得菜,不准甩锅。"

一旁的陆濯也扬起嘴角笑了。

伍清舒瞪过去,陆濯说:"……我帮你打?"

不拒绝等于同意,这是陆濯跟伍清舒相处下来摸索出的经验,于是径直拿起了她面前的手柄,靠坐着沙发扶手,操作着手柄重新开始。陆同学一枪一个精准爆头,堡垒中的悬赏目标一会儿便被消灭得片甲不留。他递回手柄,把开开心心摸尸体捡装备的环节留给伍清舒。

叶青棠在一旁看着,都没觉察到自己露出了姨母笑。

"你们晚饭想吃什么?我点几个菜一起吃?"叶青棠问。

陆濯抬腕看了看表:"我可能一会儿就得走了,家里有点事。"

伍清舒淡淡开口:"走的时候把你买的水果带走,我吃不完。"

"吃不完慢慢吃。"

"回头烂了。"

"烂了就扔掉。"陆濯笑着说,"再买新的。"

伍清舒不再搭理他。

过了一会儿,陆濯正要走的时候,门口的可视电话响起。叶青棠坐得离门口更近,便站起身走过去接通了,她瞥了眼画面里的人,一下顿住。

伍清舒问:"谁啊?"

叶青棠转头低声说了句:"方绍。"

伍清舒也一愣。

叶青棠征求她的意见:"开不开门?"

"开吧。"伍清舒快快的。

但凡明眼人都能瞧出气氛不对。陆濯心里警铃大作。

没一会儿，敲门声响起。叶青棠开门的时候内心十分挣扎，诚然她是修罗场文学的爱好者，可发生在自己闺蜜身上……

门开的瞬间，陆濯不由站直身体，朝那边瞥去。进来的是个年轻男人，个头很高，长相俊美，留着寸头，耳骨上戴了一排耳钉，穿一身黑色，露出的手臂上有一圈文身。他气质很矛盾，偏阴郁和颓丧，而单论长相，绝对让人过目不忘。男人也望过来，但只在他脸上淡淡地扫过一眼，甚至没问他是谁。

伍清舒已默默地将游戏暂停。叶青棠站起身，拎上自己的背包，冲陆濯使了一个眼色，随即对伍清舒说道："我们先走了。有需要打电话。"

她实在不喜欢方绍这个人，怕共处一室会不顾伍清舒的面子当场跟人吵起来。

伍清舒只点了点头。

两人出了门，往电梯走去。跟在叶青棠身后半步的陆濯问道："棠姐，这人是谁？"

叶青棠拊额叹气："清舒高中同学，初恋，前前男友，前男友和……不知道算不算现男友。搞不懂，太复杂了，他俩的关系他们自己恐怕都说不清楚。"

陆濯张了张口，然而不过片刻，他就笑了声，问道："那棠姐你觉得我跟这人谁更有希望？"

"那还用问吗？"叶青棠长辈似的伸手拍拍他的肩膀，"教你一招，对付她得胆大心细。"

陆濯笑得灿烂极了："我已经领悟到了。"

乘电梯下去，叶青棠想到什么，又问："你什么时候对清舒有意思的？"

陆濯非常坦然："一见钟情。"

晚上九点，叶青棠洗完澡继续忙碌之前，给伍清舒打了个电话，问她现在怎么样了,有没有再发烧。

"没有,已经好了。"

"方绍走了?"

"早就走了。"

"你生病了他也不多留会儿。"

"他晚上有演出。"

"你对他这么宽容的态度为什么不能分一点在别人身上?"

伍清舒一时没说话。

"哦,有个事情忘了告诉你。"

"嗯?"

叶青棠抬眼,看着手边刚看了第一章的《布谷鸟钟声》:"林老师和 Sienna 要结婚了,8 月 6 号。他给我寄了请柬……昨天收到的。"

伍清舒似乎是吸了一口气:"……你还好吧?"

"还好了。有点像是做了阑尾手术的感觉。"

"那你和应如寄……还继续吗?"

"我和他在一起这么开心和合拍,为什么不继续?"叶青棠反问。

"……搞不懂你。"

"我也搞不懂你。"

两人在电话里都笑出声。

开展在即,叶青棠在工作室和一芥书屋之间两头跑,从早忙到晚。她接到应如寄电话的时候,还在一芥书屋,针对现场布置做调整。她将手机开了免提,放在一旁的纸箱上,一边接听一边微调书架的位置。

应如寄问她:"下班了吗?"

"没有,还在布置场地。"

"合作商送了一些新鲜荔枝,你爱吃吗,我给你送去。"

叶青棠笑着说:"应老师连太甜的水果都不爱吃吗?"

应如寄也笑了声:"我开车过来,一芥书屋?"

"嗯。"

大约半小时过去，叶青棠听见楼下传来脚步声。她趴着旋转式的扶手往下看，果真是应如寄到了。

"应如寄。"

下方的人抬起头，她挥了挥手。应如寄拾级而上，看见平缓的螺旋式阶梯靠墙的一侧，都放置了半活动的透明亚克力书架，那上面摆着一些似乎是做效果预览用的样书。

走到三楼的宽阔平台，叶青棠正在搬一个书架。他赶紧两步走过去搭把手："移到哪儿？"

"那边。"叶青棠抬手一指的地方，正是那条孤零零的缺了一角的长椅的旁边。

书架挪到位之后，叶青棠后退两步查看，指挥着他帮忙左右微调，而后从一旁纸箱里拿了几册样书摆上去，再度退远看了看效果，并掏出手机拍了几张照片，这才满意。她拍拍手掌和裤子上的灰，到长椅上坐下，从一旁的地上拿起被喝得只剩小半的水瓶，拧开，一口气喝完，满足地舒了口气。

应如寄坐在她身旁，微躬身体，小臂搭在腿上，转头看着她。她穿着白色T恤、牛仔背带裤和帆布鞋，裤子两侧分别有一个大口袋，鼓鼓囊囊的，不知道装了些什么。头发扎了起来，发际处有蓬松的碎发，额头和鼻尖浮着一层薄汗。

应如寄问："怎么就你一个人？"

"其他人在也帮不上什么忙了。有些布置的调整，分寸很微妙，这种时候就只能我自己来了，因为没什么系统的逻辑，纯靠直觉，我也没法说清楚为什么往左边挪几厘米就是更好。"

应如寄笑着说："我也有这种体验。"

叶青棠将两臂往后撑，脑袋缓缓地左右摆动，活动颈椎。

应如寄说："我看见台阶上都摆了书架。"

"还好应老师设计的这些台阶够宽敞，不然书架都得定做，要多花好大一笔钱。"叶青棠笑着说,"我是设想,大家边走边看,如果遇到喜欢的,可以直接在台阶上坐下阅读。"

"这里也是。"她拍拍长椅,"如果手边就有书架的话,一定会忍不住拿一本过来翻翻吧。"

"嗯。"应如寄有微妙的动容感,"这是我在这儿放这条长椅的用意之一。"

"之一?其他的用意是?"

"你猜?"

叶青棠仰面,闭上眼睛,感受了片刻,笑着说:"发呆。"

"是。"

"真的吗?"叶青棠睁眼看他,"我瞎说的。"

应如寄说:"我的理念在于,建筑的功用不需要附加太多的思考和教育成本。比如说,这里很安静,适合看书和发呆,那这条长椅的作用,就是看书和发呆。"

叶青棠看着他,听得很认真。而她认真的时候,眼里总有明亮的光。

应如寄顿了顿,目光自她的眼睛缓缓下落,停在她的嘴唇上:"当然,也无妨临时性地为它赋予一些其他功能。"

"比如?"

"比如……"应如寄倏然伸手,按住她的后脑勺,低头凑近。

叶青棠不由得放缓呼吸,大抵因为他身上的气息清苦,以及凝视着她的眼睛过于幽邃,因为背着光,眸色有几分深黯。他分明是没有笑的,可一双眼睛此刻也称得上深情。

她莫名有点慌。好在吻落了下来,她很快就没精力去费神思考了。

退开时,叶青棠轻笑:"感觉有点奇妙。"

"嗯?"

"可能因为这里是你设计的,有点像是追星时不小心搞到了正主。"

应如寄哑然失笑。

"哦,差点忘了。正好应老师你在这里……"叶青棠站起身,走

111

到一旁的纸箱子那儿，刚想蹲下，又觉得口袋里的东西碍事，先掏了出来。于是应如寄看见那口袋仿佛是哆啦A梦的次元袋，她依次从里面掏出了铅笔、橡皮、卷尺、小号扳手、梅花起子、胶带切割器、手持激光测距仪……

他不由得笑了，觉得她如果再掏出一把老虎钳他都不会吃惊。

口袋清空以后，叶青棠打开纸箱子，从中拿出厚厚一沓文件。她走回长椅坐下，递给他："你看一下。"

应如寄接过翻了几页，微怔："你写的？"

"嗯。我查了一些资料，结合自己的体验，可能不尽不详，不过已经尽力了。"

这是份图文并茂、堪称翔实的策划案，阐述了一个集卡式的任务。场馆内有许多犄角旮旯不被人注意，而又别具匠心的地方，前来参展的人可根据观展手册上的提示，找到这些地方并拍照。一共十处地方，集齐即可换取一个文创大礼包，其中便包括3D打印的场馆小模型。

"这次书展的主题是灵魂栖息地。灵魂栖息地，包括物理空间和精神空间，场地本身就是展览的一部分——我当时定下主题的时候，第一时间就想到了这里，在我的审美层面，在南城找不到第二处物理和精神高度契合的建筑空间，所以我才向汤老先生一再争取。"叶青棠进一步解释。

应如寄一时间没有说话。从某种层面来讲，建筑也是一种艺术，而艺术需要人共鸣。

叶青棠凑近，点了点策划案里关于建筑模型的部分："然后就是这个3D模型的数据，麻烦应老师提供一下可以吗？我已经跟这边的负责人沟通过了，他们同意了，但他们说可能涉及设计机密，让我直接跟你沟通。"

"当然可以。"应如寄说。

他合上这份策划案，转头注视着她。片刻，他说："青棠。"

这称呼的语气和注视的目光都过分认真，叶青棠微妙地不自在，笑着歪一下头:"怎么啦?"

"这周六晚上,你有时间吗?我订了座,请你吃饭。"

"有什么由头吗?"

"到时候告诉你。"

应如寄清楚自己绝非心血来潮。

叶青棠摸出手机点开行程备忘查看,确定周六没什么特殊安排,才答应下来应如寄的邀约。

"准备收工了吗?我送你回去?"应如寄问。

叶青棠点头:"差不多得收工了,管理员还等着锁门。"

应如寄帮忙整理了人字梯和工具箱,叶青棠又拿过扫帚和簸箕将地上的碎屑和纸片打扫干净,这才收工。

上车之后,叶青棠将空调温度调低两分,将出风口对准自己吹了会儿凉风。

"应老师,今晚去我那儿吗?"

应如寄瞥她一眼,刚要回答,叶青棠又笑着补充一句:"一起吃荔枝。"

从语气到咬字都叫人浮想联翩。

应如寄表情十分平静地"嗯"了一声。

忙了一整天,叶青棠累得不太有交谈欲,头靠着车窗,一边听电台一边走神。电话这时候响起来,她拿出手机一看,急忙接起:"妈妈你还没休息吗?怎么这么晚打过来?"

应如寄瞥了叶青棠一眼。她每回跟家里人打电话,声音便有一种与对待旁人全然不同的甜与嗲。

叶青棠:"……你已经到家了?怎么不提前跟我说一声,我好去机场接你呀……不不不我还没睡,我现在就回来,你先不要睡,等我一起吃夜宵。"

母女俩又琐碎地聊了好一会儿,电话才挂断。

叶青棠转身，双手合掌："抱歉抱歉，今天不能陪你了应老师，我妈妈回来了，我得回家一趟。"

应如寄笑着说："那我在前面掉头。"

"麻烦了。"

叶青棠原本一直懒洋洋地歪靠着，这会儿坐直了身体，张望道路两侧。

应如寄注意到了："怎么了？"

"我不能空手见我妈妈，我跟她有半年多没见面了……但是商店好像都已经打烊了。"

应如寄沉吟道："送束花？"

"花店都关门了吧。"

"我有个朋友……"

"你到底有多少朋友啦。"叶青棠笑出声。

应如寄也笑了。

应如寄朋友的花店离市中心不远。他们到的时候，门口挂着"Closed"的牌子，玻璃门只开了半扇，里面灯是亮的。

店主是一位极有气质的小姐姐，披着头发，睡裙外面罩了一件开衫。他们进门的时候，店主打趣道："应老师，下回买花可以提前订吗？两回了，刚睡下就被叫起来。"

叶青棠意识到，另一回是她生日那天，应如寄送了她一束白色郁金香。

应如寄笑说："打扰了。实在事出紧急。"

店主开玩笑说："那我得加收 10% 的服务费。"随即扬了扬下巴，"喜欢什么花？自己挑还是我帮忙推荐？"

叶青棠不好叨扰人家太久，看见架子上有已经包扎好的向日葵，笑问："这是已经有人预定的吗？"

"是退单的。"

"那就这束吧。"

"挺会替我省事儿。"店主笑了,指一指收银台上的付款码,"126块。"

应如寄刚要掏手机,叶青棠拦住了:"我来我来,是我的心意不能让别人付款。"

她打开微信右上角的"扫一扫",语音提示响起:微信到账138.6元。

店主愣了一下,笑了:"妹妹你多付了呀。服务费什么的是开玩笑的。"

"啊,这个……"叶青棠也笑了,"确实是有点太打扰您了。"

一旁的应如寄躬身,从用来醒花的铝制水桶里抽出一枝粉色玫瑰:"拿这个抵了。"

店主走过来,又从里面拿出五枝玫瑰,连同应如寄手里的一起接了过去,拿花剪斜剪去末端,又拿过一张报纸样式的牛皮纸随意一裹,递给叶青棠:"送给你了,下次带朋友照顾我生意——不过得在营业时间内啊。"

叶青棠笑着搂过那六枝玫瑰:"正好我有订每日鲜花的习惯,您这边可以外送吗?"

"当然当然。"店主惊喜道,"那加个微信吧?"

抱着两束花,叶青棠心满意足地走出花店。而应如寄再次叹服于她的情商和招人喜欢的能力,世界上有她搞不定的人吗?

车开了半小时左右,抵达叶家别墅小区的门口。

应如寄也从驾驶座上下来,绕到后座打开门,把那盒礼盒装的荔枝提了下来,递给叶青棠:"正好拿回去跟你家人一起分了吃掉,放不到两天就得坏。"

"谢谢,"叶青棠腾出一只手提上礼盒,"那我进去啦。应老师拜拜,开车注意安全。"

应如寄微笑:"晚安,早些休息。"

应如寄回到车上,刚准备启动车子,便看见车前方的身影一晃,两手都被占满的叶青棠绕过车头走过来了。他将车窗降下，而叶青棠将那礼盒暂且放在地上，空出的那只手从车窗伸进来，将他后颈一勾。她轻快地在他唇上碰了一下，低声笑着说："欠你一次。明天……后天晚上见。"

不待他有什么反应，她已退开，提上礼盒，抱着那灿阳一样的花束转身走了。

应如寄手臂搭在方向盘上，转头一直看着车窗外的叶青棠进了小区，待她身影隐没于夜色，才收回目光。他笑了一声。

叶青棠敲门，住家的保姆将门打开，她蹬了脚上的帆布鞋，拖鞋也来不及换，急匆匆就往里走："妈！"

厨房里的庄玉瑾走了出来。叶青棠放了荔枝礼盒，几步跑过去将花束往庄玉瑾怀里一塞，紧接着一把将人抱住："我好想你呀！"

庄玉瑾被她撞得退后了半步，笑着摸摸她的头发："从哪儿过来的？"

"办展的场地——你吃过晚饭了吗？"

"飞机上吃过了，你爸在煮夜宵。"

"看看去。"叶青棠推着庄玉瑾往厨房走去。

叶承寅这人对外一直是个儒商的形象，他做的是茶叶生意，早年又当过高中老师，相较于那些一直沉浮商海的人，少了几分市侩和铜臭气。外人都说叶总虽人到中年但仍风度翩翩，也当得起玉树临风这四个字。风度翩翩、玉树临风的叶总此刻穿着条浅蓝色的围裙，站在灶台前从锅里捞阳春面。

他转头看了眼，笑呵呵说："闺女送的花？"

"可不。"庄玉瑾说，"也不见你学着点儿，去机场接机就举个牌子，跟个导游一样，真有你的。当年好歹还是会写诗的语文老师呢。"

叶青棠在旁笑看着他们拌嘴。叶总在外面也算得上是叱咤风云，私底下对妻女却完全是另外一副愿打愿挨的样子。

叶青棠去洗了个手，过了一会儿阳春面就端上桌了。三人围坐，叶青棠拿筷子挑着面，一边吃一边看着庄玉瑾。庄玉瑾并不算是保养得特别好的女人，眼角的细纹、脸上的晒斑都很明显。她不做医美，也几乎不化妆，是叶青棠知道的少见的几个完全不会有容貌焦虑的人。

即便如此，在叶青棠的心里，妈妈天下第一好看，那淡定蕴藉、被阅历和书香熏陶出来的气质，让她觉得自己被衬托得只是个粗浅好看的花瓶，还是刚烧出来、没多少收藏价值的那一种。

叶青棠同庄玉瑾一一汇报近况。

庄玉瑾问："你的展几号开展？"

"7月10日。"

"到时候我看看去。"

"您这回可以留这么久吗？"

"有个出版公司想帮我出个集子，我回来休息一段时间，顺便整理整理照片。"

叶青棠喜不自禁："太好了。"

庄玉瑾又问起叶承寅茶文化博物馆的进度。

"没那么快，"叶承寅解释说，"得先进行测绘、地质勘测、地震安全评估，设计单位出完阶段性设计方案，还得综合住建、城管、水利和交警等部门的意见，提交规划局审批。施工图出来后，还要提交消防、防空审核……等拿到工程规划许可证，再去住建局做施工图设计文件和施工合同备案，以及质量安全监督登记等。等最后成功拿到施工许可证，少说也是半年后了。"

"好复杂。"叶青棠听得都头大了。

"一些流程有设计方帮忙跑，他们跟有关部门打交道多，能省不少事儿。"

庄玉瑾说："做设计的是应如寄？"

叶承寅说是。

"之前是我这个做女主人的不在，现在既然回来了，老叶你约他来家里吃顿饭吧，不然太失礼了。"

叶承寅笑着说："应如寄这人其实不大在乎虚礼这一套。我先问问看，答应不答应的说不准。"

叶青棠在一旁默默吃面，没吱声。

等吃完夜宵，叶青棠把那盒荔枝拿了过来。礼盒搁在桌上，庄玉瑾帮着拆。礼盒是抽屉式的，一抽出来，跟着滑出一张黑金的贺卡。

"谁给你的情书？"庄玉瑾调侃着将贺卡展开，"敬祝 LAB 建筑事务所业务蒸蒸日上，日月辉煌……"

庄玉瑾转头看叶青棠一眼："LAB？不就是给你爸建房子的那个？你怎么会有他们的礼盒？"

叶青棠表面上一点儿也不慌："跟他们事务所一个人认识，好像恰好是应如寄的助手吧，之前送过她展览票，她顺手还的人情。"

庄玉瑾不疑有他地合上了贺卡。

到凌晨一点，叶青棠才洗完澡上床。她准备给应如寄发条消息，说庄玉瑾想让他来家里吃饭的事，想了想这是父母和他的人际来往，和她实则没什么关系，就没说，只答谢了他赠送的荔枝：*谢谢。荔枝好甜。*

从相册选中方才趁庄玉瑾不注意拍下的贺卡的照片，又说：*差点露馅。*

料想这个时间应如寄可能已经睡了，正准备锁定手机，却有消息回过来。

应如寄：*抱歉，我没拆开看过。*

叶青棠仰躺下来，回复：*暴露了你会困扰吗？*

应如寄：*不能什么好处都想占。*

叶青棠笑了一下，又发送：*应老师怎么这么晚还没睡觉，该不会是在想我吧？*

她知道在微信上的应如寄一贯非常正经，像是很注意不要留下什么文字上的实据一样。所以她常常发一些过界的消息戏弄他,哪怕得不到回应,想象他也许会觉得窘迫,她就会觉得很有趣。

哪里知道这一回,"对方正在输入"闪了闪。

应如寄回复:是。

她吓得手机差点掉下来砸到脸。

参展的书籍和装置,由出版社、编辑部或者个人陆陆续续地寄送了过来。工作室借用了一芥书屋的库房寄存展品,布置场馆的同时,还得将所有已收到的展品扫码入库。伍清舒要兼顾一些媒体和网店的管理工作,有时候会留在办公室,而叶青棠基本都耗在了展馆里。到周四晚上,整体布置基本结束,后面便是摆放展品、展架的工作,烦琐且细碎。

叶青棠最后一个离开,巡查一圈,熄灯之后,和管理员打过招呼,才走出展馆。她和应如寄说了今晚去她那儿过夜。提着包走到门口,应如寄的车已经等在门口了。她拉开车门,车里清新的冷空气扑面而来,一坐进去,身上的暑气便消散大半。

"等很久了吗?"叶青棠卸下提包。

"没有,刚到。"

应如寄将车子启动之前,指了指搁在中间储物格上的东西。

那是盒切好的西瓜,红艳艳的瓤,几乎不见什么籽,似乎冰镇过,看上去凉丝丝的。

叶青棠笑问:"给我的?"

应如寄点头。

叶青棠打开透明塑料盒,拿小叉子叉上一块西瓜,却没急着自己吃,而是递到了他面前。应如寄一顿,张口接过了。

"甜吗?"

"嗯。"

"我要尝尝。"

她说的尝，是腾出手撑在储物格上，探身倏然凑近，唇轻擦过他的嘴唇，又抬眼，直勾勾地看着他。只一瞬，叶青棠便笑着退回。而应如寄已伸手一把搂住她的腰，不许她后撤。

他轻笑一声："再尝尝？"

待叶青棠呼吸不畅，好似要随着这溽热的天气一块儿融化时，她伸手推了推应如寄，他这才松了手。

叶青棠坐正，脱了鞋，端着塑料盒子，惬意地吹着冷风吃西瓜。

应如寄说起3D模型数据的事儿："今天叫人试着打印了一个，按原比例缩小的效果不理想，很多细节太小，难以还原。我叫人直接按照周边模型的要求重新进行简单建模，数据过一阵再发给你。"

"会不会太麻烦你们？"

应如寄笑着说："这事儿实习生就能做。"

"你们那里有3D打印机吗？"

"有。"

"可不可以就麻烦你们帮忙打印这批模型——我会按照正常的市场价支付工时费和材料费。"

应如寄没和她客套，他了解叶青棠这人公私分明："回头你直接跟我助理对接吧。"

"谢谢！不然我另找人去做好麻烦。"

应如寄笑了笑，又说："今天接到了你父亲的电话，邀请我去你家吃饭。"

"你答应了吗？我妈说我爸那博物馆的事情得麻烦你，她之前一直不在南城，回来了应当尽一下女主人的职责。"

"还没，我说过两天再给答复。"应如寄说这话的时候瞥了她一眼。

叶青棠误解了他这一眼的意思，笑着说："你不用顾忌我，我知道你这人应该是蛮讨厌无谓的应酬的。你和我爸只是合作关系，如果不愿意，不去也没关系。我爸也了解你的性格，他不会强人所难的。"

应如寄想了想，暂且没多解释。

车驶入观澜公寓的地下停车场，两人下了车往里走。

应如寄见叶青棠今日背的帆布包似乎很满，便伸手接了过来帮她提着，"这么沉。都是书？"

"一些是书，一些是打印出来看效果的海报。我今天得审完，明天跟我朋友反馈修改意见。"

应如寄打量着她，笑着说："回家了还得加班？你似乎都不会觉得累。"

"做喜欢的事情当然不会累。"

上了楼，叶青棠从他帮忙提着的包里摸出钥匙开门，摸到门边按下开关，浅白灯光一泻而下。她率先蹬掉了脚上的帆布鞋，涂着肉桂色指甲油的脚踩在地板上，再伸进凉拖里。她弯腰从鞋架上拿下另一双凉拖，放到应如寄脚边。

应如寄的目光落在她的脚趾上，又一路向上延伸，可见青色血管的白皙脚背，线条分明的脚踝，以及穿着高腰牛仔热裤的匀称双腿……

他收回目光，换了拖鞋走进屋，将她的包放在餐椅上。

叶青棠将一头自然长卷发绾起，随意地拿皮筋一箍，露出漂亮的颈项。她走过去拉开冰箱门，拿了瓶冰水，拧开后喝了两口，递给应如寄。应如寄自然地接了过去，倾倒瓶身，刚喝了一口就顿住了。

叶青棠在仰头看着他笑。应如寄将水瓶往餐桌上一放，伸手一把搂住她的腰，往上一抬。

缺氧、口渴、热气腾腾，一切亦如这个暑天。

叶青棠去收拾东西时，应如寄回到餐桌那儿，拿起方才的水瓶喝了一口，看见桌上一摞夹着海报的书籍，料想应当是展品，便随手翻了翻。他来叶青棠这儿多次了，她常常跟他分享新到的书，叫他可以随意看看，喜欢哪本就直接拿走，几次下来便成了一种习惯。

这一批都是外文书籍，以文艺作品为主。其中有一本引起了应如寄的注意——这书叶青棠应当是精读过,书页间密密麻麻地贴了许多彩色的便签条,上面手写着提示内容的关键词。翻开一看,书页里也有她拿彩色纤维笔画出的段落和随手记下的阅读感想。

书是红色封面,封面上印着黑色的房子、树枝和鸟的剪影,书名是 The Cuckoo Bell,作者名 Lyndon Keats。书里夹了一张叠起来的海报,打开一看,似乎是展架的打样说明,内容是这本书与作者的简介:

Lyndon Keats(林顿·基茨),著名作家、文学理论家,本名林牧雍,外籍华裔,祖籍莲都,毕业于 PU 大学。22 岁开始非虚构写作,处女作《再见夏娃》甫一发表便引起轰动……

The Cuckoo Bell 是其第五部作品,连续 10 周登陆《NY 时报》畅销榜第三名,本书讲述了一个风平浪静的下午,埋伏于中产阶级罗德里格斯一家身后的危机,逐渐接近……

Lyndon Keats。

L·K。

L。

应如寄盯着这名字看了数秒,源于一种无法说清来由的直觉,他拿过手机点开浏览器,输入这个名字。检索出来的第一条结果,是两周前某杂志发表的 Lyndon Keats 的专访。

应如寄点开那篇专访。标题下方,是一张 Lyndon Keats 与记者交谈的摄影图。

他看了一眼,只觉得浑身血液迅速凝固。

叶青棠收拾完出来,却见应如寄正立在门口扣衬衫的纽扣。

"你要回去了吗?"

应如寄瞥她一眼,没有作声,冷峻的脸上更是毫无表情。叶青棠愣了一下,她从来没见过这样神色的应如寄,无法形容。刚认识那会儿,她跟他搭讪,他也有几分淡漠,可那淡漠里终归带着应有的客气。

而此刻，那客气都消失不见，只有纯粹的漠然。

"怎么了？"她试图笑一下，但没有成功。

应如寄扣好了最后一粒扣子，又去拿桌上的机械手表。他垂眸，将银色金属表带套到腕上。"咔嗒"一声。叶青棠极喜欢应如寄戴手表的样子，而此时此刻，这一声却叫她心里无端地咯噔了一下。

穿戴整齐的应如寄终于抬起头，目光平静地朝她看来。他的声音更平静："林顿？林牧雍？"

叶青棠一震。

"没想到,叶小姐竟是情种。"应如寄淡淡地说完这一句，收回目光，不再看她，径直朝门口走去。

"应……"她仿佛丧失语言功能。

应如寄换了鞋，打开门。叶青棠不由自主地往前走了两步。而门口的身影稍顿，下一瞬便将门拉开，毫不犹豫地走了出去。

门"嘭"的一声阖上，叶青棠定在原地。

不是没有预料过这种情况，哪怕不是今天，可能也会是展览当日，或者未来的某天，那时候他们已经彼此厌倦，好聚好散。她甚至无须解释什么，可以理所当然地说：我们一开始就说好了，我并不欠你。

而真当发生了，应如寄的反应甚至比她预料的还要冷静。

门关上的这一声，却叫她心中轰然巨响，像是有谁朝她放了一记冷枪。

第七章 不喜错过 Chapter 07

车子驶出地下车库，开到路上，一路疾驰。遇到红灯，应如寄踩下刹车，车停的一瞬，他忍不住一拳砸在方向盘上。

红灯倒数结束，转绿灯已过了几秒，后车司机没耐心地鸣了一声喇叭。应如寄这才回神。

叶青棠走进浴室，插上吹风机吹头发，吹到半干，换了把齿梳，从头顶到发尾往下顺，扯到了一个小的打结，她轻轻嘶了一声，回过神来。往镜中看一眼，只看见自己脸上几分空茫的神情。

回卧室披了件外套，坐回到餐桌旁，她这才拿起摊在那上面的打样海报看了看。她抿着唇叠上海报，翻开那本书夹了回去，打开放在餐椅上的帆布包，从那里面拿出今晚要审核的海报。

她随意摊开了一张，双脚踩在餐椅边缘，从一旁捞起一支红色的油性记号笔，捏着笔在海报需要修改的部分画了个圈。

她突然觉得索然无味，然后把双脚放下，踩在拖鞋上，颓然地偏着脑袋趴下，将记号笔的笔帽盖上，拔开，又盖上，又拔开……

清早叶青棠和伍清舒在工作室碰头，对方看见她的素颜吓了一跳："你怎么了？黑眼圈都要掉下来了。"

叶青棠淡淡地说:"跟应如寄结束了。"

"你们不是正好得如胶似漆吗?"伍清舒疑惑。

叶青棠拉开座椅,一边开电脑一边简单解释一句:"他知道了林老师的存在。"

伍清舒打量她:"你怎么这么平静?他怎么说?有没有反应过激?"

"都是成年人了,怎么会动不动过激?接受不了好聚好散不就得了。"叶青棠从包里拿出昨晚审过的那叠海报递给伍清舒,"需要修改的地方我圈出来标注了,你指挥实习生拿去修改吧。"

伍清舒不再追问,早已见怪不怪,毕竟叶青棠谈过的恋爱都没有超过半年的:"哦对了,那3D模型的事……"

叶青棠顿了一下:"这个砍了改成别的吧,手账本或者帆布包什么的……我回头想想。"

电话打来的时候,应如寄正在办公室里手绘设计图。周六有些人自愿留下来加班,透过磨砂玻璃的墙壁,隐约能瞧见外间电脑显示屏散发的模糊的光。应如寄放下铅笔,接通电话,合眼,抬手捏了捏眉心。

"您好,请问是应先生吗?"

"是。"

"这边是Crepuscolo餐厅,您预订的位子我们这边只能帮您保留到七点半,请问您大概多久可以到呢?"

"取消吧。"应如寄淡淡地说。

"您确定今天没有用餐需求吗?那我这边就先帮您取消了。下次如需要用餐,欢迎再次致电……"

挂断电话,应如寄起身去茶水间给自己续了一杯咖啡。

今日孙苗和姚晖又在公司蹭网蹭电,两人椅子挨在一起,对着同一块电脑屏幕,也不知在看什么。应如寄收回目光,回到办公室,关上门,依旧继续画图。

晚上十点左右,微信上收到楚謇的消息,问他:怎么样?

其意不言自明，询问他晚上吃饭的情况。

应如寄回复：没去。

楚誉发来语音，笑着骂他："我帮你托关系插队订的位，还欠了老板一个人情，结果你告诉我你没去？"

Crepuscolo 餐厅是当时楚誉跟女友 Jenny 求婚的地方，环境、菜品和服务都是一绝，也因此十分难订位，排队几乎都要排一个月以上。

应如寄没回复微信，顿了会儿，直接给楚誉打了个电话，问他："有空吗？出来喝杯酒。"

开展日期日渐临近，工作室越发忙碌。

自周一起，大部分人都聚在了一芥书屋那边，一部分人跟着叶青棠布置展品，一部分由陆濯指挥把新到的展品入库，还有一部分人则由伍清舒负责培训展览当日的接待事宜，包括检票、引导、回应咨询、巡逻、收银等。

忙到傍晚，叶青棠给所有人订了盒饭。他们怕弄脏展馆布置，都撤了出来，蹲在一芥书屋后方的停车场用餐。陆濯挨着伍清舒蹲着，看她还一口没动，只捏着筷子，皱着眉头，仔细地将牛肉里的芹菜一根一根挑出来。

"你不吃芹菜？"

"受不了这个味。"

陆濯看了看自己手里只动了一坨的米饭："……跟你换？"

伍清舒抬眼。

"茼蒿腊肉、香干、番茄炒蛋……"陆濯报上菜名。

伍清舒果断将自己手里的这份递给他。

陆濯笑着说："下回拿的时候先确认一下啊。"

"大家都跟饿死鬼一样，哪里有时间给我确认。"

"你是老板，有权给自己开小灶。"

"有个鬼。我们工作室的宗旨就是不分老板员工，大家同吃同住一视同仁。"

陆濯一边眉毛微微抬起："同住？"

伍清舒目光扫过来。

"我错了。"陆濯立即往旁边挪了一点，他毫不怀疑伍姐姐会把手里的盒饭扣到他头上。

另一边，站在树影下的叶青棠还没打开盒饭，随手放在一旁的台阶上，只忙着回复微信。她忙了一整天，这会儿才有空看消息。通讯录里多了条新的好友申请，验证消息写着：应总助理。

通过之后，那边自我介绍道：叶小姐你好，我是应总的助理沈菲，来跟你对接一下一芥书屋3D模型的事情。

叶青棠愣了一下，她以为这事儿已经黄了。

她还没回复，沈菲又发来一条：这边建模已经完成了，随时可以进行打印，不知道叶小姐一共需要几套？需要什么尺寸？

叶青棠：我稍后给您发一份包含数量、尺寸和市场报价的表格可以吗？

沈菲：那样就更方便了。多谢！

叶青棠：我该说谢谢才是。还有上回项链的事，也要谢谢您费心。

沈菲发来一个熊猫头疑惑的表情包：项链？

叶青棠：就上次我过生日，您帮忙挑的生日礼物。

沈菲：啊。

沈菲：……就是说，有没有一种可能那是应总自己挑的？

叶青棠第一反应是笑出声，笑过之后却沉默了。

过了好一会儿，才又回复道：有件事想拜托沈小姐。我们的书展会在7月10号开展，内容大多涉及设计领域。我想感谢LAB对我们这次活动的支持，所以打算赠送一些门票，不知道贵所一共有多少人？

沈菲：谢谢叶小姐！太客气了。

沈菲：我们有一些员工在外地忙项目，不一定都有时间去。我先去找行政问个大概的人数,回头再回复您。

叶青棠:好的,麻烦了。

叶青棠将手机锁定,这才端上盒饭。她捏着竹筷,一下一下扒拉着米饭,完全没胃口。

吃完饭,大家回到场馆里继续干活。叶青棠把伍清舒叫到一旁,告诉她 3D 模型不用砍了,还是照旧。

伍清舒不得不赞叹:"应如寄真是公私分明。"

叶青棠张了张口,但没再说什么,回去默默布展。

晚上收工,叶青棠开车先将伍清舒送回家,原本打算回自己的公寓,又临时改变主意回了趟家里。到家时,叶承寅和庄玉瑾已经打算去休息了,见她进门时无精打采的,忙问怎么了。

"没……就忙了一天,有点累——有水果吃吗?我晚上没怎么吃饭。"

"累还跑回来,回公寓那儿不是更近吗?"叶承寅便要往厨房去,"给你煮个面条?"

"要不消化。我吃点水果就好。"叶青棠放了包,自己走去厨房。

一拉开冰箱门,就看见半个裹着保鲜膜的西瓜。她无声地看了一眼,抬手拉开了锁鲜盒,从里面拿出一个苹果,又顺手从冰箱门上的格子里拿了盒酸奶。

叶承寅将苹果接了过去,替她洗净切块。

叶青棠咬着酸奶的吸管,脑袋往他背上一靠,笑着说:"谢谢爸爸,爸爸真好。"

庄玉瑾也走了过来,问她:"真不吃点别的?有剩饭,可以让你爸给你炒个蛋炒饭。"

"会胖。"

"我说了女孩子不要减肥,健健康康的样子最好看。"

叶青棠笑着说:"我要是像妈妈这么好看,我也不减肥。"

庄玉瑾抬手敲她额头:"油嘴滑舌。"

叶青棠从盘子里拿了片已经切好的苹果,用随意的语气问了句:"你们不是说要请LAB事务所的应如寄吃饭吗?什么时候?"

"后天。"庄玉瑾说,"不过他不愿来家里,说太打扰,我就订了个餐厅。"

叶青棠沉默下去,将苹果塞进嘴里。

时间恍然到了七月。午后太阳炽烈,一排绿树无风静止,仅拉开百叶帘往外看一眼,便觉得那白花花的阳光要将人融化了。

助理沈菲过来通知车已备好,该出发了。应如寄应了一声,离开窗边,拿上了桌上的手机,朝外走去。在电梯口,恰与孙苗和姚晖撞上。

两人齐齐打招呼:"应老师好。"

应如寄点了点头,迈了一步,又停下:"等等。"

两人赶紧顿步,孙苗问:"有什么盼咐吗应老师?"

应如寄瞥了一眼孙苗手里提着的东西,那是个环保布袋,印着"Art Book Project"字样。

"从一芥书屋过来的?"

孙苗点头:"对!青棠——叶小姐不是送了我们票吗,我上午去工地上看过之后还有空,就去逛了逛。"

"有什么收获?"

"买了几本书,还有一些周边。"孙苗伸手去掏布袋,先从里面拿出一个装在透明塑料盒子里的模型,递给姚晖帮忙拿着。

应如寄的目光落在那模型上面:"你挑战成功了?"

"啊?"孙苗反应过来,"您是说那个集点活动?没有,是叶小姐'黑箱'给我的。她说不知道是不是设置得太难了,开展一周了,没有一个人找齐全部的十个地方。她说估计打印的二十个模型是一个也派不出去了,就送了我一个。"

"我看看。"应如寄淡淡地说。

姚晖将模型递过去。那模型的整体高度大约20厘米,但应有的细节一点没落下,尤其是副馆庭院里那株堪称点睛之笔的柿子树。

"我记得给他们送过去的只是白模,上色是谁做的?"应如寄问。

孙苗说:"我也问了叶小姐这个问题,她说是她自己抽空上的色。"

应如寄一时没再说话,只是看着装在透明盒子中的模型。那橘色的柿果栩栩如生,上面结的霜都分毫毕现,也不知道是拿什么上的色,可以这样逼真。

看了片刻,应如寄敛回目光,将模型递还给孙苗。

孙苗笑着说:"好像下周就闭馆了,应老师有空也可以去看看,真挺有意思的。"

应如寄说:"我可没有这样的闲心。我得接项目干活,不然哪里养得起你们这些工作日去逛展的徒弟。"说罢,转身就走了。

孙苗被这突如其来的凉飕飕的阴阳怪气吓傻了,笑容直接凝在脸上,和姚晖交换了一个"救命"的眼神。

七点半过后,逛展的游客开始陆续离场。

叶青棠正在电脑上核对今天展品的库存,手机响起微信提示音。

消息是应如寄的助理沈菲发来的:叶小姐,你们的展览到这个时间已经不能入场了吗?

叶青棠赶紧回复:沈小姐在门口?

沈菲:在的。

叶青棠:稍等,我马上过来。

叶青棠赶到门口,沈菲正站在检票口外,笑着冲她摆手。

她请检票的实习生放了行,往沈菲身后看了一眼,不动声色地笑着问:"沈小姐没和公司同事一起来?"

"我陪应总去跟客户吃了顿晚饭,就直接过来了。"沈菲笑着回答,"我比较喜欢一个人逛展,没人催促更自由一点儿。"

沈菲进了门，卸下提包过了一下安检机，不大好意思地说道："我看票据上写着是8点闭馆，所以……"

叶青棠解释："我们一般7点半以后就只出不进了。"

"那是不是耽误你们的工作了？"

叶青棠笑着说："没事没事，我们闭馆以后还要整理和打扫，基本9点过后才能下班——需要我带你逛一下吗？"

"不用不用，我自己随意逛逛就行。对了……"沈菲笑着说，"我听同事孙苗说有个集点的挑战……"

"有的，"叶青棠去一旁问询台上拿了本折页的册子递给沈菲，"这上面有线索提示，找到以后拍照拿过来给我看就行。"她笑着补充一句，"实在找不齐也没关系，我也'黑箱'一个模型给你。"

沈菲笑着说："我先试试。"

叶青棠将沈菲送到主馆的入口处，自己回到休息间继续核对库存。到八点钟，叶青棠派人去场馆里提醒剩余参展者准备离场，而后又单独给沈菲发了一条消息，叫她继续逛没关系。

大约八点十分左右，沈菲抱着三本书，走到了一楼出口处的收银台。叶青棠走过去亲自帮她结账。

沈菲点开相册，出示给她看，笑着说："叶小姐你检查一下，是不是这十个地方？"

叶青棠将她拍摄的照片滑过一遍，整整十张，一处不漏。她一时微怔，随后笑了笑，从后方拿了一只大号的布袋，把连同一芥书屋模型在内的全套周边装起来，递给沈菲。

沈菲将那三本书付了账，仍旧抱在怀里，笑着说："耽误你们收工了，很不好意思。我先走了，叶小姐有事的话微信上联系我。"

叶青棠笑着说："好的。回去路上注意安全。"

沈菲自出口离开，绕至后方的停车场，然后拉开了停在那里的一辆车的后座车门，笑着递过布袋："您真不打算自己去逛逛吗？这是我今年逛过的最有意思的展了。"

"再说吧。"坐于阴影中的男人随意地应了一声，打开布袋，垂眸往那里面用透明塑料盒装着的模型看了一眼。

一周后书展结束时，工作室所有人几乎都累掉一层皮。不过尚且不到可以休息的时候，她们还得将剩余展品和周边运送回工作室的仓库，拆解现场的布置，打扫并复原场馆，负责人检查确认过后，才算真正结束。这样又花去了三五个工作日的时间。

叶青棠给所有人放了三天的假，她自己也没逞强马上去做收尾工作，而是回了趟家，吃吃睡睡，放松休息。

她不是特别能闲下来的性格，到第三天的时候实则已经有些百无聊赖了。下午她给韩浚发了条消息，说请他吃晚饭。展览期间人手不够，是韩浚找了几个朋友过来帮忙。再加上上回过生日半路撂挑子，还欠着他一个人情。

韩浚说请客就不必了，出来玩吧。

叶青棠问他的社交圈子最近有没有扩展，有没有新鲜面孔可以瞧瞧。

韩浚：那必然有啊！我约个局，出来唱歌吧。

叶青棠打扮一番，前去赴约。她到的时候，人也刚来齐，粗略扫一眼，有一些是一直跟着韩浚玩的朋友，还有几个生面孔。

她刚一坐下，就有个陌生的年轻男人过来搭讪了。

对方个头很高，目测有188，穿一身黑色，手臂上没文身，身上也没什么乱七八糟的饰品，拾掇得很干净。他自我介绍是南城艺术学院的学生，读的是表演系，现在在拍广告，做平面模特。

他说了本名，叶青棠没记住，只记住了英文名叫 Vic。

Vic 分外游刃有余，聊了一会儿就问她要不要一起唱个歌，她推脱说自己五音不全，让 Vic 自己唱。

"我给你打call！"叶青棠拿起一旁的沙锤,煞有介事地晃了几下。

Vic点了一首《还是会想你》,不愧是艺体生,嗓音确实非常出众。叶青棠一番喝彩,夸他唱得好好听,不逊原唱,又顺势再替他点了两首。

趁他唱得嗨,叶青棠赶紧躲到韩浚身边去。

韩浚笑着说:"我记得这款也算是你喜欢的类型吧?怎么还没聊两句就敷衍上了。"

叶青棠没回答他的话:"想找你咨询一个情感问题。"

韩浚立马坐直身体:"还有你找我咨询情感问题的一天?"

"听不听?"

"听听听,你说。"

"我有个朋友,跟人来往了几个月,突然发现,其实对方只是拿他当替身……"

"不是,谁敢拿我们堂妹当替身?"韩浚一副随时要替她出头的架势。

"……我没无中生'友'。真是我朋友,不是我。"

"男的女的?"

"男性朋友。"

"你想问什么?"

"就……假如这事儿发生在你身上,你会是什么想法?"

"一般人都接受不了吧。"韩浚说,"尤其男的……"

叶青棠看他一眼。

韩浚笑着说:"听我说完。我的意思是,尤其男的,在脆弱的自尊心这块更胜一筹。"

"意思就是,你不会原谅?"

"别人我不知道,换我我肯定没法释怀。我虽然条件不算好,但自认也不差吧,结果呢,其实条件如何压根不重要,因为在别人眼里就是个高仿,这谁受得了。"

叶青棠默然。

韩浚继续说:"劝你那位男性朋友放下吧。一时忍下来了,免不了后面还是会意难平。这事儿长痛不如短痛。"

叶青棠拿起啤酒罐抿了一口:"你话好多。"

"……大小姐,是你找我咨询,还怪我话多。"

这时唱着歌的 Vic 转过头来看,叶青棠立马笑着举起沙锤,敷衍地晃了几下。

韩浚笑了:"不会这些你一个都瞧不上吧?什么时候眼光变这么高了。"

"哪里高,是你眼光差,这都什么庸脂俗粉。"

"庸脂俗粉?就现在唱歌这哥们儿,明年就要去参加选秀了,经纪公司直接买了出道位的。"

"还没出道就这样,恶心。"

韩浚:……

叶青棠拿着罐装啤酒坐到了角落里默默喝酒,不再搭理任何人。

因第四届书展办得异常成功,有好几家媒体做了全面报道,有一些出版社已经开始咨询下一届是什么时候。

第五届将于来年一月份举办,虽然还有近半年的时间,但前期的工作也要开始准备了。场馆是第一个定下来的,定的是南城美术馆的一号展厅,面积很大,能够满足书展扩容的需求。

此后,叶青棠把之前一直在构想的文创产品提上日程,联系了工厂,订立长期合作的协议,并将先前展会上卖得较好的几款产品进行量产,在网店上新。

一件一件琐碎的事情忙下来,不知不觉间,夏天已经过去了。

林牧雍的婚礼,叶青棠没去。外人一般都叫他林顿,但叶青棠刚认识他那会儿,他自报家门时用的就是这个名字,她也就因循惯例地一直称呼他的原名。

她给林牧雍和 Sienna 寄了一份新婚礼物——自家茶园产出的茶

叶和一套精致的茶具。她本来不确定漂洋过海寄过去的茶具会不会碎，好在林牧雍收到之后，发邮件告诉她毫发无损。

因 The Cuckoo Bell 在书展上直接售罄，叶青棠又请林牧雍联系出版社，邮寄了一些过来，挂在工作室的网店售卖。

9 月 20 号是伍清舒生日。叶青棠陪她在南城天街逛街，意外在奶茶店里碰见了孙苗。她跟姚晖一起来的，手里还提着购物袋。叶青棠正在用手机点单，便直接帮他们两人也点了。

四人找位子坐下排号，叶青棠问起自家茶文化博物馆的进展怎么样。

孙苗说："施工图设计文件已经提交住建局审查备案了。"

"意思就是还得等？"

孙苗笑着说："是的，这个也没办法，年底之前施工许可证应该能下来。但开工之前还有很多准备工作，真正动工可能要到明年开年了。"

"你们都辛苦了。"

"我和姚晖还好，我们做的更多是辅助性的工作，核心设计都是应老师完成的。我们上个月几乎都在加班讨论设计方案，每次我们走了之后，应老师自己还会在工作室留到凌晨。"

叶青棠先前过马路时被人塞了一张火锅店的店促海报，说话间心绪纷乱，不自觉地将其中一角卷了起来。她笑了笑说："……回头我让我爸请你们吃饭。"

孙苗笑着说："那要等应老师回来再说了。"

叶青棠一顿："他人不在南城？"

"去 S 国了。那边有个项目要准备动工，之前是我们另一个老板楚老师负责的。楚老师家里似乎有点事，应老师就自请过去帮忙了。"

"这样啊……会去很久吗？"

"至少两三个月吧，"孙苗以为她是担心自家的项目没人管，赶紧又补充说,"你们茶园那边的项目,后续有些统筹的工作,会由楚老师暂时代管。放心,楚老师的专业能力和应老师不分伯仲。"

叶青棠笑了笑:"嗯。那我就放心了。"

过了一会儿,奶茶做好了,又闲聊了一会儿,孙苗和姚晖要去看电影,便跟她们分道扬镳。

叶青棠挽着伍清舒进了商厦,往扶梯走去。伍清舒突然脚步一停。

叶青棠也被带得一顿,回过神来:"怎么了?"

伍清舒盯着她:"你刚才拐弯抹角说了一堆话,就为了打听应如寄的近况?"

叶青棠没作声,咬着吸管吸了一口奶茶。

"你们不是好聚好散了吗?"

叶青棠垂眸,轻声说:"我只是觉得可能还欠他一句道歉。"

过了十一月之后,一切就又忙了起来。但有了前面几届书展的经验,一切都忙而不乱。

叶青棠午饭过后离开工作室,打了个车,抽空去某个出版大厦跟一位编辑会面。

有个外国摄影师的图文集,在工作室的网店销量很好。该摄影师授权了叶青棠做代理人,请她帮忙问询引进中文版权的事宜。叶青棠在朋友圈里发了消息,有好几位编辑伸出橄榄枝。

今天会面的编辑来自一家资深的出版社,该社做摄影集、画集之类的印刷物比较多,渠道也相对稳定,但报价不甚理想。

这也是叶青棠今天会面的目的——希望对方能够提高一些版税或者印量。

出版大厦一楼有家咖啡店,两人就约在这里见面。见面以后两人相谈甚欢,一直聊到五点半。编辑说会跟领导汇报,争取提高报价,回头再告诉她汇报结果。

因还有事情要收尾，编辑乘电梯上楼继续去工作了。叶青棠离开咖啡店，走到大门口，才发现适才觉得天色昏暝不是因为天黑了，而是因为在下雨。

正逢下班高峰期，大楼的台阶上站满了人。叶青棠后悔今天出门没自己开车。她打开打车软件看了一眼，果不其然排了五六十号人。一搜地图，附近几百米有个地铁站。没有犹豫，她将包举在头顶上，就这么冲进了雨里。

路灯已经亮起来了，路面湿漉漉地反着光。十一月末的冷雨淋下来，飞快带走了体表的温度，风一吹，她只觉牙关都在打战。

"叶小姐！"

叶青棠忽然听到一道女声，她停下脚步，回头看去。一个穿灰色套装的女人，撑着一把黑伞，正快步朝她走来。

叶青棠惊讶："沈小姐？"

沈菲停在她面前，笑着将伞递给她："正好路过这里。应总看见你了，叫我给你送把伞。"

"他回南城了？"叶青棠脱口而出。

"对，上周回来的。"

叶青棠目光越过沈菲的肩膀，朝她的后方看去。路边停着一辆黑色的SUV，打着双闪灯。那不是应如寄的私车，或许是他们事务所的公车。白蒙蒙的雨雾里，能见度极低，她只能勉强看见坐在驾驶座上的司机。应如寄在后座吗？

沈菲又将伞柄往前一递，叶青棠这才恍然回神，笑着问："可是我要怎么还给他？"

"应总说，伞也不贵，就送给叶小姐，不用还了。"

叶青棠沉默片刻，笑着婉拒："请帮我谢谢应老师，我马上就到地铁口了，反正已经淋湿了，打不打伞意义不大，拿着也累赘。"

沈菲笑着说："如果叶小姐不收，我很难交差。一把伞而已，不用客气。"

僵持片刻,叶青棠还是伸手接过了。沈菲任务完成,也不多言,一转身回到雨里,快步走到车边,拉开了副驾车门。

叶青棠撑着伞,就面朝着那车停靠的方向站着,没有动。那车也没有动。

暗透的天色,雨幕沉沉,只有双闪灯一下一下跳动,机械、枯燥,如同表盘上滴答转动的秒针。终于,那车子启动了,眼看着越来越近,叶青棠却倏然背过身去。她不想和后座的人错目擦肩。

她不喜欢这种感觉。

她举着伞埋头,飞快地朝地铁口走去。

地铁车厢的空调将身上衣服烘得半湿不干,贴在身上,像是拂不去的蜘蛛网。出站时雨还没停,叶青棠懒得再打伞,就这么一路走回到小区门口。

进屋后,她把长柄伞竖在门边的角落里。地上缓缓地蓄起了一小摊水。

她脱了湿衣服,随手扔在沙发上,走进浴室。热水浇下来的时候,她反倒打了一个冷战。

洗完澡,叶青棠给伍清舒发了一条微信,问她回家没有。

伍清舒说已经到家了,问她怎么了。

叶青棠:没事,本来想让你帮我带本书的。

她丢下手机,倒在沙发上,不想一个人,想跟人说说话,可真把清舒叫过来,她也不知道该说些什么。她自己都想不清楚。一团乱麻的局面,她想找到头把它一点一点捋顺,但问题症结在于根本找不到那个头。

她不喜欢这种感觉,不喜欢黏黏糊糊,不喜欢不清不楚。

她撑起身体,探手又把手机摸过来。和应如寄的对话框,早就不知道沉到多后面了,翻了半天都没翻到,只能直接从通讯录里搜索。

应如寄的头像是一只黑猫，通体漆黑，连眼睛都找不着的那种黑猫。她曾经随口问过是不是网络图片，他说是他祖父家里养的，一只已经十岁的老猫。她说现实中没见过这样全黑的，他说有机会可以带她去看看"实物"。

这话题没下文了，似乎是她当时被别的什么内容吸引转移了话题，也似乎是下意识的回避行为，不想了解他的喜好、他的内心。

就像她不想去了解他的"梦中情房"；不想知道他的歌单里为什么全是评论不到1000条的超冷门歌曲；不问他当时是为什么开始抽烟又为什么戒了；他的车牌号Y3668，Y是不是代表他的姓；他那么体贴，究竟是教养使然还是跟很多女人交往历练出来的；他的那些朋友，卖衣服的、卖花的，都是女性，是普通的朋友吗，还是说有什么特殊关系；他的父母究竟发生过什么，导致他对恋爱和婚姻关系报以谨慎态度……

她都有机会问，但是她没有。

和应如寄的最后一次对话，已经是很久之前了，停留在他带着切好的西瓜去接她的那天。

那时他说：我到了。

她回复：好的，马上出来。

所以，叶青棠的手指在输入框上停留好久，终究一个字也没打出，直接按键息屏。

第八章 彻底的灰 Chapter 08

楚誉和女友 Jenny 选择在 12 月 21 日，两人恋爱五年的纪念日订婚。订婚宴只有亲朋参与，晚上结束之后，几个多年的朋友另找了个地方喝酒聊天。

半山腰上有一段路，沿路都是咖啡馆、餐馆和小酒馆，因南城的飙车党聚集而成。一到夜里，路边一水的豪车。

应如寄他们喝酒的那家小酒馆装修成了西部片里汽车旅馆的样子，外墙上还像模像样地贴着悬赏海报，音响里在放游戏的主题曲。

有个朋友问楚誉和 Jenny 婚期定在什么时候。

Jenny 是混血，父亲是在中国成家立业的外国人，她跟她妈妈姓，身份证上的名字是简雪，但在家里父母都叫她英文名，朋友也都觉得 Jenny 比简雪叫起来更上口。她刚博士毕业归国，拿到了南城大学的聘书，新学期就将前去任教。

Jenny 是那种书香气很浓的女孩子，不笑的时候有些不可接近，一笑却有两个酒窝。有朋友说她有几分像国际名模，有一阵还流行过给她起相关的外号，她自己表明了不喜欢这种外号，大家才作罢。

这时候楚誉接过这个问题："别催婚啊，哄着她跟我订婚都不知道费了我多少工夫，一催人又跑去国外再读一个博士学位。"

Jenny 笑了："我哪有！"

楚誉抬抬下巴，示意对面："要催催这位的。"

应如寄跷着腿懒散地靠坐着，只是喝酒，这时候掀起眼帘，笑着说："这又关我什么事？"

Jenny说："Lawrence还是没有一点情况吗？"

这个英文名应如寄回国之后几乎就没怎么用过了，身边人喊他应老师、应工的比较多。

楚誉不惜揭应如寄的老底："夏天那会儿他还准备跟一个姑娘告白，后来就没下文了。就为这个，还跑去S国治疗情伤。"

"楚总过河拆桥有一套。"应如寄只是淡笑，没有太强烈的情绪，"我替谁去的你心里不清楚？"

"派个副一级的总监就能胜任，你毛遂自荐我还能不成全你？"

Jenny好奇："是哪位姑娘？我们圈子里的吗？"

楚誉说："这你得自己问他，应总嘴严，撬不开，我反正至今不知是何方神圣。"

这样一说，Jenny反而不好意思追问了。大家都是知根知底的老朋友，聊什么都有分寸，只分享一些业内趣闻和朋友圈八卦，气氛轻松。

中途应如寄去了趟洗手间，回来时，吧台那儿一个陌生女人款款而来，将他拦住。

女人笑着说："我能请你喝杯酒吗？"

应如寄朝着卡座处示意，礼貌笑着说："我跟朋友一起的。"

"我知道，我的意思是，等下你们结束了，我单独请你喝酒。"

"抱歉。"应如寄客气的语气里并无半分可供进一步试探和商榷的余地。

女人笑笑，稍显受挫地退开了。

应如寄回到座位上，楚誉便又起哄，笑着说："人长得挺好看的，怎么不带过来一块儿喝杯酒。"

应如寄说："你觉得好看，你去邀请？"

Jenny 笑着说:"看来 Lawrence 的'渣男脸'余威不减。"

应如寄半是玩笑半是认真道:"下回谁白天请我喝咖啡,我一定答应。"

时间过了十一点,大家都喝得半醉,才准备散去。

推开小酒馆的门,料峭寒风扑面而来。楚誉搂住 Jenny 替她挡风,问应如寄:"坐我的车回去?"

应如寄说:"我自己叫代驾,不然车撂半山腰上还得再找时间来取。"

楚誉拉开了车门,Jenny 腾出手来挥了挥:"拜拜,平安夜再去我们家里吃饭。"

应如寄笑着点点头。

待楚誉的车子开走了,应如寄转身去一旁的便利店买了瓶水。他拿着水瓶出来,往停车的地方走去,抬眼一看,一下顿住。他车旁站了个意想不到的人,正略微弯腰,凑近车窗往里看。

她穿了一条连衣裙,外搭似是兔绒的宽松外套,扣子没扣,就那样敞开着。那一头蓬松的头发挡住了侧脸,但即便看不清,也不会认错。

叶青棠抬手,抹去呵在车窗玻璃上的雾气。

车牌号南 AY3668。这是应如寄的车,但他人不在里面。

"在做什么?"雪粒一样微凉的声音,是自身后传来的。

叶青棠顿了一下,转过头,几分虚焦的视线里,眼前的人脸上没有丝毫表情,黑色大衣将他衬出寒夜一样的清冷。

过量的酒精让叶青棠脑子转得很慢,她偏头,笑了一下:"原来你在这里?"

"我问你在这里做什么。"应如寄的声音没有半点温度。

"在找你呀。"

应如寄蹙眉,手指收拢,塑料瓶发出轻微的声响:"找我做什么?"

眼前的人可能醉得不轻,两颊洇着潮红,目光始终没有聚焦过,因此她的目光落在他身上的时候,他却觉得她并没有在看着他。

"你要回去了吗?"酒精也一并让她的语言中枢受影响,吐词很含糊,声调也似被水打湿的钢笔字迹那样,拖出一种潮湿而绵软的感觉。

应如寄没有说话。

"……可以搭你的车吗?我叫了半天车,好像没人应答。"叶青棠凑近一步,点亮手机屏幕给他看。

应如寄不自觉地垂眸瞥了一眼,应用界面上选定了目的地,但并没有点击开始叫车,能叫到才怪。应如寄平声说:"我帮你叫车。"

他掏出手机,打开打车软件,输入"观澜公寓",刚准备点击确认,忽然察觉到那混杂着酒精气息的热烈香气,又浓烈了几分。

叶青棠又凑近了一步:"谢谢,你真好。我应该怎么谢谢你?"

"不用,举手之劳而已。"应如寄屏住呼吸,绷紧的嘴角微微向下。

他往后退了一步,而与此同时,叶青棠已踮脚,把两条手臂搭上了他的肩头。她仰头挨近,醉眼里蒙着一层水雾。他曾经在黑夜里,在她清醒着陷落的时候见识过很多次这样的她。她自己不知道这样的目光,会多让人有欺凌她的想法。

应如寄骤然回过神来,伸手一把将她推开。他没控制好力度,她稍微趔趄了一下,站定,有些茫然地看着他,眼底有几分委屈。

应如寄深吸一口气:"你喝醉了。"

她不说话了,只是看着他。

路面上车子呼啸而过,他们却被拖入漫长的寂静。

叶青棠脸上那被酒精催出来的几分傻笑淡下去了,似乎这一下趔趄让她受惊了,也清醒了几分。她只是看着他,那声音更潮湿,像上次他坐在后座阴影里看着她背影的雨天。

"我好像有点想见你。"她说,好像思考了很久一样,每一个字都咬得很轻,很缓慢。

应如寄抬手,轻按了一下额角,半晌才叹了口气:"放过我吧。"

对面的叶青棠露出困惑的神色。

"……是我玩不起。"

他原本便不是玩咖,佯装高手入场,输个精光,怪谁呢。

叶青棠挽了一下从自己肩头滑下来的链条包,脑子依然转得很慢,脑中一切都在缓缓旋转。她太阳穴发涨,微微跳着地疼,眼前朦胧的白光有些遮蔽视线,眩晕和疼痛都让她有点想吐。

她没有再说什么,又退后一步,转过身缓缓地朝着一旁的路灯走去。她背靠着路灯杆,把手机再度点亮,确认有没有谁接她的单,那界面还是静止不动。她叹口气,放弃了,将手机揣进外套口袋里。

片刻,她瞧见远方有辆黄色的车开了过来,以为是统一涂装的出租车,便伸手一招。待车开近了,定睛一看才发现是辆跑车。

她收回手,那车却靠边停下来,车窗落下,驾驶座上的陌生男人吹了声口哨:"去哪儿?载你兜风啊?"

叶青棠摇摇头:"我看错了。"

"不是你拦的我吗?欲擒故纵啊?"那人笑着,拉开驾驶座车门下来了。

男人一边走近,一边点了支烟,定在她面前,将烟递过去:"抽吗?"

叶青棠蹙眉:"我说了看错了,能不能别烦我了。"

男人笑了一声:"脾气还挺大。大冷天的站这儿不冷啊?走,我带你下山找个暖和的地方。"

他伸出手。叶青棠猛地往后一躲,忽觉光线一暗,下一瞬,一只手自侧方抓住了她的手臂,往旁边轻轻一拽。叶青棠怔然回头,背光里的那双眼睛,深黯而不可测。

他没说话,只拽着她往他停车的地方走去。叶青棠完全没反抗,深一脚浅一脚地跟了过去。

他们回到了方才说话的地方。

应如寄出声:"叶小姐的安全意识真不错。"反讽的语气里,混杂着几分怒气。

"……你可以不用管我。"叶青棠反应了一会儿，才说。

熟悉的话，熟悉的激将法。

应如寄看着她，深深吸了一口气。

叶青棠去开链条包找手机，打算叫谁来接她一下，摸了好久，却没有摸到。她忘了手机在口袋里，以为是丢了，于是转身，准备回方才的路灯那儿找找。刚迈出一步，她的手腕就被应如寄一把攥住，之后将她猛地往后一带。那力道推得她惯性地后退，后背抵上了车门。动作间，外套自肩头滑落下去，她不得不伸手去拉，而这只手也被应如寄攥住了。

他又近了一步，以极其别扭的姿势禁锢着她。按在她肩头的那只手顿了一下，松开之后，却是往她颈间去了。她感觉到他拿起了她戴着的项链吊坠，指腹碰触到锁骨的皮肤，像雪水一样冰凉。

应如寄垂眸看着指间眼睛形状的绿宝石。许久，他缓缓抬眼，目光落在她脸上，抬起手，就连同那宝石一起，捏住了她的下巴。叶青棠被他手指的力道和宝石的切割面硌得微微钝痛。

她被迫以仰面的姿态与他对视，那原本琥珀色的眼睛里染着更深的颜色，像黑夜里暗沉的湖面。她被这目光冻到，眼睛不知不觉模糊了。

"我是谁？"他哑声问。

"你是……"

仿佛不想听到她的回答，他低下头来，挟着清苦寒气，用自己的影子笼住她的全部视野，吞没了此间所有的声音。

嘴唇上传来被刺破的痛感，口腔里充斥着一股铁锈味，叶青棠挣了一下，或许是酒精带来了眩晕感，她像在下坠，所以迫切地想要抱住他。或许应如寄误解了她挣扎的意思，将她的手扣得更紧。叶青棠很快便要无法呼吸，像沉入湖底后，水从四面八方涌来掩住她的鼻腔，但她甘愿放弃抵抗。

终于，应如寄松了手，稍稍退开，却没有放开她，一条手臂箍住她的腰，将她往前一搂，腾出足够的空间后，用另一只手拉开了车门。

他将她往车上一推,她身不由己地踩上了踏板,弯腰钻进车里。应如寄没立即跟着上车,而是"砰"的一声摔上了车门。

为了克服天旋地转的眩晕感,她歪靠着往外看。这附近到处徘徊着代驾,应如寄随意找了一个离车最近的,片刻,他领着那个代驾过来了。

应如寄拉开后座车门,他上来的一霎,整个空间都被冬日气息所笼罩。

车子启动,叶青棠又是一阵头晕目眩,她努力睁眼,视野还是迷蒙。她朝身边的人靠过去,两臂绕过应如寄的肩膀,攀缠在他颈后。应如寄僵坐着,并没有回抱她,但也没有将她推开。

一切像是发生于半梦半醒之间。叶青棠忘了车是什么时候抵达应如寄住处的,她又是怎么上的楼,只觉得电梯里的强光刺眼极了。她靴筒里的双脚发凉,体表却有烤焦一样的热度,又冷又热的感觉让她十分难受。

应如寄按指纹锁的时候,叶青棠像块人形橡皮泥一样挂在他身上,一直往下坠,他手臂穿过她的腋下将她往上搂,然后推进门里。

"脱鞋。"他提醒道。

好在她还没有醉到无法执行这样的指令,顿了一下,躬身去解靴子上的鞋带,而挂在臂弯的小包一路滑下去,"啪"的一声直接掉在地上。她弯腰去捡包,却身影一晃,直接跌坐在地。应如寄就站在她面前,居高临下地看着她,没有动,也不准备出手。

她在地板上坐了片刻,屈腿,拉开左脚靴子的绳结,撑着后跟脱了下来,再解了右脚的,将靴子往下拽时,却好像卡住了,试了几下,靴子依然纹丝不动。她沮丧地抬起头,看向应如寄,门厅浅黄的灯光里,她的睫毛似一簇被打湿的鹅绒,明明这么狼狈了,她泫然的脸却只让人心生怜惜。

"应如寄……"

"应如寄,"她说,"你帮帮我……"

过了好一会儿,应如寄终是上前一步,在她跟前蹲下。他捉起了她的右脚,她却身体前倾,两臂伸过来紧紧搂住他的脖子。

"你这样我怎么帮你?"

他却并没挣开她,手指扯住鞋带,一排一排地往下松,然后再一手握住后跟,一手撑着她的小腿,把靴子拽了下来。

这么冷的天气,她连衣裙里却只穿着一条并不厚实的丝袜,手掌所触的地方,俱是一片冰凉。应如寄捉住她缠在自己颈后的两条手臂,拽她起身。她不肯动。

"就这么坐地板上,不冷?"

"冷……"她仰头看着他,只化了淡妆的脸,鼻头泛着冻出来的红,她脸颊却在发烫,他甚至能感觉到那皮肤上散出的热度。

"……你可以让我暖和起来吗?"她说。

应如寄捉着她手臂的双手突然扣紧,一霎过后,又缓缓垂落在她身侧,顿了一下,应如寄蓦地搂住她的腰,将她托抱而起。

像风潮打翻了一叶舟,倾覆的不只是她。应如寄只觉这一刻酒劲才上来,烧得他愤怒又焦躁。他将叶青棠摔在床上,"摔"这个动作没有一点含糊。

叶青棠能感知到应如寄的每一个动作里都带有惩戒意味的愤怒,和他以往的风格全然不同。酒精同样麻痹了痛觉神经。不然她不会感觉不到心脏紧缩的战栗,本能地涌出了眼泪。

应如寄躺了下来,两臂在叶青棠背后合拢,他脸埋在她肩颈处,似用力、似叹息地深深呼吸,嗅闻她身上的气息。

他之前戒烟,并不是一次就成功。第一次戒到三个月时,复吸过一次。

意志紧绷的忍耐,在吸入尼古丁的那一刻,都像山崩一样溃败了。他说不清那有多狼狈,像是要把在戒除时期欠缺的一次性补回来,是以复吸的那一阵，抽得比以往还要凶。一面享受，一面又生出深深的自厌感。而憎恶自己意志力薄弱的同时，又有一道声音在不断蛊惑他：抽根烟的事，有什么大不了的？

此刻的心情，和那时几乎无差，只是更痛苦。而有多痛苦，就有多迷恋。

刺痛、钝痛、抽痛……叶青棠睁眼的时刻，便觉有这么多种不同的痛法，同时在她身上发生。她撑起脑袋时，神经牵扯的疼痛让她忍不住"嘶"了一声。思绪断篇，一时无法接续。

她闻到一股微微发酸的酒味，打量四周，才意识到这里是应如寄的卧室，但应如寄不在房间里。

她缓缓地爬起来，没在床边找着拖鞋，只好赤脚走出房间："应如寄？"

门厅里，那七倒八歪的靴子并排放整齐了。屋里空荡荡的，没有应如寄的身影。

应如寄在开会——周一的例会，各组负责人依次汇报手里工程的进度。

应如寄手背撑着闷痛的脑袋，伸手端起咖啡杯，才想起来杯子已经空了。手机屏幕亮起，应如寄瞥了一眼，通知栏多出一条微信消息。

抬手划开，是叶青棠发来的：离开时洗衣机已经运行完毕，我帮你把衣服放进烘干机了。

他刚看完，第二条又发过来：我去工作室了。

应如寄没回复。

会开完，大家各自归位工作。沈菲拿来一叠文件，应如寄一一核对签名，头痛让他心烦意乱，对着电脑做了会儿设计图，忍不下去了，拿上外套准备出门。坐在他办公室正对面工位的沈菲立即起身，应如寄说没事，他下去走走。

外头寒风阵阵，应如寄走到咖啡店门口，顿下脚步，头痛像个真空压缩机吸走了他所有的氧气。他想到那时候还是春末，那人就是在这里落下车窗，问他：要不要哄哄你呀。

应如寄进去买了杯冰美式，又在室外待了好一会儿，才回到办公室。他心绪烦乱，但各种琐事牵扯着他，让他不得空闲。一直到快下班时，他终于腾出时间，给叶青棠发了一条消息：下班了吗？

那边很快回复：没有，在南城美术馆布展，今天应该会忙到很晚。

应如寄原想找她谈一谈，如此，暂时也不好打扰她了。

第二天，应如寄自己有个应酬，结束后累得没空多想，直接回家，洗漱之后倒头就睡。

到第三天，他清楚，不能再拖了。

下午四点钟左右，应如寄给叶青棠发微信：还在美术馆？

叶青棠：没，在工作室，场馆那边今天我朋友在负责。

应如寄：怎么了？

过了好一会儿，叶青棠才回复：我好像有点不舒服。

应如寄脸色沉凝，片刻，直接询问：要不要去医院？

叶青棠：我查了一下症状，应该没事。

叶青棠脚上穿着毛拖鞋，腿上盖着绒毯，绒毯下方还放置着一只暖手宝，桌角上的马克杯热气袅袅，是她给自己泡的红枣茶。电脑开着 excel 表格，她在更新展品的到达情况。

目光瞥到下方桌面微信的图标，她点开看一眼，有新消息，但不是应如寄发来的。

她昨天想跟应如寄聊一聊，但前天早上他不打招呼地离开，以及稍后微信上的回复已经能够说明很多问题了，今天再有这个打算时，结果又被身体不适的情况打乱计划。

四点半左右，陆濯回到了办公室。

叶青棠转头望过去："那边忙完了？"

"不是。有一叠海报忘带了，清舒叫我回来拿。"

叶青棠笑着说："有本事你当面叫她清舒。"

"不敢不敢。"

陆濯去伍清舒的工位附近找了找，没找到，说是一个大号的黑色布袋，问叶青棠看见没有。

"我找找。"叶青棠拿开暖手宝和绒毯起身，找了一圈，在打印机附近发现了，喊陆濯过去确认。

"是这些。"陆濯挂上工牌，提起袋子，"我回展馆了。"

"好，你们不要忙到太晚。"叶青棠说。

"放心，我会送她回家的。"

叶青棠：……

陆濯走到门口，按下按钮，电动玻璃门打开，他正要出去，却看见电梯里出来一个人。那人往墙上的指示牌看了一眼，而后便转身，朝着工作室的方向走来，只走了一步，便顿住了。

陆濯："……哥？"

对面应如寄看了他一眼，也有两分意外："你们老板在吗？"

"哪个老板？"

"叶青棠。"

"在。"

应如寄点头。

陆濯撑着门，等他走过来："你找棠姐有事？"

"嗯。"

应如寄进了门，陆濯极有主人意识地返回去，冲叶青棠的工位那儿喊了一声："棠姐，有人找你。"

叶青棠转动椅子，转身望过来，一时怔了一下。应如寄穿着一件灰色高领毛衣，外搭黑色大衣，整个人有种苍山负雪的清冷。他径直走了过来，立在桌旁，垂眼看她，语气平淡得听不出情绪："走吧。"

150

"……去哪儿？"

"私立医院约了个医生，带你过去看看。"

"没事，休息两天……"

"不然我没法安心。"应如寄打断她。

叶青棠一时不作声了。

一旁的陆濯眼睛睁大了一圈，这两人从语气到神情，都不像是普普通通的朋友。可他断断续续地都在这儿实习大半年了，竟然完全没察觉。

叶青棠没有和应如寄争辩，虽然她多少觉得有些小题大做。她将文件保存，关了电脑，丢进托特包里，脱下了毛拖鞋，换上靴子。应如寄伸手，叶青棠顿了一下，将装着电脑的包递给他。

一旁的陆濯还在消化巨大的信息量。

应如寄瞥他一眼："去哪儿？顺便载你一程？"

陆濯回神："我自己开了车。"

三人一块儿下楼。陆濯瞟见身旁并排而立、动作语言并不亲密的两人，越发有点搞不懂了："恕我冒昧……你们在谈恋爱？"

"没有。"两人异口同声。

你们否认得可够默契的，陆濯心说。

陆濯的车和应如寄的车没有停在同一层，到了负一楼，陆濯先出电梯了，走之前对两人说了句"平安夜快乐"。

电梯停在负二层，叶青棠落后半步地跟了出去。应如寄按了一下车钥匙，不远处的车解锁亮灯。他脚步忽然一顿，叶青棠没有防备，差点撞上去。

应如寄转过头来淡淡地瞥她一眼："你那时候说南门最近，叫我停在南门。但其实能从西门进地下车库。"

叶青棠恍然想起了很久之前的这件事，有点把戏被揭穿的淡淡难堪。应如寄倒没再多说什么。

到了车旁，应如寄拉开了后排车门，把提包放在后座上。

他坐上了驾驶座，车子启动之前先看了叶青棠一眼，她今天穿着另一件白色的毛乎乎的外套，腿上是条似乎是羊毛料子的长裤，他记得她说过不喜欢这种不能机洗的娇贵面料。但好歹她这一身看起来保暖性十足，叫人放心。

车开出去，好一会儿无人说话。电台里一男一女两个主持人在聊平安夜的话题，断续播放 All I want for Christmas is you。

叶青棠先开口："你前几个月在 S 国？"

"嗯。"

"那边的事情忙完了吗？"

"暂且。"应如寄瞥她一眼，"……谁告诉你的？"

"我碰到过孙苗。"

应如寄没发表评论，话题就没能继续。过会儿，应如寄开口了："那天晚上你怎么在那儿？"

"跟一个朋友约了去探新店，中途有女生跟他搭讪，他就先走了。"这位重色轻友的朋友自然是韩浚。

这个话题也只聊了一回合，他们就又沉默了。

应如寄用余光打量叶青棠，她微微靠着椅背，两腿并拢，和她从前总要脱了鞋七歪八靠的样子相比，显得有点过分端正。两人一路沉寂地抵达了医院。

医生原本五点就要下班，因为应如寄托了关系，她在门诊部又稍坐了一会儿。私立医院人少，又早已过了门诊的时间，是以叶青棠到的时候，整条走廊里只有寥寥几人。

应如寄敲了敲开的门，医生抬眼："请进。"

叶青棠走进去在医生桌前坐了下来，而应如寄也走了进来，坐在侧旁的沙发上。

医生问了很多问题,叶青棠一一回答了。

"具体是哪里不舒服?什么时候服药的?"

叶青棠据实描述症状。医生一边打字录入主诉症状,一边说出自己的判断,和叶青棠网上问诊的结论相差无几。

一旁的应如寄出声:"只需要观察?"

医生抬眼看他:"暂时只需要观察。"随后打印了一份诊断书递给叶青棠。

应如寄起身:"谢谢您。耽误您下班了。"

离开医生办公室,叶青棠脚步飞快。应如寄跟在她身后,没追上来与她并肩。

车停在户外停车场,叶青棠上车抽出安全带扣上,才觉得尴尬的情绪稍得缓解。

"……现在可以安心了吗?"她轻声问。

应如寄摇头,脸上越发现出愧疚的神色:"抱歉……"

"你不要跟我道歉,该道歉的人是我。"

应如寄一顿。

就在叶青棠准备一鼓作气的时候,应如寄的电话响了。他看一眼,是Jenny打来的。接通后,对方的声音直接从车载广播里传出来:"Lawrence,你准备过来了吗?几点钟到?"女声悦耳,有种温和从容的感觉。

叶青棠不动声色地攥紧了手中的诊断单,嘴唇微微绷成一线,而片刻后,她骤然意识到了什么——Lawrence。

应如寄回答说:"还有点事,应该忙完了就过去。"

那女声笑着说:"方便的话能顺便帮忙带束花吗?我们白天采买的时候忘掉了。"

应如寄说:"可以。"

"那你快点,我们已经在烤柠檬派了。"

电话挂断，应如寄一边启动车子，一边问道："送你回你父母那儿？"

"去观澜公寓吧。"

"不和你父母一起过节？"

"他们去东北滑雪去了，会一直待到元旦。"

应如寄有几分沉吟："你朋友呢？"

"不知道，可能是跟陆濯一起过——如果他敢邀请的话。"

"我是说，其他的朋友。"

叶青棠听出来应如寄这番追问的用意了，他是这样性格的人，不把她妥善安置不符合他的行事原则。叶青棠说："我想一个人待会儿，还有工作没做完。"

"我以为你是热衷于参加聚会的人。"

"我是双子座——虽然你似乎不信星座玄学这一套。"

应如寄似乎始终不放心，又问："你晚上吃什么？"

"不知道，可能点外卖……"叶青棠难以控制地烦躁起来，"拜托可以不用管我了——你不是还有约会吗？"

应如寄一顿，往叶青棠那儿瞥了一眼。她垂着眼，一头蓬松卷发落下来挡住了侧脸，使他看不清她的表情。

他们正行驶在路中央，不能停车。

直到开到前面路口的红灯，车跟在前车后面停下，应如寄双臂搭在方向盘上，才转头看向叶青棠："青棠。"

叶青棠应声抬起头来，但她脸上实则并没有什么表情。

"你生病了我很抱歉，我不可能放着不管。"应如寄沉声说。

叶青棠没有应声。

应如寄看她片刻，注意到前方车子开始动了，便收回目光，踩下油门，又淡淡地说："打电话的是楚誉的未婚妻。"

叶青棠终于出声，却是再平淡不过的语气："和我有什么关系。"

究竟是真的不关心，还是因为他一再追问的态度而变得不耐烦，单单从她的语气和表情，应如寄分不清。一切都好像在朝着更混乱、更复杂的方向发展。

应如寄无声叹气，为自己的束手无策。

他只能凭最优先的情绪行事：至少，他不能让她在不舒服的情况下，一个人待着吃外卖。

在等下一个红灯的时候，应如寄给沈菲发了一条消息。大约过了十来分钟，沈菲直接打来电话。接通后，沈菲汇报："应总，今天是节假日，您说的那几家餐厅都已经订不到座了。"

"排位情况？"

"都得一个半小时以上，至少。"

"我知道了。"

叶青棠有点没脾气了。她第一次发现，她并没有那么喜欢应如寄的周到，他让她唯一可以趁机"作威作福"的把柄，都变得无法借题发挥。

她抬手揉了揉脸："应如寄，你有没有想过，这也是我的苦肉计，我故意告诉你我只能在平安夜一个人吃外卖，让你内疚，让你放不下我——就像那时候我故意让你在南门等我，我淋雨去找你，好让你心软。"

"是吗？"应如寄只有一句听不出情绪的应答。

"你的心软会被我一再利用。你有没有想过，这是我咎由自取的——我没有那么醉，我那天晚上说的每一句话都是设计过的，都有目的。你应该生气，应该说我活该……"

是挺活该的，但不是她，是他自己，应如寄自嘲地想。但他也不全信她的话。

打右转灯，间隔着变道两次，应如寄将车临时停于路边。

树影投落而下，车厢里一片昏暗阒静。

沉默好久，应如寄问："你说有点想见我，这一句也是设计过的？"

叶青棠抿紧了嘴角。他好像没有见过她这样的表情，复杂得形容不出，似沮丧，似难过，却也不单单是这样。

"不是……"她轻轻地吸了一口气，"是真的想见你。"

"是吗，"应如寄将车窗落下，手臂搭上去，寒凉的风吹进来，让他的思绪分外冷静，"想我什么？"

"……不知道。"她颓然地回答，"我以为我只是想跟你道个歉，但其实不是……"

"那是什么——你应该能想到，我并不需要你的道歉，这对我没有意义。"

叶青棠沉默下去。这不是一个可以只用语言就能回答的问题。她伸手在身体左侧按了一下，安全带"哒"的一声弹开，手掌一撑，朝他倾身而去。

应如寄一时屏住呼吸。她没有要吻他，只是靠过来，以很别扭的姿势，额头抵在他的肩头，一只手紧紧地攥住了他胸口的衣服。

"抱歉，我不知道你的英文名首字母也是 L……"

应如寄只觉一阵窒息。他径直打断她，声音从没这么冷硬过："我对叶小姐的情史不感兴趣。"

叶青棠便顿住了。如果不以这个为引，她不知道怎么才能聊得清楚，那道影子就横亘于他们之间，不可忽略。

叶青棠的手指缓缓地松开，将要退回时，应如寄伸手紧紧搂住她的腰："你还没有回答我。"

进退不得，叶青棠只好艰难地措辞："……想那天你送我伞的时候，我就应该不讲道理地直接去蹭你的车；想把模型给沈菲的时候应该尾随她而去，看看究竟是不是你在背后捣鬼；还想问你，干吗要给我模型数据，你这个人不那么公私分明是不是会死。我就是……很想见你……"

黑暗里，她的声音是有味道的，甜蜜而又苦涩，像一种叫人拒绝不得的毒药。

应如寄低头,嘴唇挨近她的额角,又缓缓往下。他在黑暗里找到她声音的来处,顿了顿,重重地吻上去。那种痛苦的感觉又攫住他,他从来不知道,原来自己的自尊心和意志力这样一文不值。

叶青棠再度揪紧了应如寄的衣襟,退开时她听见他沉沉地呼出了一口气,车窗外树影摇晃,他们像在幽静的湖底。

好一会儿,应如寄松了手,手臂就那样垂落下去,显得分外颓然。叶青棠顿了顿,退回,抽出安全带再度扣上。

应如寄一言不发地启动了车子,汇入车河。车子不是往观澜公寓开的,叶青棠意识到了,但她没有问是去哪里。外头流光溢彩,他们独处的空间里却有晦涩的寂静。而应如寄神情晦暗,像是暴雨将至的天色。

叶青棠大抵能猜到他此刻的心情,他是在清醒的状态下,主动地吻了她,再不能以喝醉为借口搪塞过去。不能释怀、不能追问、不能解释、不能定义——他们的关系变成了彻底的灰色。

对于叶青棠而言,这暂时不重要了——因为这个吻,应如寄不能在履行完"责任"之后就将她打发。她可以接受一切形式,只要能与他纠缠,无论以何种名目。

车最终开到了应如寄所在的小区。驶入地下车库后,应如寄却不下车,只从储物格里拿出一张门禁卡递给她,告诉她指纹锁的密码,叫她自己先上楼去。

"你要去哪儿?"

应如寄不回答,只说:"你先上去。"

叶青棠不再勉强,拿上自己装电脑的提包下了车。

上楼推开消防门进去,叶青棠蹬掉鞋子,弯腰从鞋柜里给自己找了一双拖鞋,没有意外,她之前常穿的那一双早就被扔掉了。她随意拿了双应如寄的拖鞋趿上,进屋之后发现地暖是打开的,就丁脆脱掉拖鞋，只穿着袜子。

不知道应如寄做什么去了，什么时候回来，她心想，他该不会扔下她去赴朋友的聚会了吧。她去厨房烧了一壶水，给自己泡了杯热茶，而后从包里拿出电脑，坐到餐桌旁，继续整理表格。

大约过去半小时，叶青棠听见门口解锁的声音。应如寄站在门前换拖鞋，手里提着两只大号的塑料购物袋。叶青棠赶紧走过去，伸手去接那袋子，他手臂往旁边一让，不肯递给她。

"很重。"他说。

叶青棠往袋子里瞥了一眼，似乎是一些食材和全套的油盐酱醋。

"你要自己做饭？"

"我可没这本事。"

进屋之后，应如寄将塑料袋拿到中岛台上放下，然后将里面的东西拿出来归置。叶青棠走到他身边去，他瞥了她一眼，这回没再阻止她帮忙了。

食材远不止一顿的分量，肉蛋奶蔬果，门类齐全。除此之外，还有一束花，多头的粉色玫瑰，也没包装，只拿报纸随意地包裹着。

"你还要去吗？"叶青棠低声问了一句。

"什么？"

"先前那个电话……"

"不去了。"

叶青棠便将花束抱起来，四下张望。应如寄看她一眼，走去餐边柜那儿，拿来一只黑色陶制的广口花瓶递给她。叶青棠接过，洗干净花瓶，灌上清水，从墙上的挂钩上拿下厨用剪刀，将玫瑰斜剪去底端的根茎，一支支插进花瓶中。

应如寄不由自主地去看她，她把那件毛乎乎的外套脱掉了，里面穿的是一件白色毛衣，一字领口很大，随着她的动作，似乎稍有不慎便会从她肩头滑落下去。那毛衣质地柔软，像刚刚堆积起来的蓬绒新雪,也将她的脸庞映照出一种雪光般的明净。

她素颜时有种带着野性的稚气,眉目纯良,谁知道她其实没心没肺,杀人却不见血。

花插好了,叶青棠抱起花瓶,在她转身的一霎,应如寄别开了目光。她似乎被这花点亮心情,脚步都轻快了两分,花放置于餐桌上之后,她单膝跪在餐椅上,两手撑着桌沿认真地欣赏了好一会儿,最后又拿过手机,拍了好几张照,这才满意。

没心没肺,应如寄再度下结论。

叶青棠回到中岛台,继续帮忙整理剩下的东西。袋子里的东西已经剩得不多了,食材都已收纳完毕,只剩瓶瓶罐罐的调料,以及一个绑了丝带的4寸左右的盒子。那盒子是粉色半透明渐变磨砂质地的,里面是个做成桃子形状的点心。

应如寄不爱吃甜。

"……给我买的吗?"叶青棠问。

应如寄瞥了一眼,淡淡地说:"凑满减随手拿的。"

叶青棠笑了一下:"不是给我的我才不会负责吃。"

"那就扔掉。"应如寄抬手。

叶青棠赶紧端着点心盒两步退远。

门禁对讲声响起,应如寄绕过中岛台朝门口走去,接通解锁。不一会儿,响起敲门声,应如寄开了门,叶青棠抬眼看过去,门口站着一个高瘦身形的女人,看面容似乎五十岁上下。

应如寄笑着说:"家里没拖鞋了,丁阿姨您看拿鞋套将就一下行不行?"

那女人忙说可以。应如寄便打开鞋柜,找了对干净鞋套。

女人穿鞋套的时候,应如寄说道:"天冷,又是过节,真是麻烦您过来一趟。"

"不麻烦,我也不兴过这洋节日。"

"我爷爷吃过了吗?"

"吃过了。"

女人穿好鞋套,一边取下腕上的皮筋扎头发,一边朝厨房走去,她看见叶青棠时,愣了一下。

叶青棠笑着打声招呼:"您好。"

女人忙说:"你好你好。"

她没问叶青棠的身份,但忍不住打量她,又问应如寄:"你们要吃点什么?"

"我买了食材,您看着做。只要是不太辛辣的都行。"

叶青棠大致猜到,这可能是给应如寄祖父家里做饭的阿姨。

女人看向叶青棠,又笑着问:"姑娘有什么忌口的吗?"

"没有的。"叶青棠笑着说,"只张口吃饭的人没有挑嘴的权利,丁阿姨您做什么我就吃什么。"

丁阿姨即刻眉开眼笑。

应如寄心想,谁能经得住她这套哄人的本事。

丁阿姨手脚利索,没一会儿便做好了三菜一汤——红烧鸡块、清炒虾仁、炝炒时蔬和一道丝瓜汤。

应如寄请她一块儿坐下吃,她说晚上已经陪老爷子一块儿吃过了。她似乎怕她干坐着,他们吃饭会不自在,又问应如寄,有没有什么衣服要洗的。

应如寄说:"吃完饭我们自己洗碗就行,天气不好,我帮您叫个车,您早些回去休息吧。"

丁阿姨很爽利地听从应如寄安排。车将抵达楼下,应如寄将丁阿姨送到门口,又嘱托她带话:"麻烦跟爷爷说我周末回家去吃饭。"

应如寄关上门,回到厨房那儿洗了个手,再回到餐桌旁坐下。叶青棠递来筷子,他伸手接过。两人无声地吃着晚饭,只有筷子和汤匙轻碰碗碟的声响。

叶青棠有点挨不住这份寂静,主动开口说:"丁阿姨是照顾你爷爷的阿姨吗?"

"嗯。"

叶青棠等了一下,除了这单音节的一声应答,再没有下文了。应如寄明显不想搭理她,叶青棠不是很在意,也完全不气馁。生气和冷落她是他的权利。

她尝了口虾仁,夸道:"好鲜。"又喝一口丝瓜汤,"我其实没有很喜欢吃丝瓜,但是这个丝瓜汤颠覆了我对丝瓜的刻板印象。"

最后她总结:"为什么都是人,我只会煎蛋,有人却可以烧出这么好吃的菜。"

安静的空间里,只有她一个人说话,似乎也不在意有没有人回应,那清甜的声音,有种脆生生的利落感。

应如寄终于抬了一下眼。她正在夹一粒虾仁,筷子滑了一下,又去夹第二次,似乎觉察到他的视线,她抬起头来。目光只交会一霎,应如寄神色平淡地垂下眼。

吃完饭,应如寄起身收拾。叶青棠要帮忙,应如寄想叫她去歇着。但她抽了两张湿纸巾,擦干净餐桌,又在餐椅上坐下,朝应如寄看去。他正将稍做冲洗过的碗盘放进洗碗机里,淡白灯光下,脸上始终没什么表情。

过了一会儿,应如寄洗了手,从厨房走了过来。

叶青棠这时候站起身,说:"我准备回去了。"

应如寄顿了一下:"我送你。"

叶青棠穿上了搭在沙发扶手上的外套,将电脑装回到提包里,将要走,又停下来。应如寄疑惑地瞧她一眼。她放下了包,走到中岛台那儿,拿上了那盒小甜点。

应如寄此时出声:"你可以吃了再回去。"

叶青棠立即抬眼看他。

应如寄朝她走了过来，在她身旁站定，从她手里接了盒子，扯开丝带，拿出甜点，又拉开一旁的嵌入式消毒柜，从里面拿出一柄银色的甜点勺，递给她。叶青棠捏着细长的柄，一勺舀下去。甜点的外壳是巧克力做的，里面是慕斯，巧克力放了过量的糖，甜得有些发腻。

"你看。"叶青棠忽然抬手向上指了指。

应如寄抬头看去："……什么？"

"Mistletoe（槲寄生）。"她的声音轻如呢喃。

应如寄还未反应过来，叶青棠已踮脚凑近，他只来得及看见，她嘴唇上沾了一点白色慕斯，随即，那温热的触感就贴了上来。

应如寄抬手，却被叶青棠按住手腕："不许推开我，这是规矩。"

僵持了好几秒，应如寄抬起另一只手，一把搂住她的腰，将她用力按进自己怀中，只一瞬，她便松了按住他手腕的手，他顺势抬手，按在她脑后。她舌尖上还有慕斯和巧克力的味道，太甜了，他很厌恶这股甜味，却又克制不住，一遍一遍地吮吻。

他已竭尽全力地冷待她，但总在紧要关头功亏一篑。

这一吻过后，叶青棠把脸颊埋在他的胸口，气息未定的声音里，还有几分颤抖："应如寄，你是不是很恨我？"

应如寄没有说话。而她笑起来，像浸了毒药的红色苹果。

"坏人我来做，你就一直恨我好了。"

不出所料，应如寄依然没对她的这句话发表什么看法。她抬眼看他，只看见他神情如水平静，眼底有静默山岭一样的暗色。

叶青棠转个身，捏着勺子又舀了一勺甜点，送入口中之后含糊说道："你想让我马上走吗？"

"随便你。"

"我现在走的话，你过去朋友那里，还赶得上吃柠檬派——啊我忘了，你不喜欢吃甜食。"

"叶青棠。"应如寄遽然微眯住眼睛，低头盯着她，声音微冷，"你是不是真以为我不会生气？"

"那你生气好了——和我吵架、争论、骂脏话。"叶青棠与他对视,那目光分明有洞察一切的锐利,"你如果不说,我怎么知道你在生气。"

"你不知道?"应如寄语气里带着几分冷笑。

他不再和她说什么,直接动手,夺了她手里的勺子一扔,抓住她的手臂便往外拽。

"你做什么?"

"送你回去,我好去参加聚会。"

"我不要,我不想走了,你家里好暖和,我住的地方只有破空调,根本不顶用。"叶青棠转身,整个人直接扑进他怀里,一条手臂紧紧搂住他的腰。

"……你几岁?"

"反正比你小。"她理不直气也壮。

应如寄去拽她搂在自己腰上的那只手臂,没拽开,也不管了,直接将她打直抱了起来。眼看着就要到门厅了,叶青棠似是痛苦地"唔"了一声。

应如寄脚步一顿,急忙将她放下地,关切地问道:"怎么了?"

却只对上她几分狡黠的笑容。

赶在应如寄真生气之前,叶青棠急忙再度投入他怀里,两臂都紧紧抱住他:"应老师,应哥哥,我错了。我只是想再跟你多待一下……"

应如寄闭眼,已经彻底没了脾气。叫她有恃无恐的人,偏偏不是别人,正是他自己。

叶青棠松开了他,开开心心地去了岛台那儿,将甜点端去了餐桌旁,再从提包里拿出电脑。她翻开笔记本,抬头看向他,笑容甜美:"你家 wifi 密码是?"

应如寄:……

之后的一个小时,叶青棠当真只坐在餐桌那儿心无旁骛地加班。应如寄在客厅里看一条建筑材料相关的讲座视频,时不时往她那里瞥去一眼,她对着笔记本的屏幕,神情分外严肃,消息的提示音间或响起,她敲击键盘的声音也跟着急促一阵,显然是在回复消息。应如寄偶尔起身倒水,经过她身边时,垂眸看了一眼,自头顶只能看见她的鼻梁和如羽扇一般的睫毛。

视频看完了,应如寄看她似乎一时半会儿忙不完,也就关了电视,起身去了书房。他打开电脑,从公司的云端文档里打开姚晖发给他的施工图,一页一页审核。不知过去多久,听见一声轻叩。应如寄抬头朝门口看去。门是开着的,叶青棠就站在门口。

应如寄问:"忙完了?"

"嗯,抱歉啊。"

"抱歉什么?"

"刚刚一直在忙自己的事。"叶青棠两指按了按太阳穴,"之前一直和我们合作的一个进出口公司,资质出了点问题,导致有一批海外出版社寄过来的展书被海关暂时扣押了,我刚刚在联系其他公司代理清关。"

"几号开展?"

"下个月15号。"

"能赶得上吗?"

"应该可以的。数量不是很大,赶不上就撤掉这几样展品好了。"叶青棠这时候忽然睁大眼睛,做惊讶状,"应老师不会在海关也有认识的朋友吧?"

应如寄:……

"你在忙什么?也在加班吗?"叶青棠走了进来,在他身旁站定,"如果是机密的内容赶紧关掉哦。"

应如寄不甚在意:"反正你也看不懂。"

叶青棠不服气地瞥了一眼,结果整张图确实只认得"助残坡道二平面图"这几个大字。

"应老师,你累吗?"叶青棠伸手,作势要去捏他的肩膀。

应如寄攥住她的手阻止，用依然不冷不热的语气回道："不用。"

"可是我累哎，应老师可以帮我捏捏吗？"她缓慢地眨了一下眼。

应如寄还未开口，她已挤入他膝盖和书桌之间的缝隙，这动作推动得皮椅往后退了些许，她便趁势在他膝头坐了下来，伸出两条手臂，攀住他的肩膀。

应如寄头往后稍仰，既不推拒也不主动，那微微俯视的目光里有几分审视的意味："你想做什么？"

"我哪里能做什么。"她语气无辜至极，仿佛是在怪他，他怎么可以这样揣度她。

应如寄抬起两臂搂住她，无奈地说："好了，别闹了。"

叶青棠一直知道的，他的怀抱有魔力。她立即安静下来。

静静地被拥抱了好一会儿，叶青棠闷闷地出声："我该回去了。"

默了几秒，应如寄说："我送你。"

"你不留我吗？"叶青棠笑着问。

应如寄一时没出声，片刻松了手，轻轻拍了拍她的手臂："走吧。"

叶青棠没再说什么，只是一瞬间，有心脏跌落了一下的失重感。

第九章 霓虹熄灭
Chapter 09

之后的几天，每天中午应如寄都提早订好了餐，中午十一半左右准时送到叶青棠手里。餐食口味清淡，荤素搭配得宜，味道也很不错。叶青棠查过送餐的那家店，才知道他们并没有开通线上的外送服务。

晚上应如寄开车过来接她去他的住处，到时丁阿姨正好做完饭，洗个手就能开饭。吃完饭，两个人各自忙一会儿，然后应如寄便送她回去。这一来二去，自然不可能瞒过陆漼的眼睛，既然二人否认了恋爱关系，他只能判定是应如寄在追叶青棠，不过还没追到手。他发微信问兄长，需不需要他做僚机。应如寄回给他一串省略号。

周末，应如寄去了爷爷应观岱家里，陪同他一道吃中饭。

上楼之前，他先去了趟快递点，取了前一阵下单的猫粮和罐头。一打开门，一团黑影便"喵"的一声冲了过来，脑袋挨着他裤脚一阵乱蹭。应如寄放下快递，蹲下身摸摸黑猫的脑袋。

应观岱手里捏着老花镜从书房里走了出来，笑着说："一听句读的动静就知道是你回来了。"

黑猫名叫句读。爷爷说，看它蜷着睡觉黑漆漆一团的样子，可不就像个逗号吗？但他是研究古汉语的，嫌逗号太直白，就取了个意义相近的名字，"句读"。

应如寄进屋之后，先将快递拆了，把猫粮和猫罐头拿出来放进餐桌旁的碗柜下方。

丁阿姨布好了菜，应如寄洗了手上桌。

"给句读换了处方粮，先吃着看看情况。"应如寄说。句读是公猫，又已经是老年猫，泌尿系统有些问题。

应观岱说："猫跟人一样，一年不如一年，老了总会有些七七八八的小问题。"

应如寄笑着看他一眼："您还这么矍铄，怎么说这种丧气话？"

"那不是人跟猫都在撑着陪你吗？"应观岱抬手去够勺子，给自己舀菜叶汤，应如寄接了他的碗帮忙，"要是我不在了，猫也不在了，可不就剩你孤零零的一个人。"

"哪有这么可怜。"应如寄失笑。

应观岱说："你听我说完。你父母那边……不说也罢。陆濯是个好孩子，但到底不生活在一起，也隔了一层。"

"打住，我听出您要催婚了。"应如寄笑着将盛好的汤碗递给应观岱。

"我不是催你结婚，是想叫你别把全副精力都投在事业上。不管结不结婚，或者往后生不生小孩，那都随你。爷爷的意思是，你还是得稳定下来，找个人陪陪你。不说别的，我年纪确实已经到这儿了，总得做最坏的打算。"

应如寄只说："您知道我是宁缺毋滥的，要是为了稳定而稳定就没意思了。"

"有些人你不多接触接触，怎么能断定就不合适？我看是楚家那小子太压榨你了，他自个儿是潇洒，婚都订了。是不是公司的事平常全都推给你在做？"

应如寄觉得好笑："我俩有分工。"

应观岱喝着汤，继续说道："话都说到这份上了，有个忙你得帮我。我有个老同事，外孙女刚刚从国外回来，马上进研究所工作了。那孩子生活圈子小，也是至今没找到合适的对象。照片我看过，很清秀，听说性格也特别沉稳。元旦我约了老同事来家里吃饭，他外孙女也来。你回来见见，就当多认识一个朋友——她学材料科学的，又有留学背景，跟你肯定有话聊。"

这事儿要是梁素枝安排的，应如寄必定一点面子也不给，直接拂袖而去，但他没法拒绝爷爷的苦心。应如寄笑着说："我丑话说在前面，这事儿勉强不得。到时候如果没看对眼，您可不能继续强按头。"

应观岱也笑："人姑娘看不看得上你还不一定呢。"

吃完饭，应如寄陪爷爷下楼散了会儿步，然后回楼上书房，帮他把三支老式的钢笔都吸满了墨水，才离开。

叶青棠赶在应如寄下班前给他发了一条消息，告知他她父母回南城了，今晚要回家去吃饭。

应如寄回复：我送你回家。

开展日期将至，叶青棠大多数时间都待在南城美术馆。应如寄到的时候，陆灈正在摆放X展架，他对应如寄这全勤式的接送已见怪不怪，只笑着说："棠姐在B区。"

叶青棠和伍清舒正在往书架上摆放展品。叶青棠没穿外套，身上穿着一件浅芋色的套头卫衣，下身是黑色收脚的牛仔裤和马丁靴。这一身适合干活，她也确实干得热火朝天，寒冬时节能出一额头的汗。

看见应如寄到了，叶青棠转头看了他一眼："等我一下，马上就好。"

伍清舒也顺着她的视线看过去，微微颔首打了个招呼。伍清舒这几天才和应如寄正式地打上交道，印象中这是叶青棠第一次吃回头草，她也因此对这人多了几分好奇。

见面后稍做接触，伍清舒便推翻了那晚在酒吧里遥遥一望的第一印象——应如寄也就皮相和林顿有些像，除此之外，两人从气质到性格截然不同。如果林顿是北地漫长而灰暗的极夜，应如寄就是刚刚破晓的微冷清晨。

她对叶青棠说，对你这么好的一个人你拿来当替身，你就造孽吧。

叶青棠码完手头的这一摞书，去了趟洗手间回来，才拿起外套和包，对应如寄说："走吧。"

两人出了场馆大门，一道往停车场走。叶青棠的外套只抱在手里没穿上，应如寄不由得淡淡地提醒一句："小心感冒。"

"不冷的，卫衣是加绒的。等下上了车还要脱，好麻烦。"

前几天说是吃晚饭，毋宁说更像吃夜宵，两人都忙，应如寄基本上九点钟才过来接她，到家时九点半。今天因为要回家吃饭，走得早了一些，也就恰好遇上晚高峰。

叶青棠上车之后也没闲着，拿着手机噼里啪啦地回复着参展方的各种问题。

应如寄瞥了一眼，发现她手指上的指甲油不知道什么时候换了，昨天看还是雾蓝色，今天便变成了烟熏紫，倒像是在呼应她身上衣服的颜色。她的指甲像调色盘，他已经看过不下数十种颜色了。

"你什么时候去做的指甲？"

"嗯？"叶青棠回神，"哦，不是去美甲店做的。洗完头发不是要先拿干发帽包一下吗，就趁着那个时候自己涂的。"

她五指张开晃了晃："怎么样，我是不是技术超好，一点都没涂歪哦。我跟清舒说，如果书展开不下去了，我就去开美甲店。"

"嗯。也是条出路。"应如寄抑制住了自己会心而笑的本能，只这样语气平淡地回应了一句。

路上堵，车走走停停的，叶青棠一直看手机有点晕车，先将手机锁屏了，打开车窗透气，车正经过一栋商厦，巨大的 LED 屏幕闪动着元旦促销的信息。

"应如寄。"

"嗯？"

"明天，你要跟我一起跨年吗？"

她于此时转过头来，应如寄因此看见，她耳垂上还有一粒小小的葡萄形状的耳钉，那紫色将她的耳垂衬得像贝母一样白皙莹润。

"……随意。"他说。

"那我来安排？"

"嗯。"

叶青棠高兴地拿起手机，准备挑一挑餐厅，又瞬间被晕车顶得胃里翻腾了一下，她两眼紧闭，深深呼吸。似乎听见了一声轻笑，她立即抬眼，却只看到应如寄依然平静的表情。

车开到了叶家别墅所在的小区门口。应如寄打右转灯变道准备停车，叶青棠忽然整个人往下一缩，脑袋朝膝头埋去。应如寄不明所以，转头看向右侧车窗外，却见有两人有说有笑地走过去，正是叶承寅和庄玉瑾。叶承寅手里提着购物袋，庄玉瑾挽着他的胳膊，两人像是刚买完东西散步回来。过了好一会儿，叶青棠才直起身，抬头看去，两人已经走远了。

"你在躲什么？"应如寄那仿佛是薄雪一样微凉的声音响起。

叶青棠愣了下，赶紧转头去看应如寄。

"怕被他们看见？"他双目隐于晦暗处，叫人分辨不出情绪。

"不是，我……"该怎么说，她确实还没有预演过要怎么跟父母介绍应如寄，是以方才的第一反应是躲避。

叶青棠试图做出补救，但无疑十分拙劣："……和我一起回家吃饭好不好？"

"不了。"应如寄淡淡地说，"快回去吧。"

叶青棠解开了安全带，倾身去捉住他的手："你听我说，我真的没有想要藏匿我们的关系，只是……"

应如寄打断她："我们是什么关系？"他手指轻轻一挣，从她的手中挣脱开，再平静不过地说，"快回去吧，车不能久停。"

"应如寄……"

应如寄不再看她。

叶青棠迟疑地拉开了车门。下了车，摔上门之前，她朝着车厢里又看了一眼，昏暗中，应如寄如一道凝然不动的影子。

叶青棠将要走进大门口的时候，车灯一闪，她回身看去，那车正在掉头，一个拐弯之后，进入对面的车道，渐行渐远。

新年前的最后一天，叶青棠是一个人过的。早起的时候，应如寄给她发来一条消息，告知她临时有事，可能一整天都脱不开身了。她不知道是真的，还是应如寄生气不愿意见她的托词。

微信群里自然不乏韩浚呼朋引伴的消息，叶青棠原本答应了过去跟韩浚他们一块儿跨年——江北区会放烟花，这厮在正对烟花燃放点的五星级酒店的顶层订了一个豪华套房，邀请了好几个朋友，一起打牌看烟花。

叶青棠心情沮丧地在场馆里忙了一整天，精力彻底耗尽了。她把自己订的那家餐厅的位置让给了伍清舒和陆濯。

叶青棠忙到晚上九点半，最后一个离开场馆，开着车回到了自己的公寓。

空调开了好久，仍觉得不够温暖，她气鼓鼓地把应如寄住的那楼盘地址发给叶承寅：爸，我想搬家。

她也要装上地暖，只穿T恤和袜子。过了好久老爹也没回复她，她猜想必然是老夫老妻正在花前月下。

叶青棠洗了澡，换上毛绒的家居服和长袜。她打开电脑播放电视剧，但始终看不进去，就推到一旁去当背景音了。她注意到桌上的马克笔和速写本，想了一会儿，拿了过来。

她开始画画。一只地鼠，从洞口里探出半个脑袋，过了一会儿又探出整个脑袋，四下张望。然后地鼠伸爪，戳了戳一旁一只正在睡觉的黑猫的尾巴。接着它从洞里爬了出来，悄悄地靠近了黑猫，将两张纸条塞进了黑猫的两爪之间，然后飞快地溜回了洞里，关上了门。

一共八张，都是简笔画，没有耗费太多时间。

她拍成照片，裁剪好尺寸，然后按顺序一张一张发给应如寄。应如寄没有回复。

叶青棠从桌上的书堆里随意拿了一本摄影集，漫不经心地翻看。

电视剧在播下一集的时候，骤然响起微信提示音。叶青棠回神，赶紧拿起来看，和应如寄的对话框，终于多出来两条新消息。第一条是把其中一张简笔画里的黑猫爪子夹着的纸条，拿红笔圈了出来。第二条是一个问号。

叶青棠立即将准备好的最后两张图发过去。

两张上都画着地鼠举着纸条，一张上面写着：新年快乐，另一张则写着：对不起。

应如寄又没回复了。叶青棠没辙了，叹声气，关了电脑，收拾好桌面，拿上手机回卧室，准备刷刷微博，听听音乐就睡觉。结果自然是毫无睡意。

叶青棠刷了一会儿微博，又不自觉地切到微信界面，下滑屏幕，试图像刷微博那样刷出一条新消息，把这无意义的动作重复了不知道多少次，屏幕上竟真的弹出了一条新消息。

叶青棠只觉得心脏都停跳了一拍。

应如寄：睡了吗？

叶青棠赶紧坐起身回复：还没有。

应如寄：等下给我开门。

叶青棠摘了耳机，迅速跳下床，趿拉着拖鞋跑去大门口的可视电话那儿蹲着。大约过了快十分钟，可视电话终于响起，她立即接通开门。又等了两分钟，外头响起不疾不徐的脚步声。叶青棠不待人敲门，直接将门打开了。

外头的人脚步一顿："你也不确认一下再……"

声音被打断，因为叶青棠直接扑了过来，一把抱住他。应如寄抬手，轻按住她后背，低缓地吐出一口气。

进门之后，叶青棠打开鞋柜门找拖鞋，应如寄注意到，旁边的伞筒里装着他送给她的那把黑伞。一双拖鞋放在了他的脚边，他低头看了一眼，微怔。因为之前常来这儿，叶青棠给他备了一双常用的灰色布拖，他没想到她竟没有扔掉。

应如寄换鞋的时候，叶青棠打量了一下他。他穿着深灰色的羊毛大衣，内搭是件半高领的黑色毛衣，整个人有一种林寒涧肃的冷峻。

应如寄换了拖鞋，抬腕看了看手表，还差三分钟到零点。转头，却见叶青棠正盯着沙发后方的挂钟，在和他做一样的事情。

叶青棠忽然伸手一把抓住他的手腕，拖着他径直往卧室去。进了卧室之后，她便开始摆弄放在一旁凳子上的便携式投影仪，这应该是她新添置的，之前没见过。床尾的对面是白墙，投影仪直接投屏在墙壁之上。

叶青棠一边调整位置，一边问他："你吃过晚饭了吗？"

"嗯。"

应如寄站在靠门边的位置看着她，过了一会儿，说道："你不问我，是真有事，还是有意放你鸽子？"

"那不重要。"叶青棠手上的动作稍停了一下，低声说，"你已经来了比较重要。"

投影仪画面一闪，似乎是连接上了她的手机。她走过来，带上了房间门，而后，忽地抬手，朝他身侧探去。应如寄转头低眼一看，那是开关。"啪"的一声，整个空间霎时一片黑暗，只有白色光束从投影仪射出，在墙上形成一片光幕。

叶青棠点了一下手机屏幕。白墙上骤然显出一片高楼顶端的夜空，一朵一朵的烟火，正噼里啪啦地炸开。

她的手搭上了他的手腕，踮脚，仰头凑向他，微热的呼吸声，一下深，一下浅。一明一灭的光影，散落在她的发上，像幽寂的海底被游鱼搅乱，她的眼睛里有粼粼的水波。

应如寄伸手，捧住她的侧脸。一声一声烟火炸鸣，分不清是谁的心跳。应如寄低下头，至少此刻，他没有办法对自己说谎。

蓬松头发拂过他的鼻尖，微微鬈曲的发丝，有一股清新的柚子香味。叶青棠双脚悬空，是应如寄搂着她的腰，将她抱起。她有种微醺的醉意，像是饮过低度的甜味起泡酒。

"南城大厦今晚有亮灯秀，想去看看吗？"应如寄问。

他微仰起头看她，她垂眸看见他说话时微微滚动的喉结，"一般不是晚上十点就结束？"

"今天新年，会持续到零点三十，现在马上出门还赶得及。"

"要去要去！"

然而她身上穿着睡衣，换一整套的衣服不知道要花去多少时间。

应如寄说："穿件外套就行，在车里不用下去。"

于是叶青棠从衣柜里找出一件宽松面包服披上，套了双中筒棉袜，穿上保暖的雪地靴，就这样被应如寄牵着出门。

车开出地下车库以后，叶青棠打开窗户，寒凉的风擦过脸颊，她却惬意地闭眼。

应如寄不由分说地按他那边车门上的升降键关上了所有车窗，"小心一会儿感冒。"

赶到南城大厦附近必然已经来不及了，应如寄便往大厦对面——河流对岸的山上开去，车流稀少，一路畅行无阻。对岸地势更高，甫一进山，视野便开阔起来，一江之隔的地标建筑赫然在望。

车继续往上开，应如寄打算寻得一个最佳视野再停车。

"应如寄。"叶青棠忽然出声。

"嗯？"

"刚刚路过一个小加油站你有看到吗？"

"怎么了？"

"我想吃冰激凌，不知道有没有卖。"

"你能吃吗？"

"能，已经好了，托应老师悉心照顾的福。"叶青棠笑着说。

应如寄靠边停了车。

叶青棠等在车里，没一会儿，他便回来了，开门递给她一只甜筒："只有这个了。"

"你怎么知道我爱吃海盐玫瑰味的？"

"我只是选了个最花里胡哨的。"

叶青棠：……

车又开了几分钟，停在一处空地上，应如寄特意掉了头，好让副驾车窗正对着亮灯的南城大厦。

车窗打开，叶青棠两臂撑在窗框上，探出上半身。她将裹着甜筒的纸质包装一圈一圈撕开，一边吃一边欣赏。大厦的外立面上，正不停变换五彩缤纷的字阵，交替显示着"新年快乐""HAPPY NEW YEAR""I LOVE NANCHENG"。

应如寄就站在车门外，叶青棠的身旁，听见轻轻的哈气声，他转头看了她一眼："知道冷了？"

"好冷，我手都冻僵了，你帮我暖一下。"叶青棠摊开手掌。纤细的五指，指腹是冻出来的浅红色。

应如寄伸手，捉住她的手指。她却就势猛地将他一拽，在他倾身的时候，她几乎整个上半身都探出来，仰头，冰凉的舌尖飞快拂过他的唇沿。或许正因为他讨厌吃甜，她一而再地用同样的伎俩捉弄他。应如寄一手撑在窗沿上，一手捌上她后颈。她舌尖即将退开之时，却倏然被他捕猎。他热烈而强势地回吻，使她的脑袋都往后仰去。

许久，应如寄大拇指按在她的颈侧，退开寸许："还冷吗？"

她笑着摇头，呼吸微乱，眼里却亮晶晶的。

"啊。"叶青棠忽抬眼朝他背后看去。

应如寄也下意识回头。上一刻还流光溢彩的大楼，此刻蓦然沉寂，成为矗立于远方的一道无声黑影。

"结束了。"叶青棠莫名怅然。

在她最后一个字音落下的一瞬，应如寄倏然伸臂，一把将她搂入怀中。她差点没来得及伸远那只还拿着一半甜筒的手。

应如寄的这个拥抱，似比夜色还要沉默。

"应……"她无端有一点心慌，轻轻地挣了一下，按在她背后的手掌又收紧两分，她便安静下来。

过了好久，只觉得四下更加阒静，只有掠过静默树林的簌簌风声。

应如寄终于松开她，手指碰碰她的脸，轻声说："走吧，送你回去。"

叶青棠往手里看一眼，那甜筒快要化了。

回去只花了二十分钟不到。车驶入地下车库，叶青棠伸手按开了安全带，说道："再上去坐一下吗？"

她没有听见回答。

叶青棠转头看去，应如寄两手搭在方向盘上，低垂双眼，在沉默一霎之后，他说："青棠。"叶青棠的印象中，每回应如寄以这种语气唤她的名字，都有种叫人不得不呼吸一凝的郑重感。

她还没问怎么了，他已接着出声："我要跟你说一件事。"

"什么？"

应如寄抬起头，看向她，目光平静如水："后天家里给我安排了相亲。"

"……你要去吗？"

"嗯。"

叶青棠心脏一紧："……为什么？"

"我想安定下来。"

"……你在搞笑吗？"叶青棠第一反应是笑出来。

但应如寄没有笑，神情反倒更肃然了两分："以我现在的年纪，想安定下来难道不是一件十分正常的事吗？"

"可是……"叶青棠语塞，"为什么要相亲？我不可以吗？"

"你可以吗？"应如寄径直看向她的眼睛，"一年结婚，两年生小孩，你可以吗？"

叶青棠有种被捉弄了的恼怒："这根本不是你会说出来的话，你怎么可能会过这种凡夫俗子的生活。"

应如寄似乎是笑了一声："为什么我不能说出这样的话？你真的了解我，知道我想过怎样的生活吗？"

叶青棠咬了一下唇，一时没出声，过了一会儿，才说道："你既然要对我说这些，又为什么要来找我，要带我去看灯光秀？你是在可怜我吗？"

"青棠，你这么好的女孩，谁敢可怜你。"应如寄的目光里有种深海一样的静邃，"……我是在成全自己。"

"……我听不懂。"叶青棠揉了一下额角，"我搞不懂你了。"

应如寄静静注视她片刻，才又开口："你就没好奇过吗？那时候我订了餐厅，约你周六吃晚饭，我会对你说什么。"

叶青棠一怔，而应如寄直截了当地点出了她心中一闪而过，又被她自己急急否定的猜想："我预备跟你告白。"

他看着她，声音不疾不徐："我准备告诉你，我并不喜欢当前的关系，我想更深地参与你的生活，我想请你做我的女朋友。"

她好像被丢上了烧热的铁板，一时竟有些手足无措。她想起那晚应如寄夺门而出时显得那么冷静。许久，她憋出一句："……可以啊。"

"可以吗？"他的目光里多出一些情绪，像是包容，又像是淡漠的伤感，"你喜欢我吗？"

"喜欢。"她没有怎么犹豫。

"多喜欢？能持续超过三个月吗？"

叶青棠想开口，却只能焦虑地咬住了嘴唇。

应如寄一点也不意外她的反应，甚至轻轻地笑了一声："你谈过那么多不到三个月的恋爱，但只有一个人，是你这套游戏规则之外的例外，是不是？"

她不想说"是"，又不想说谎，尤其当下的情况，应如寄正与她坦诚相对。

她只能沉默，而她的沉默，恐怕也在他的预料之中。

他没有生气，也没有露出那时刚得知真相时的冰冷神色，他只是依然用温和中带一点冷漠的神色，悲哀地看着她。

"接下来是我真正想说的话。青棠，我曾经说过，我厌恶一切的混乱和无意义，因为我的父母，就是一片混乱地开始，又一地鸡毛地结束，所有被他们牵涉其中的人，或多或少都成了他们任性的牺牲品。不巧，我是其中被牵涉最深的那一个。所以我对恋爱和婚姻都很谨慎。在你之前，我只谈过一任女友，从大二到研二。研究生时期因为异国产生了不可调和的矛盾，毕业之后依然没法解决，所以我们和平分手。之后我忙于实习，忙于在国外的建筑事务所积累经验，回国之后，又忙于筹备自己的公司。"

他顿了一下，稍转话锋："我猜想你对我的误解，源于对我外表的先入为主。但不是的，我此前并未跟其他任何人建立过你我这样的关系。"

叶青棠有几分惊讶，因为应如寄确实太像是一个高端玩家，但她知道，他没理由说谎。

"……那你为什么会答应我？"

"嗯。这是症结所在——因为第一眼见到你的时候，我就对你有好感。"

叶青棠愕然抬眼。

"正因为如此，一开始我就处于被动，只能按照你的节奏和你的游戏规则行事。这就回到了我最初所说的，我不喜欢未经计划的混乱，事实也证实了，我不应该打破我的原则，投入到这样一段混乱的关系里，更不应该在明知没有结果的情况下重蹈覆辙，还一并伤害了你。"

"……你没有伤害我。"

应如寄摇头："如果是在理智的情况下，这种事本不会发生。"

"所以……你后悔了是吗？"她似乎只能凭本能去攻击他言辞里的漏洞。

"我后悔的是，在最开始，我就应该正常地追求你，即便你并不会答应。"

应如寄没有说错，如果是以恋爱为前提进行接触，她根本不会给他这个机会，因为那意味着从一开始她就会亏欠他。她不是什么良善之人，但唯一会坚持的原则就是，任何关系都必须对等。

叶青棠试图把话题拉回到前面的部分："……我现在是喜欢你的，也说了我们可以谈恋爱，我也会把你介绍给我的父母。但你不愿意，仅仅因为，我不能言之凿凿地保证，三个月或者半年之后，我还喜欢你，是吗？"

应如寄叹了声气："……如果你愿意这么理解，也可以。"

"……和我在一起你不开心吗？"叶青棠闷声问。

"如果注定三个月之后就要结束，不如起初就不必开始。"

"人也是会死的，那么是不是干脆就不要出生？"叶青棠其实清楚自己已经有些胡搅蛮缠了。

"青棠，"应如寄依然温和且耐心，"及时行乐是一种生活方式，没有任何问题，只不过我不愿意再做尝试了。"

一时间车里只剩下沉默。

叶青棠垂着头，心里乱极了。她此前便觉得，和应如寄来往便似在打球，只有她抛过去的球他愿意接，这游戏才能继续。她清楚地知道，球落地了。不管她如何撒娇、耍赖、营造惊喜与浪漫，他都不会再心软。

应如寄再度开口，声音较之方才更多一种平铺直叙的冷静："还有最后一句话，也算是我的祝福。你这么好，不会有任何人会轻视你的心意。你不是缺乏勇气的人，你应该继续争取……如果那个人是你的例外。"

"……他已经结婚了。"叶青棠只觉哑然，"……拜托你可以不要这么大度吗？"

应如寄沉默一霎，只问："……你生日那天的事？"

叶青棠没有解释只是收到了请柬，反正意义是一样的。

应如寄沉沉地叹了一口气。他想起那天晚上叶青棠满脸的泪水，一时有种近于窒息的感觉，他声音尚且还平静："那你就更应该知道，虚假的药不能治愈真正的痛苦。"

叶青棠觉得自己仿佛被困在黑暗的迷宫里："……说来说去，你就是不肯相信，我也是喜欢你的，是吗？"

"我相信与否不重要。你还不明白吗，青棠。我要的是对等的双向关系，是对方是自己的绝对'例外'。"

叶青棠有种无能为力之感。如果说，有些事情必须要在未来才得以证明，她怎么能够做到当下就拿出证据。况且，她确实不敢肯定，未来是否真的存在这样一份"证据"。

"……如果我一定要纠缠，你也没什么办法。"她本能地不想就这样结束，不想放手。

"当然。"

叶青棠倏然抬眼。

而应如寄也迎上她的目光，默了一霎之后，艰难地开口："停在今天，假以时日，我还能忘掉你；如果短暂地跟你谈一场恋爱，再成为你弃之无味的'口香糖'，我就不知道了，我没有信心……青棠，别让我把余生的回忆都葬送给你。"

留我一条活路吧。

叶青棠心口紧缩，她好像被丢进一只密封的玻璃罐，氧气在被一点点抽尽，呼吸也渐渐困难。她说不出话来。她在应如寄的目光里看到平静而悲伤的诚恳，这让她无法继续任性了。

"……我知道了。"终于，叶青棠轻声说。

她反手去拉车门，第一下没摸到扣手，第二下才成功。

车门摔上的一刻，应如寄低下头，手臂搭在方向盘上，把额头靠上去。

世界一片寂静，风吹过空荡荡的心脏，甚至没有引起一点回声。

第十章 我爱你
Chapter 10

叶青棠把房门摔出很大的声响,几下就脱掉了羽绒外套扔在沙发上,这时候才发现自己脚上还穿着雪地靴,又气鼓鼓地回到门口换拖鞋。

打开卧室门,却见投影仪还开着,那时候走得急也没关。走过去按关机键,一下没有按到位,她失去所有耐心,直接一把拔掉了电源线。

光束消失,世界清净。

她躺倒在床上,伸手去摸手机,才想起来手机在外套里,而外套在沙发上。就这样,连最后一点想要找好姐妹吐槽的冲动都消失了,变成一种概念化的空白,没有情绪,没有想法,没有力气。

不知道过去多久,睡觉之前还得刷个牙的念头促使她爬了起来,走进浴室。她心不在焉地拿起牙膏,才想起来,这一管已经用到一点儿也挤不出来了,而在网上下单的新牙膏,要明天才会到。她从没想过,一支空掉的牙膏,会成为压死情绪这头骆驼的最后一根稻草。

她踩住垃圾桶的踏板顶起盖子,将牙膏"啪"地扔了进去。回客厅捞起沙发上的羽绒服披上,拿上车钥匙和门钥匙,一脚蹬上靴子,打开门。

凌晨的街道如此安静,全世界都已晚安。

视野里的红灯变得模糊,她踩下刹车的时候,抬手背揉了揉眼睛。

她把车停在别墅外的停车坪上。整个三层的建筑窗户都是黑的，想来爸妈他们也都已经睡了。叶青棠迈上台阶，走到门口，借门廊常亮的灯输入门锁密码。他们一家三口的出生日连在一起，熟稔得闭上眼睛都不会输错的六个数字，今天不知怎么了，叶青棠输了三次都没有输对。

"滴嘟滴嘟"的几声报警响起，在安静的夜里刺耳得让叶青棠心跳都被吓停两拍。她停了会儿，再输，这次十分小心翼翼，确信每个数字都没输错。还是错误。所有情绪顷刻冲进脑子里，她不由得照着门猛踹了一脚。

这时候，门内传来隐约的脚步声，一道女声警惕地问道："谁啊？"

"赵阿姨，是我。"

住家的保姆赵阿姨打开了门，眯着惺忪睡眼朝外看，"啊哟，小祖宗你怎么这么晚跑回来——穿这么点不怕着凉啊。"

她赶紧将叶青棠迎进门："要吃夜宵吗？"

"不吃。阿姨您不用管我，快去睡觉吧。对了，这门怎么回事啊，怎么我输的密码都不对？"

这时候楼上也传来动静，庄玉瑾披着件灰色针织长外套走到了楼梯旁，"青棠？怎么这么晚跑回家？"

"门锁我打不开。"仿佛，这就是她当下所有的委屈了。

"哦，这不是新年吗，旧密码也用了三个多月了，就换了一个，忘了告诉你了。"

"我都进不来了……"叶青棠泫然欲泣。

庄玉瑾瞧出来她情绪不对，顺着楼梯下楼，叫赵阿姨先去休息。她伸手去拉叶青棠的手，"……怎么这么凉？你身上穿的是睡衣吗？怎么衣服都不换就出门了？"

叶青棠看着庄玉瑾，想开口，眼泪先滚落下来。

庄玉瑾吓着了，"怎么了棠棠？发生什么事了？"

她伸臂搂住叶青棠，低头看着她，手指擦去她脸颊上的眼泪，语气无限温柔:"到底怎么了?"

楼上叶承寅也从卧室出来了,他打了个呵欠,刚想开口,瞧见女儿哭得梨花带雨,赶忙问:"怎么了?"

"没事儿。"庄玉瑾搂着叶青棠的肩膀,带她上了楼,对叶承寅说,"你先回房间吧,我跟她聊聊。"

叶青棠的房间在走廊的另一端。庄玉瑾打开了房间的开关,阖上门,牵着叶青棠去床上坐下,再度柔声问道:"可以和我说说吗?发生什么事了?"

叶青棠抽噎了一下:"……我好像失恋了。"

"也没听说你在谈恋爱啊——对方是谁?"

叶青棠摇了摇头,不再说话,只是垂着头,默默流泪。庄玉瑾也不再追问,起身将一旁梳妆台上的纸巾盒拿了过来,抽了两张塞进叶青棠手里。叶青棠拿纸擤了鼻涕。庄玉瑾觉得好笑,再抽了两张,又将垃圾桶拿了过来。

叶青棠又是擦眼泪又是擤鼻涕,足足用完了快小半包的纸,才瓮声瓮气地开口:"妈妈,我有个问题。"

"嗯?"

"你当时是怎么能够确定,我爸是那个可以跟你度过一生的人呢?"

"嗯……我还真没想过这个问题,你让我好好想想。"

叶青棠脑袋靠了过来,靠在她肩膀上,她伸手轻抚她微卷的长发,说道:"好像是你出生以后吧。我生下你的那一年,患有很严重的产后抑郁症。当然,那时候这个概念还不普及,我只知道我每天都觉得日子极其难熬……"

"您怎么都没跟我说过?"

"都是已经过去的事情了,老提这些做什么。"庄玉瑾说,"我那时候是在一个服装厂做出纳,厂子效益不好倒闭了,我也失业了。没工作,加上全部的精力都放在育儿身上,整个人非常焦虑,觉睡不好,奶水也不足。你奶奶——我婆婆那时候不理解我怎么成天都好像病歪歪的，还说其他女人生完孩子也没这么矫情。"

"……是当面对你说的吗？"叶青棠奶奶去世得早，她对她已经没有太深的印象了。

"是背着我，当着你爸的面说的，不过那时候房子小，隔音又不好，我还是听见了。你爸听见这话很不高兴。但那毕竟是他母亲，他也不好说什么，就以二老身体不好，不想继续劳烦他们为由，全盘接管了照顾你的任务。为了让我睡个好觉，他让我一个人睡主卧，定着闹钟半夜醒了好多次起来给你冲奶粉，每天顶着两只熊猫眼去上班，从无怨言。而且那时候不管是谁，只要知道你是喝奶粉的，都一定会念叨一句，说还是母乳好。你爸不服气，每周给你称体重，发现你长得比其他喝母乳的小孩还好还快，他就很骄傲，还特意跟人家炫耀。"

叶青棠听得笑出一声："他怎么这样，好幼稚。"

庄玉瑾也笑："有时候下班早，不需要给学生上晚自习，回家吃过饭，他就抱着你，带我去河边散步。他有部老式的傻瓜相机，就让我带着它，出门的时候随心情拍点儿什么。拍出来的照片要拿去照相馆冲洗，也是一笔开销。那时候一家人都靠他当老师的那点工资生活，本来就紧巴巴的，他就给报社投稿，写豆腐块的散文和诗歌，稿费就专门存下来给我买胶卷和冲印照片。我也不知道那段心情特别灰暗的日子是怎么过来的，反正等回过神的时候，就已经走出来了。后来你稍微大了一点，你爸为了全家能有更好的物质生活，也为了支持我继续摄影的爱好，就辞职去做了生意。他虽然不是十分有生意头脑，但胜在诚信，也从来不亏待手下，所以虽然小亏过一些钱，但基本没栽过太大的跟头。"

庄玉瑾总结道："也就是那段时间，我相信他是可以过一辈子的人，遇到任何事情，他都不会撇下我单独一个人。以后你就知道了，男人最重要的品质是有责任心。"

叶青棠"嗯"了一声。

庄玉瑾转头看她:"现在可以跟我说说你失恋的事了吗?"

"……不知道从哪里开始说。"

"如果是不值得的男人,就随他去吧。我不是一直说过吗,你多谈些恋爱,见识过不靠谱的,才会知道什么样的是靠谱的。当然,也不是非得谈恋爱,你有自己的事业,虽然目前看来还挣不到钱……"

"这句就不要说了啦。"

庄玉瑾笑了一声。

"妈妈……"叶青棠额头抵在庄玉瑾肩头,闷声说,"我难过是因为,我意识到他是值得的人,但是我好像没有抓住他,我把事情搞砸了。"

庄玉瑾愣了一下:"这倒是稀奇。你往常哪回不是说,哎呀这个人好幼稚,这个人好不靠谱,这个人怎么这样……"

叶青棠又一下笑出来,因为庄玉瑾将她平常给她发语音的语气学了个十成十。在模仿叶青棠的比赛中,庄女士得第一,她本人只能屈居第二。

"所以我说,我搞砸了……"叶青棠说,"我虽然谈过好多恋爱,但似乎只是积累了一堆无效的经验,它们根本没法支撑我答对眼前的这道题。"

"这个思路就不对啊,感情的事情怎么会是做题。你和清舒关系不是很好吗?爱情和友情有时候其实是差不多的,投以木瓜报以琼瑶,互相真心地对对方好,形成良性循环,这样关系就会长久。"

庄玉瑾摸摸她的脑袋:"当然,我也看出来了,就是因为那些男孩子对你而言都是唾手可得的,你甚至不需要付出什么,只是勾勾小指头,他们就会自愿地向你'朝贡',在男女关系里,你多数时候都是主动的上位者。这没什么不好,至少你不会受伤,这也是我一直没怎么干涉你的原因。"

叶青棠默默点头。

"而且没有搞砸到无可挽回的事情,只要你愿意争取和修补,就不算晚。"

叶青棠再度点头。

庄玉瑾笑着说:"那现在可以告诉我了吗?那人是谁?你工作中认识的?"

"您认识他。"

"谁?"

叶青棠顿了一下:"应如寄。"

庄玉瑾做了一个抚心口的动作:"吓死我,我以为你要说韩浚。"

"韩浚和靠谱这两个字有半毛钱的关系吗?"叶青棠抬头看她,"不过您不惊讶吗,应如寄诶。"

"是有点惊讶,但也还好,不算离谱。你昨……前天不是在他车上吗?"

叶青棠睁大眼睛:"你们看到了?"

"没看到你人也看到他的车了啊。你跟我们前后脚进的屋,不是他送的还能有谁?"

叶青棠回想起当年自己早恋,以为瞒得很好,结果有天庄玉瑾去学校门口接她,和她早恋的那个男生装作跟她不认识,庄玉瑾却笑眯眯地冲人家打招呼,问他要不要到家里来吃饭。她至今还记得那个男生被吓得脸都白了。她现在好像有点体会到了那时候那个男生的心情。

庄玉瑾又说:"荔枝也是他送你的?"

"……您可以不用记性这么好的。"

"你们什么时候开始谈的,我怎么一点没觉察到?"

承认恋爱可以,跟妈妈承认别的她还没这个胆子,叶青棠道:"我们没有谈,就是在 date,西式的那种。"

"所以,你跟他提出进一步,他拒绝了?"

"……反过来。"

"那你还哭什么?"庄玉瑾觉得匪夷所思。

"事情好复杂,一两句说不清楚——妈妈我有点累了,我想睡觉了。"

"过河拆桥。"庄玉瑾打她一下,倒也不勉强,"你自己的事情自己想办法解决吧。"

"我爸知道吗?"

"他可不像我敢往这方面想。"

"可以暂时帮我保密吗?我怕他大惊小怪的。"

"知道了。"庄玉瑾站起身,"赶紧睡吧。"

"我明天应该会起来得很晚,不要喊我吃早饭。"

"又不吃早饭?"只有在吃早饭这件事上,庄女士表现得像个传统的家长。

叶青棠露出笑脸:"谢谢妈妈。"

房门关上以后,叶青棠在床上躺倒下来。她从口袋里摸出手机,点开微信,稍微往下一翻,便看到那个黑猫的头像。手指悬停片刻,终究没点下去。

叶青棠在家里待不住,二号上午就回场馆干活去了,单独一个人忙了一整天,又布置好了一部分的展品。到三号,伍清舒也自发地来了,还带着陆濯。单看陆濯那副干着活嘴角就不自觉咧到耳朵的傻样,就知道这两人这两天铁定已经在一起了。

中午叶青棠点了份外卖,三人找了张桌子坐下吃饭。

叶青棠对陆濯说:"想问你一件事。"

"棠姐你说。"

"你哥昨天晚上相亲的事,你知道吗?"

"知道啊。"陆濯一副"你要是说这个那我可就不困了"的表情,"我哥没去,放了应爷爷的鸽子。应爷爷的同事,就是女方的外祖父,当然下不了台,为这气得差点跟应爷爷绝交。所以今天我哥被应爷爷押着上门负荆请罪去了。"

叶青棠愣了一下,再度确认:"……他没去相亲?"

"他怎么可能去,他不是一直在追你吗?"

叶青棠抿着唇，不再说话。扒了两口饭，胃口尽失，她站起身说要去趟洗手间，静悄悄地走到了后方的窗户边上，在穿堂的冷风里抽了一下鼻子。

十四日是开展前的最后一天，分明一切都是按照计划表一项一项执行的，但临到要开展了，还是有一大堆烦琐的细节没有做到位。

叶青棠和伍清舒领着员工和实习生查漏补缺，焦头烂额地忙了一上午。中午吃饭的时候，叶青棠跟伍清舒打招呼说要出去一趟，可能一个小时左右回来。

"有事打我电话。"叶青棠拿上自己的包，没等伍清舒再说什么就急匆匆走了。

"这是要去哪里？"伍清舒嘀咕。

一旁的陆濯解答了她的疑惑："可能找我哥去了吧，今天他生日。"

叶青棠开车到了 LAB 所在的那一片写字楼，找地方停好了车，将后座上放置的礼品袋拿下来。她在附近的咖啡店找了个位置，而后给沈菲发了条微信：哈喽哈喽。

沈菲发来一个猫猫探头的表情包。

叶青棠：不好意思打扰一下，请问应老师今天在公司吗？

沈菲：在的。

叶青棠：他忙吗？

沈菲：今天没什么安排，应该不忙的。

叶青棠：谢谢。那我直接和他说。

叶青棠吸口气，从列表里找到那个黑猫头像，点进去。

一句话在对话框里打了又删，删了又打，最后一闭眼，点击发送。

应如寄正在审图纸，微信提示音响起的时候，他下意识地拿起手机，面部解锁后便是之前未关闭的微信界面。他随意地瞥了一眼，手指正要点开那浮到最上方的红点，蓦地一顿，意识到是谁的消息后，又瞥了一眼。

和"yqt"这样正经不花哨的微信名相对的是,她的头像是气呼呼鼓着腮瞪着下三白眼的月野兔。久了便觉得这头像与她本人莫名契合,以至于似乎已变成她形象的一部分。

顿了好一会儿,应如寄才将头像点开。

叶青棠:有空吗,应老师?

叶青棠:我在你们楼下的咖啡店,可以耽误你一点时间,请你喝杯咖啡吗?

应如寄拿着手机,手指点开了对话框,绿色的光标闪烁许久。他依稀记得,好像跟谁开玩笑似的说过谁白天邀请他喝咖啡,他一定答应。

半晌,他点击键盘回复。

手机就被叶青棠捏在手里,那新消息跳出来的时候她心脏也过速地跳动了一下。

应如寄:谢谢叶小姐好意。稍后要开会,恐怕没时间。见谅。

连标点符号都透着一种妥帖、客气和疏离。

说不失望是自欺欺人,虽然这结果早在她的预料之中。

片刻,叶青棠又给沈菲发了一条消息。大约过了不到十分钟,咖啡店的门被推开,穿一身套装,披着件长款白色羽绒服的沈菲走了进来。叶青棠笑着冲她招招手。

沈菲走到她对面,叶青棠将礼品袋递给她:"麻烦沈小姐帮我转交一下。"

"没问题。需要带什么话吗?"

"不用,我写了一个贺卡。"

沈菲比了个"OK"的手势。

"还有这个。"叶青棠递过已经打包好的热咖啡,"热榛果拿铁,请你喝。"

沈菲笑了:"谢谢,你好贴心。"

沈菲推开门的时候，应如寄正起身准备去吃饭。她将一只白色礼品袋递了过来，笑着说："应总，有人拜托我帮忙转交。祝你生日快乐。"

应如寄看了一眼，伸手接过。

办公室门阖上后，应如寄将那礼品袋打开，出于验证自己猜想的心理。

果真，那里面拢共三样东西。一个 A5 大小的横版活页本，一张门票，一张贺卡。

他先翻开活页本。本子纸张厚实，一页页更像是卡纸，那上面是用针管笔和彩色马克笔画的画。他翻了两页，意识到是一个连续的故事，才翻回到第一页。一个穿红裙的小女孩，在山坡上发现了一处风景秀丽的好地方，于是开始丈量、伐木、开挖掘机平整土地、垒砌地基、砌墙、盖瓦、刷漆、种树栽花⋯⋯

每一张图就是如上每一项步骤的展示，直到翻到倒数第二页，才呈现出那房子的全部面貌。

应如寄抬手，轻撑住额头，愕然地看着这张图：一个外面围着一排白墙黑瓦的房子的小院儿，院里有七倒八歪的树根做的凳子，高低不一的矮墙上爬满了牵牛花。除此之外，还有许多添置的新内容，一个用来烤火的石盆，一口安置在树荫下的大水缸，两三只大白鹅，还有一只窝在门口檐下盘作一圈睡觉的黑猫。

至于建房子的红裙小女孩，不在这一张图里。她单独一个人在最后一页，在青草绵延的山坡上仰躺着睡觉，手边滚落着一只黄色的安全帽。

这张图的最下方，拿红色彩铅写着两行字：

Flowers are so inconsistent!But I was too young to know how to love her.

（花总是表里不一的。而我太年轻了，甚至不懂怎样去爱她。）

Happy birthday to Lawrence.

（生日快乐，Lawrence。）

好一会儿，应如寄才将本子合上，再去看贺卡。她的字迹很清秀，很有特色地微微向左倾倒。

应老师：

ABP本届书展引入了更多图书和互动性的活动，1月18日下午三点有著名建筑摄影师的现场签售，如您感兴趣的话，欢迎莅临观展。

PS. 生日快乐。

青棠

最后，那张门票自然就是书展的门票。

应如寄合上贺卡，片刻，又翻开，看了一眼之后，再度合上，将门票夹入贺卡之中，连同本子一并又装回到礼品袋里，提在手上，走去办公室门口。

叶青棠在咖啡店附近不远的一家快餐店排队等餐。沈菲发来微信消息：叶小姐，你还在咖啡店吗？

叶青棠回复说自己在附近。

沈菲：真的很不好意思，东西应总不收。可以麻烦叶小姐稍等我一会儿吗，我过来找你。

叶青棠愣了一下，轻咬住嘴唇，回复沈菲：麻烦沈小姐就在你们公司楼下大门口等吧，我马上过来找你。

叶青棠提着外带的汉堡和可乐，在写字楼的门口和沈菲碰头。

沈菲很歉疚，"抱歉。应总说，叶小姐送的礼物太贵重，他受之不安，也不愿意欠叶小姐不好偿还的人情，所以……"

叶青棠笑着说："没事没事。就是麻烦你了。"她伸手将礼品袋接了回来。

"不麻烦，顺手的事。"

叶青棠笑着说:"那我就不继续耽误您的时间了。"

叶青棠在地下车库找到自己的车,将打包的食物随手搁在一旁。她低头看着置于膝头的礼品袋,把里面手绘的本子拿出来,随手翻了翻,叹了声气。

持续两周的书展落下帷幕。深夜的南城美术馆,有种繁华落尽后的寥落。

叶青棠踩着人字梯,摘除墙上巨幅的喷涂海报,伍清舒在下方替她撑着梯子。

"清舒,你今年过年去谁家里过?还是你外婆那儿?"

"不然去我爸那儿看那一大一小的脸色吗?"伍清舒淡淡地说。

一旁在和工人一块儿拆桁架的陆濯笑着接话:"可以来我家里过啊。"

伍清舒翻了他一个白眼。

叶青棠问道:"对了陆濯,你哥过年的时候会跟你一起吗?"

"他一般只跟应爷爷一块儿过。你应该知道的,应叔叔跟我妈离婚之后就各自重组家庭了,他跟哪边过都会有点不自在。"

"你们虽然是同母异父,但关系好像还蛮好的。"

陆濯无奈地笑着说:"毕竟是同病相怜的战友。"

"怎么说?"

"我妈那性格……算了,也不好跟外人说。"

叶青棠:"清舒还是外人啊?"

"清舒姐姐当然不是外人。"陆濯忙说,"不过我怕这么快揭了家丑,清舒姐姐要吓跑了。"

伍清舒瞥他一眼:"好好干活行吗,哪儿这么多废话。"

忙到半夜,只拆除了不到一半。

伍清舒坐叶青棠的车离开,途中,叶青棠和伍清舒说起新的一年的工作安排。

"清舒,我想再招一两个专业的策展人,帮我们落实执行层面的事,我们也可以稍微解放出来把控选题和选品这些大方向。"

伍清舒说:"我也是这么想的。继续扩容的话单靠我们两个人肯定忙不过来了。"

叶青棠说:"年后我再去跑一跑赞助的事。然后,我可能要出国一趟。"

伍清舒转头看她:"去哪儿?A国?里城?"

"主要目的不是这个。不过我会顺便过去拜访一趟。"

"其实去年他结婚那会儿你就该去的。"

叶青棠沉默了一霎,"是的。"

车停在伍清舒所住的小区门口,她下车之前,叶青棠说:"春节来我家里玩。"

"负责接送吗?"

叶青棠笑了:"还能有不为公主服务的道理?"

每到要过年,就很难见到叶承寅的人了,生意人一堆伙伴关系要维护,年前年后都应酬不断。叶青棠也没闲着,要核对名单,给一直合作的出版社、编辑、作者和设计师等寄送礼盒。忙忙碌碌间就到了除夕。

吃过年夜饭,叶承寅说江北要放烟花,问她们去不去看。叶青棠一时怔忡,等回过神的时候,庄玉瑾已经在和他商量几点出门了。

到晚上十点半,一家三口开车出发。

叶青棠穿得毛绒绒的,窝在车后座,将要过桥的时候,对岸忽地蹿起冲天的烟花。

"已经十二点了?"叶青棠问。

"十一点。从十一点开始放,每半小时有一拨。"叶承寅回答道。

叶青棠没再说话,额头抵靠在车窗玻璃上。那烟花投映于她的瞳孔之中,升高、盛放,又寂然地坠落。

叶青棠拿出手机。盯着置顶的黑猫头像看了片刻，点进去，发送消息：新年快乐。这条消息直到过了凌晨才收到回复，和她发的一样的四个字：新年快乐。

叶青棠还想说些什么，甚至已然选中了相册里方才拍摄的烟花燃放的小视频，但在最后一刻，放弃了点击发送按钮。

茶文化博物馆破土动工的日子，选在二月初二，图个龙抬头的好彩头。

叶青棠的签证已经下来了，原本要走的，又多待了一周，想等动工了再去。

叶承寅这天穿得特别正式，说是区里的领导也要参与动工仪式，还有电视台的人前去拍摄采访。叶青棠自然得一同前去。

现场阵仗远比叶青棠想象的更为隆重，场地收拾清空，搭上了一个红毯铺就的小舞台，后方立着四五米宽的红色展牌，上面印着两行大字，"XX区康养产业重点示范项目暨XX镇茶文化博物园开工仪式"。会场两侧分列着几台挖掘机和装载机，舞台下几十个身着统一荧光背心的工人已列队就位。

叶承寅刚到没一会儿，就被仪式筹备组的人喊去了。

庄玉瑾端着相机拍照，而叶青棠目光满场逡巡。最终，在场地一角设立的茶水招待处，看见了那道熟悉的身影。他和孙苗、姚晖他们站在一起，穿着白衣黑裤，和与他交谈的几个疑似区里的领导的装束是一样的。

三月初春寒不减，单穿衬衫似乎有些单薄，尤其郊区的半坡上风大，显得他更有一种清癯之感。

之后，媒体和领导一一就位，动工仪式正式开始。

叶承寅、应如寄随那几个领导登上了舞台，区里的领导、施工承包单位和监理单位一一发言之后，众人去往舞台前方，一人拿上一把系了红绸大红花的铁铲，各自铲上一铲土，掩上中间那块同样装饰了红绸红花的"奠基"牌。

至此，动工仪式基本结束。

应如寄被几个记者拦住做了会儿采访，又跟几个领导交流片刻之后，便朝着茶水处走去。

将要到时，脚步一顿。

叶青棠穿着一条白底的浅绿与桃红花叶交错的印花连衣裙，外面套一件米白色的宽松针织外套。这里远近都是荒瘠的泥地，树也刚刚发芽，只见光秃树枝。唯独她，像是把初春仅有一点的春光，全部都穿在了身上。

她正双手捧着一只白色纸杯，举到了嘴边，轻呵着那上方缭绕的淡淡热气，神色恍惚，似乎是在走神。片刻，她好像注意到了什么，倏然转过头来。四目相对，她目光在他脸上只停留了一秒不到，便笑着问："喝茶吗？"

她低头放了手里的纸杯，而后从一旁的一摞纸杯上取了只干净的，拧开了不锈钢大茶桶的小龙头，接了一杯热茶，递到了他面前。顿了一下，应如寄伸手接过，平静地说："谢谢。"

见面之前，设想过一百句开场白，但没有预料到，当真面对面，她的思绪就像唱到一半的唱片，后半的数字信息全部被抹除，只余一片空白。只凭本能地说出了一句"喝茶吗"，并为了缓解尴尬而不得不完成了全套倒茶动作。

叶青棠瞥了喝茶的应如寄一眼，又端上了自己的那半杯茶，她抿着茶水平复心绪，并在快速思考如何礼貌又不至过分客气地开口。还没找到答案，沉默已被打破——孙苗挥着手喊着她的名字跑过来了。

"好久不见啊，青棠！"

"好久不见。"

叶青棠莫名其妙地又放下了自己的杯子，再度变身成为茶水小妹，她给孙苗倒了一杯，又给紧随而来的姚晖也倒了一杯。

孙苗穿着长袖T恤,外面套了一件冲锋外套,像是已经被这半坡上的风吹傻,喝上热茶后满足地叹了一声气。

叶青棠笑着说:"辛苦你们了。"

"筹备了一年,今天总算是动工了。"孙苗感慨。

"嗯……已经一年了。"叶青棠也不由得感叹。

应如寄的目光轻如烟雾似的在她脸上落下一瞬。

"后面你们还会经常过来吗?"叶青棠问。

"我们设计单位一般只用和监理对接后续的施工情况,不过遇到重大节点和特殊情况还是会过来的。"孙苗说。

"大概要施工多久?"

"预估的施工周期是八个月,但遇到极端天气一般会停工。"

叶青棠听着听着就走了神,因为她瞥见应如寄放下了纸杯,似乎是准备走了。

她焦虑地咬住了纸杯边沿。赶在应如寄转身之前,她忽地喊道:"应老师。"

应如寄脚步一顿,以波澜不惊的目光询问她:什么事?

"稍等我一下。"

叶青棠放下纸杯,朝着不远处正陪着叶承寅同区里领导交谈的庄玉瑾小跑而去,从她手里拿回方才交由她保管的自己的背包,又几步跑回来。

她打开背包,从里面掏出一叠宽幅的拍立得照片和一支黑色签字笔,挑了几张,在下方写上今天的日期,然后依次分发给孙苗和姚晖。

"刚刚随便拍的,送给你们做纪念——当书签也行。"

孙苗拿到的那张,正好是她和姚晖交头接耳的背影抓拍,她不好意思地笑了笑:"谢谢。你真的好细心。"

最后,叶青棠动作一停,抬眼看了看,才朝着应如寄迈出两步,将剩余的几张递给他。

应如寄抬手接过，垂眸时注意到，她手指上沾上了一点签字笔的墨迹。

他将照片拿在手里，也不看，只瞥向孙苗，不咸不淡地说："还要聊天？该走了。"

孙苗立马收起照片揣进口袋里，摆出随时出发的架势。

应如寄再看了叶青棠一眼，淡淡颔首以作示意，随后便带着两人离开了。

叶青棠给自己续了一杯热茶，喝了两口，放下，掏出拍立得，举到眼前。"咔"的一声，相纸弹出。她以微热的手心盖住相纸，片刻，那上面慢慢显影，定格着一道清峻的背影。

孙苗跟在应如寄后面，笑着问："应老师，叶小姐给你的那几张拍的是什么啊？可以给我看看吗？"

应如寄淡淡地说："你自己没有？"

孙苗只敢小声嘀咕："不一样嘛。"

应如寄照旧坐在后排。他手肘往窗沿上一撑，往外一瞥，轻易捕捉到那抹浅碧轻红的身影。车子启动，他收回目光。

伸手从长裤口袋里掏出那三张照片，垂眼看去。一张是某棵桃树上早早鼓出的一个花苞；一张是一条乱入会场，嗅闻某个领导脚后跟的大黄狗；一张是入口处充气拱门两侧的红色长条状吉祥物，正被鼓风机吹得扭成一个鬼畜的姿势。

应如寄不由得笑了。什么乱七八糟的。

四月中旬，叶青棠回国，带着满满的两口大箱子，装着给自己买的书，以及给伍清舒、孙苗和沈菲她们代购的奢侈品和化妆品。

到家后休息了一天，她将东西分门别类地整理出来。先去了趟工作室，把伍清舒要的东西给她，又给员工们分发了伴手礼。到中午，叶青棠带着给孙苗和沈菲的东西，迫不及待地开车前夫LAB的办公楼。

叶青棠在前台做了登记，被沈菲带着进了事务所。孙苗早就等在会客室。

叶青棠将写了标签的两只袋子递给她们："清点一下有没有漏掉什么，小票和退税单也都在里面。"

然后她在沙发上坐下，拧开桌上的小瓶矿泉水喝了一口，随口问道："应老师今天在公司吗？"

"哦，不巧。"沈菲说，"应总曾经一起共事过的一位业内前辈，前两天去世了，他去对方的老家吊唁去了。"

"……前天应老师朋友圈转发了讣告的那位建筑师？"

"是的，应总还是实习生的时候，参与过他主导设计的一座公共图书馆。他们本科是一个学校的，所以也算是师兄弟的关系。"

"会去几天？"

"说不好。"

叶青棠点了点头，不再说什么。过了一会儿，她拿过一旁的托特包，在里面翻找片刻，找出来一叠拍立得照片，递给沈菲："等应老师回来了，麻烦菲姐帮我转交给他。"

沈菲接过看了看，有几分惊讶："好。"

应如寄深夜抵达南城，到家后有些失眠，始终睡不着，干脆爬起来去了客厅，打开电视，想看点什么，又没有十分强烈的想法，便续播了上次看到一半的《大江大河》。

他仰躺下来，枕在手臂上。

客厅灯没有开，电视的光时明时灭，对话声制造了一些虚假的热闹。

第二天早上，洗漱过后他照常地去了工作室。

开完上午的晨会，回到办公室。沈菲送来咖啡，还有一只信封。

她依然笑得很职场但似乎又别有深意："有人托我转交的。"

门阖上以后，应如寄打开信封，拿出那里面的东西——十来张拍立得，熟悉的清秀而微微左倾的字迹，标注的拍摄日期是三月二十日。

待看到照片的内容,应如寄一时怔住。是他参与设计的那座公共图书馆。

他一张一张翻开。她拍照的角度永远那样刁钻,永远在关注常人不会注意到的角落。

这一沓照片的最后一张,是图书馆地下一层,亚里士多德雕塑底座的背面,镌刻着所有参与设计工作的人员的名字,为首的便是他的师兄。他的名字在最后一排。

那座图书馆竣工之后,应如寄曾去参观过,但没有细致到不漏过任何一个地方——这底座上的字,他竟也是第一次看见。

应如寄掏出手机,翻拍了这张照片。随即发送到朋友圈里,配文"R.I.P.(愿死者安眠)"。

他顺便扫过这几天堆积的留言,将要退出朋友圈时,注意到刚发的那条,多了一个来自叶青棠的点赞。顿了片刻,他返回到聊天界面,从通讯录里搜索出叶青棠,给她发了条消息:用了你的照片。想找你补要一个授权。

叶青棠秒回:没事,随便用。照片已经送给你了。

应如寄想了想,只回复了谢谢。叶青棠没再回复。

应如寄放下手机,将所有照片又看了一遍,装回信封里,投入日常工作。

手机屏幕又亮起,拿起一看,是叶青棠发来了新的消息:应老师今天晚上有空吗?能否见一面,我有话想对你说。

应如寄回复:抱歉,今天可能没空。下午要开会,晚上跟一位同侪约了晚饭,不确定什么时候结束。

叶青棠:什么时候结束都可以,晚一点也没关系。

应如寄最终回复:好。

一道吃晚饭的同侪,是专从国外回来参加那位师兄的葬礼的,他取道南城去北城转机,应如寄和楚誉一块儿招待。一顿饭自六点钟吃到十点,楚誉派人将其送往酒店休息,应如寄则给叶青棠发了条微信,告知她自己这边已经结束，问她想约在哪里碰头。

叶青棠回复说她在一芥书屋跟人聊事情，问他在哪里。

应如寄吃饭的地方离一芥书屋并不远，两千米左右，便叫她就在那儿等着，他也正好过去跟汤公打声招呼。

夜里的一芥书屋，是另外一种格调，淡黄的灯光像淘洗过的月光，既柔和又温暖。

应如寄走到副馆时，却见叶青棠正坐在门口的木台阶上，汤望芗坐在对面的摇椅上，小炉子烧着热水，木凳上摆着茶具。

见面一番寒暄，汤望芗也过问了那位建筑师过世的事情，并叫应如寄节哀。

待他们闲谈过后，叶青棠笑着问汤望芗，能否借主馆一用，那里安静，她想跟应如寄谈一点事情。

汤望芗叫他们自便："走的时候跟门口说一句叫人锁门即可——我年纪大了，比不得你们年轻人，先休息去了。"

叶青棠再度同汤望芗道谢。随后起身，拿上一旁的提包，叶青棠看向应如寄，微笑着说道："走吧？"

他们自主馆大门进去，感应式的顶灯顷刻亮起，洒下淡白灯光。

两人顺着平缓宽阔的水泥楼梯拾级而上，应如寄问道："和汤老先生在谈再度合作的事？"

"不是，我前一阵在一个图书馆里看见了某本古籍的真迹，发消息给汤老先生的助理问他是否有收藏。正好是汤老先生一套书中缺少的那一本，我就帮忙影印了一份带回来了。再加上汤老先生有位朋友想投资我们书展，所以就约了晚上在这里吃饭和商谈。"

叶青棠多解释了一句："我当然也想再和一芥书屋合作，但现在书展的规模每一届都在扩大，一芥书屋的容客量有限，我怕超过一定数量会对场馆造成损毁。"

应如寄闻言转头看了她一眼。她手掌搭在外侧的扶手上，缓缓往上迈步。

空寂的场馆里，只有他们轻缓的脚步声。

叶青棠微微笑着说："我以为你还是不会答应跟我见面。"

应如寄只平静地说："我收了你送的照片——没想到你去了那座图书馆。"

"我去了很多地方。"叶青棠稍稍顿住，转过头来看他，片刻，又收回了目光。

不知不觉间，他们已经走到了三楼，空旷的平台上，放置了一张孤零零的长椅，长椅的对面，开着一扇不规则的四边形窗，望出去是一道明净的月亮。

叶青棠站定看了一会儿，在长椅上坐下，并笑着问应如寄："过来坐一下吗？"

应如寄走了过去。他们并排而坐，隔了一人的空位，中间立放着叶青棠的包。

叶青棠两手放在膝头，微微垂眸。安静片刻后，她像是打定了主意，随即出声道："我去了一趟里城，和林牧雍见了一面。"

"我说过……"

"拜托，"叶青棠打断他，抬起头来，恳切地看向他，"听我说完，不会很长，相信我。"

应如寄没再出声。

叶青棠继续说道："他妻子去年十一月临盆，孩子已经四个月大了，是个女孩。我在他们家里吃了一顿晚饭，送了他们一支葡萄酒做伴手礼。全程非常非常愉快。我设想自己会不会有可能有一丁点的失落，但是没有，完全没有。"

应如寄只是安静听着。

"我是大三那年跟他认识的。那时候很巧，他住在我们公寓楼下，因为都是东方面孔，电梯里碰见过几次就眼熟了。有一回我们公寓断网，又正好是期末在赶截稿期，我和清舒就贸然下去敲门蹭网，之后一来二去，渐渐熟识。他大我们一些，又是相邻一所大学的老师，就对我们诸多照顾。我也是在这个过程中，意识到自己喜欢他……"

应如寄换了坐姿，微微躬身，两臂撑在膝头上，盯着前方的一小片水泥地。

"他和我之前遇到过的男性都很不一样，十分内敛寡言，有自己执着坚持的事业和理想，从不轻浮、从不随波逐流。好像在他身边，我也会变得沉静。我会刻意培养跟他相同的喜好，比如看晦涩又沉重的非虚构文学，听催眠的大提琴，再比如也试着开始写一些拙劣的文字，并借请他指教的机会，与他独处。他从来没有怀疑过我的用心，只当我是一个好学的学生，十分慷慨地倾囊相授。而就在我准备跟他表白的时候，我才知道，他之所以一直单身，是因为在等初恋女友 Sienna 回头。而 Sienna，就是那种天生就喜欢严肃文学和古典音乐、文静内敛又刻苦自律的女性。他们的灵魂百分之百合拍。"

叶青棠的声音十分平和："当我花了那么长的时间喜欢一个人，甚至不惜将自己改造成另一个人，却得不到任何回应时，他就变成了一种意难平。"

她深吸了一口气之后，继续说道："……而在见到你的那一瞬间，我想，这是不是一个一偿夙愿的机会。"

应如寄一时嘴角紧抿。

"……但其实一开始我就没有办法自欺欺人，因为你们是完全不同的人，就像苹果和番茄都是红色，却不会有人将它们弄错。而且，和你相处的我，才是真正的我——是的，我一点也不爱古典乐，我喜欢 Kpop，喜欢摇滚，喜欢电音，喜欢一切吵吵闹闹的东西；我不爱看文字太多的书籍，我喜欢画册和影集；我也一点都不文静内敛，我轻浮又肤浅，顺从欲望又享受欲望。和你在一起，我才能自由地做我自己，因为只有你见识过我最最卑劣、又最最坦荡的一面。"

应如寄微微斜过目光，看见叶青棠紧紧攥住她放在膝盖上的手。

"……对不起,我这么任性又后知后觉地伤害了你。因为出于过去的经验,我想要得到的任何东西都得到得太过轻易,失去的时候自然也没有觉得多可惜。而林牧雍的存在,让我体会到了一种截然不同的苦大仇深,但那只是概念中的自我感动,因为太苦,所以反而继续将我推向了只追求一时浮浅的快乐的极端。"

应如寄出声了:"……你是在论文答辩,还是想跟我道歉。如果是后者,我那天就已经原谅你了。"

"不是……"叶青棠抬头,转过目光看向他,"我是来跟你告白的。从一月一日到今天,四月十八日,已经过去三个多月了,我可以肯定地告诉你……"

她顿了一下,连带着声音都突然地磕巴起来:"我……"

包里的手机突然响起。叶青棠被吓得话音骤停。她慌忙伸手去拿,那立放着的提包却直接朝前翻掉下去,敞口的托特包,里面的东西零零散散地滑落了出来。她赶紧起身,蹲下去捡起手机,拒接了电话。

应如寄也弯下腰去帮忙捡拾东西,他拿起跌得最远的一只透明的文件袋,将要递给她,又一下顿住。那袋子里满满的一袋拍立得照片,仅这一眼看过去,便发现都是建筑,且还都是他从业以来参与或者主持设计的建筑。

"这是?"

叶青棠急忙抢过去,藏进怀里,抱住膝盖,拿身体紧紧压住。

她肉眼可见地变得慌乱起来。

"……去了很多地方?"应如寄想到方才她说的话。

而叶青棠不吱声,只是从脸颊到耳垂"唰"的一下红透了。

难怪,他说她怎么会恰巧就去了那座图书馆,原来她是"圣地巡礼"去了。

"不是给我的?"应如寄问。

叶青棠从包里拿出另一个鼓鼓囊囊的文件袋,低声说:"……这个才是给你的。拍下每张照片的瞬间，都是我想发微信跟你分享的瞬间。"

应如寄接过来，透过塑料的文件袋看了一眼露在最上面的照片，果不其然，和动工那日她跟他分享过的那些"乱七八糟"的照片的风格一模一样。

"如果你不喜欢的话，可以扔进垃圾桶，但是不要还给我。不要再还给我任何东西了……"叶青棠轻声说。

她就保持护住那些建筑照片的别扭姿势，捡起了地下剩余的东西，一股脑地塞进包里。

应如寄朝她伸出手，要拉她起来。她顿了一下，递过手，却一下攥住他的手指，而后，整张脸都埋在膝头，声音由此更低。

他觉得整个空间都安静了两分，也变得岌岌可危似的，一阵稍重的呼吸，都有可能随时坍塌。他只好微微屏住了呼吸。

"应如寄……我很喜欢你。"

"……不是。"片刻，她又以微颤的声音否定自己，停顿了一下，才郑重地开口，"……我爱你。"

这几不可闻的一声颤抖尾音好像从她的手指，传递到他的指尖，再借由疾速奔涌的血液，抵达心脏。

应如寄缓缓呼吸，片刻，微哑着声音说道："你要不要先坐起来？"

他手指稍一用力一牵，叶青棠便站起身，随即退后两步，抱着沾了灰尘的包，在长椅上坐下。她低垂着头，耳垂通红，似乎再隔近一点，便会感觉到那热度。

"青棠。"应如寄低声说，"你是否想过，我不一定会接受。"

"……当然。这本来就是你的权利。我只是想要告诉你我的心情……"

"如果我不接受，会变成你的另一个意难平吗？"

叶青棠沉默了一下，说道："你听过一句古诗吗？满目河山空念远，落花风雨更伤春，不如怜取眼前人。我不喜欢这句诗。"

"为什么？"

"因为这不对。就好像是因为捉不住河山与春天，才退而求其次地选择眼前人。"

"……你是第一个这么说的人。"

"你也是第一个我说'我爱你'的人。"

"……你好像有点答非所问了。"

"我没有。"她微微潮湿的声音里带上了一些说不出的委屈感。

沉默了好一会儿，应如寄再度开口："最近一周发生了许多事情，我明早又要出差。我想认真想一想，等我回来了，再告诉你我的答案。"

"好。"

应如寄看她："你似乎说过，你不能接受延迟满足。"

"……我只知道，我现在的心情并不是渴望喝一杯橘子汽水。"

"那是什么？"

"……我不知道。"叶青棠轻轻地、尽量不发出任何声音地抽了一下鼻子。

又安静片刻，应如寄抬腕看了看手表："时间不早了，先回去吧。"

"……你先走吧，我再坐一小会儿。"

"一会儿可能有人要来锁门了。"

"我知道。"

应如寄站起身，停顿片刻，低头看她，她深深地低着脑袋，他只能看见她如蛾翅般微颤的睫毛。

"最后一个问题。"应如寄说。

"嗯？"

"你为什么不把小女孩画进她建好的院子里？"

"……因为她在等你邀请她进去。"

叶青棠相信应如寄再多待一秒钟，她就要忍不住哭出来，不由得催促道："……你先回去吧，不是明早还要出差吗？"

应如寄捏一捏那袋很沉的照片:"那我先走了。"

"嗯。"

他的脚步声响起,随即不紧不慢地走远了,直至彻底消失于楼下。

叶青棠的眼泪也大颗地滚落下来。

整个空间空荡而阒静。那窗里的月亮也已经斜落下去。

叶青棠不是没有预先设想过最坏的情况,或许现在的情况根本算不得最坏。但痛苦比她预料的更要深重,她只能紧紧攥住手,才可以控制不要哭得太大声。

因为这里太安静了。

不知道过去了多久,一阵稍重的脚步声回响于楼下。

叶青棠赶忙清清嗓,大声说:"抱歉,我马上就走,不耽误您闭馆锁门……"

无人应答,那脚步声却未曾停顿。直到他上了三楼,停在她面前。

叶青棠愕然地微微抬眼,看见了皮鞋的鞋尖。她甚至不敢多抬一点目光,怕不是他。

"……你怎么回来了?"她闷声问。

熟悉而清朗的声音响起:"我想,你第一次为我哭,我怎么能错过。"

"……不是第一次了。"叶青棠喉咙又是一哽。

"不是吗?"

"嗯。"

"那你需要当着我的面哭才有用……"应如寄的语气仿佛有几分苦恼,"你看,我又心软了。"

叶青棠惊讶抬头。

应如寄又往前走了一步:"你带相机了吗?"

"……嗯。"叶青棠不明所以地点点头,伸手从包里拿出那部一直陪着她的拍立得。

应如寄接过,径直将镜头对准了她,按下快门。那讶异中带着眼泪的表情,就凝固于她苍白而漂亮的脸上,也凝固于他手中渐渐显影的相纸里。

他放了相机,捏着这张"罪证",俯身伸臂,一把将她抱了起来,直接叫她踩在长椅上。

"……踩脏了。"

"没事,椅子本来就是用来踩的。"

"……你自己跟汤先生交代。"叶青棠"扑哧"笑了一声,而与此同时,尚有凝在睫毛上的透明泪滴掉落下来。

她的存在,用计算机术语来讲,是一个"bug"。

笑的时候让人魂悸魄动,哭的时候又让人心碎不舍。

"应如寄……"

"嗯?"

"……你怎么这么好。"

"我也没有很好,不过因为你太坏了,衬托得我还过得去。"

"你喜欢坏女人吗?"

"我喜欢你。"

"那你现在……是我男朋友了吗?"

"不然?"

"我不信,除非你现在亲我一下。"

应如寄伸手,手掌捧住她的侧脸,抬起头,她这样近地看着他,眉目如雪后初晴的群山。微苦的香气萦绕于鼻端,温热的触感落在她的唇上。她紧紧搂住应如寄的脖子,而这个吻也跳过了一切的试探和循序渐进,直接变作疾风与骤雨。

她知道。

她得救了。

第十一章
我们的院子
Chapter 11

夜好像又安静了两分。当然，安静的也可能是他们渐渐平复的心跳。

"该走了。"应如寄说，却在话音落下之后，又贪恋般地拥抱她好一会儿，才将她从长椅上抱下来。

"等下。"叶青棠翻包，找出一包湿纸巾，抽出一张认认真真地擦拭掉长椅上的脚印。

应如寄一声轻笑。

"你还笑。汤老先生知道了以后再也不会借场馆给我用了。"

应如寄接过她手中用过的湿纸巾，丢进一旁的垃圾桶里。然后朝她伸出手，她欣然递过五指，与他相扣。

应如寄："……我是说包给我帮你提。"

"哦。"她笑着将包递到他另一只手中，"包要提，手也要牵。"

下楼时，叶青棠后知后觉地意识到了一件事："……我给你的那袋照片呢？"

他折返时是空着双手的，此刻手里也只有她的包。

应如寄说："扔了。"

"……扔了？"

"不是你说的吗，不喜欢就扔进垃圾桶里。"

叶青棠表情呆了一下，"……真的？"

"当然是假的。"应如寄一看到她这个表情就无法忍心继续逗她了,"在车上。"

"你好像喝了酒的吧,怎么开车来的?"

"楚誉的车。他送了朋友去酒店,回来正好会经过这儿,我就叫他顺便捎我一程。"

说话间,他们已到了门口,与负责闭馆锁门的保安迎面撞上。

保安笑着说:"二位准备走了?没落下什么东西吧?"

"没有。"应如寄笑着道声歉,"不好意思,耽误您锁门了。"

"没事儿。"

出了大门,应如寄带着她绕一圈去了后方的停车场。

应如寄拉开后座车门,坐在前排副驾的楚誉打了个长长的呵欠,"你这'稍等'够久的,我都等睡着了。"

他转头看了一眼,才发现不单单只有应如寄一个人。

叶青棠已弯腰上了车,笑着对楚誉打声招呼:"楚老师好。"

"你好你好。怎么称呼?"

"我姓叶,叶青棠。"

"哦,叶小姐你好。是应如寄的朋友?"

应如寄拉上车门,语气郑重地纠正:"女朋友。"

楚誉一时愕然,不由得再度打量叶青棠,笑着说:"幸会幸会。"

他吩咐司机出发,又问应如寄先去哪儿。

应如寄说:"观澜公寓。先送青棠回去。"

车上路后,楚誉笑着问:"叶小姐和我们应总是怎么认识的?"

叶青棠笑着说:"好像是因为,我爸爸是你们的甲方。"

楚誉才反应过来:"你是叶总的千金?"

"是的。"

楚誉转头瞥了应如寄一眼,揶揄道:"这不就是名副其实的金主爸爸?"

应如寄：……

楚誉对叶青棠很好奇，因为这么些年，应如寄别说带女朋友给他们认识了，连暧昧对象都没见到过半个。

"叶小姐就是老应去年订了餐厅准备告白的姑娘？"楚誉又问。

叶青棠笑着说："楚老师有没有想过，如果我不是，情况会很尴尬？"

"听你这么说，那显然就是了。这不，缘分兜兜转转，该是谁的就是谁的。"

楚誉也不再多问什么，最后说道："回头我叫上 Jenny，我们一块儿请叶小姐吃饭。"

"好的好的。"

楚誉打个呵欠，抱住双臂，不再说话了。

叶青棠像是被传染了，也跟着打了个呵欠。

应如寄伸手碰碰她的脸："困了？"

"有点。"

"睡会儿？"他掰过她的脑袋枕在他肩膀上。

叶青棠找到他放在腿上的手，将五指递进去扣住，小声说："我有一个问题。"

她微微抬头，嘴唇便只差一点儿蹭上他颈侧的皮肤，呼出的微热气息带起成片的痒。

"什么？"应如寄侧低下头。

"你刚刚是不是耍我的？故意说要等出差回来，考虑之后再给我答复。"

"我有吗？"应如寄笑着反问。

"很像是你的性格做得出来的事。"

"那或许是你对我的性格有误解。"

"……到底是不是嘛？"

静了数秒，应如寄才沉声说："刚才我在门口等楚誉开车过来，等车到了准备走的时候，还是觉得不能把你一人留在那儿。太晚了，女孩子一个人也不安全，至少，我应该把你送回家。当然，更重要的是，我不知道你一个人待在那儿是什么心情，是不是很难过，会不会哭……我无法想象。"

叶青棠轻笑着说："说来说去还是哭有用嘛。早说我天天哭给你看。"

应如寄伸手轻轻捏捏她的耳垂："那还是不了。我更喜欢你笑的样子。"

叶青棠一时没再说话，一颗蓬松的脑袋在他肩头拱来拱去，过会儿，她声音更小地说："亲我一下。"

"……有外人在。"

"楚老师睡着了，听不见的。"

前排的楚誉战术性地咳嗽了一声。

叶青棠：……

应如寄笑出声。

车抵达观澜公寓对面的路边。应如寄叫楚誉等五分钟，他送叶青棠去小区门口。

楚誉笑着说："五分钟倒计时啊，过时不候，你自个儿打车回去吧。"

过了马路，叶青棠牵着应如寄走到小区门口樟树的阴影底下。

"你明天真的要出差？"叶青棠问。

"行程安排我好像也没骗过你。"

"跨年那天也没骗我？"

"你不是说不重要？"应如寄笑了声，"那天是一半一半。确实有事，但不紧急，可去可不去。"

叶青棠挨近了一步，仰头看他："那你明天什么时候出发？"

"一早，七点左右。"

"那不是六点就得起床。"

"差不多。"

"好吧。"她伸手，揪住他的衣领，又轻轻地往后一推，"……今天晚上就放过你了。"

"放过我什么？"应如寄一边眉毛微微扬起。

"你确定要知道？"

她勾勾手指，待他低下头，她踮脚凑近他耳边，一阵低语。

"嗯。"应如寄听罢，沉吟着说道，"那是得放过我。"

叶青棠嘻嘻一笑，伸手拿回了他帮忙提在手里的包，"你快回去好好休息吧，今天也睡不了几个小时了。"

"是不是忘了什么？"应如寄伸手将她手腕一拽，她不受控地往前一步。他一只手揽住了她的腰，一只手按在她颈后，她睫毛微颤，吻连同阴影一齐落下。

应如寄松开时，她有几分喘。

"当是定金。"他笑，声音带一点沙粒质地的哑，"……剩余的等我回来。"

叶青棠上楼，蹬飞了脚上的鞋，趿着拖鞋将自己摔到床上，傻笑着摸过手机，先给应如寄发了条消息，说自己先去洗澡，让他到家以后跟她说。

但她并没有立马爬起来洗澡，而是发了条消息给伍清舒：我恋爱了！

伍清舒回复：跟谁啊？不会是跟我们的老朋友应如寄吧？不会吧不会吧？回头草还兴连吃两回的？

叶青棠：快祝福我。

伍清舒：祝福你。要不要我再叫你一声嫂子啊？

叶青棠：也不是不可以啦。

伍清舒：……你不跟你男朋友腻歪，半夜找我发什么疯。

叶青棠：男朋友要出差。你比较闲啊。

伍清舒：我不闲谢谢。我有陆濯呢。

叶青棠：……

叶青棠洗完澡，吹干头发，重新回到床上躺下。

应如寄已发来消息：到家了，你早些睡。

叶青棠：我等你洗澡收拾东西，你睡之前跟我说一声。

应如寄：你不是累了吗？先去休息吧，乖。

叶青棠：那好吧。晚安。

应如寄：晚安。

叶青棠原想着再等等的，甚至还打开投影仪点开了一部电影，哪里知道看了没到五分钟，直接睡着了。

第二天醒来已经是上午八点半，微信上有应如寄的两条消息，分别告知她起床了和已经出发了。

应如寄没有想到，叶青棠的恋爱属性是"黏人"。但她的黏人和句读有些相似，都是想起来了过来蹭蹭他，翻着肚皮要他顺顺毛；而一旦忙起自己的事情来，一消失就是半天，然后陡然地出现，又无缝切换为"蹭蹭模式"。

开完一下午的会，晚上应酬过后，应如寄回到酒店。他给叶青棠发了条消息，脱下外套，拿衣架撑起来挂进衣柜里。

微信语音电话提示音响起。他接通，刚说了一句"喂"，那边说"我要跟你视频"，就即刻挂断了。再打过来，就变成了视频电话。

接通后，却见叶青棠正侧着脸趴在床上，凑得离镜头极近，甚而能看见她深棕色瞳孔的纹路和面颊皮肤上透明的绒毛。

应如寄一手拿着手机，一手随意地解开了衬衫领口的扣子，笑着问："下班了？"

屏幕里的叶青棠骤然睁大了眼睛，"可以再来一遍吗？"

"什么？"应如寄不明所以。

"解扣子。"

"……不可以。"

"为什么不可以?拿我当外人吗?"叶青棠睫毛忽闪,"我也可以解给你看啊。我们公平一点儿。"

她一边说一边勾住睡裙,应如寄直截了当地挂断了视频。

片刻,叶青棠再度拨过来。

接通后,她一边笑着一边努力摆出一副委屈巴巴的表情:"干吗挂我视频?"

应如寄一本正经地回答:"不小心碰到的。"

叶青棠笑得肩头微颤,蓬松如一团云雾似的发丝滑落下来,"好了好了,我知道应老师您是正人君子,可以不要再挂我电话了吗?"

数天后,应如寄回南城。

叶青棠坐在车里吃完了一小袋橄榄,手机屏幕亮起,新来一条消息,应如寄说高铁马上到站了。她立即下车,穿过停车场前的马路,抵达出站口。不到十分钟,叶青棠便在出站的人群中看见了应如寄的身影——白T恤的内搭,配一身浅青灰色的休闲西装,手里推着一只黑色拉杆箱。她踮脚挥手,应如寄的目光越过出口看过来,脸上随即露出微笑。

应如寄走出门的一瞬间,立即被带着热烈香气的身影扑了满怀,她两手揽腰,仰头看他,"还好没晚点,等你好久了。"

"你可以晚一点出发的。"

"我怕路上堵车嘛。"

"我要是先到了大可以等你一会儿。"应如寄笑着说。

叶青棠松了手,去推他手里的箱子。

"重,我自己推。"应如寄摊开另一只手,笑着说,"这个比较重要,你牵这个。"

在停车场找到车,叶青棠按钥匙打开后备厢,应如寄将行李箱放进去。应如寄之前坐过一次叶青棠开的车,她这样看似闹腾的性格,开车的时候实则规范又谨慎。今日既然女朋友来接,他乐得偷懒,安然坐在副驾上。

车驶出停车场,在出口处扫码缴了停车费,下了匝道后,汇入去往城市中心的主干道。

夜间车河璀璨,灯光像一颗颗散落的宝石,由蜿蜒的车道串成项链。

音响里在续播之前的歌曲,连着听了两首,应如寄意识到:"是我的歌单?"

"对呀。"

"……一直在听?"他总算明白过来自己歌单那诡异且稳步上升的播放量从何而来。

"对呀。"她依然这样笑着回答,"我主要是想听听看,你添加了什么新歌,然后猜想你那个时候的心情,很好玩。"

"是吗?你觉得我听这首歌的时候在想什么?"

叶青棠专心地听了两句:

Get your thrills on strawberry hill,

In all your worlds the berries will fill,

I'll make your pain taste sweeter.

"我想……你听这首歌的时候,一定是又想我又难过吧。"

应如寄笑了笑:"嗯。猜得很准。"

"因为……有天晚上,我也把这首歌单曲循环了一百遍。"叶青棠看向他。

"什么时候?"

"你生日那天。"

应如寄一时沉默,而叶青棠继续说:"你把我送给你的礼物还回来,我拿你没办法。而且第二天就要开展,我还得一边听这首歌一边干活。好难过,可是你都不知道。"

"你要靠边停车吗?"

"……嗯？"

"好让我亲你一下。"

叶青棠一下笑出来，"不要，高架上不可以停车。"

车子开进应如寄所住的小区，驶入地下车库。叶青棠找了个没挂车牌号的临时车位，倒进去停下，然后两个人手牵手上了楼。

打开门，应如寄先将行李箱推进去。叶青棠蹬掉脚上的平底鞋，应如寄拿下一双自己的拖鞋递给她，叫她先将就着，他明天去买新的。

应如寄脱下外套，随后搭在沙发扶手上，他将要继续拖动行李箱，而叶青棠两脚离地坐了上去。他笑了声，就这样连同行李箱一块儿将她拖进了衣帽间。

两个人一起断断续续地收拾了行李箱里的衣服，归置好一切后天色也不早了。

饥肠辘辘的夜里，叶青棠在厨房徘徊，试图从冰箱里找到点什么来做夜宵。

可惜，这一度丰盛过的冰箱此刻比以前还要贫瘠，除了纯净水就只有啤酒。

应如寄以为叶青棠是去倒水去了，结果半天不见她回来，也就起身走了过去。

"饿了？"他一眼看出她在做什么。

"嗯。"

"点外卖吧。"

"可是这么晚了，吃了什么时候才能消化。"

应如寄神色平静极了，"怕什么，你不是还替我准备了通宵的节目吗？"

叶青棠笑出声。应如寄将自己手机递给她，让她点单。

半小时左右，外卖抵达。

因为没有更好的选择，叶青棠点了附近最近的一家快餐店。

应如寄不饿，只喝着水，坐在对面看她。

他忽然想逗她，便笑着说："我设计的建筑，你都去看过了？"

"……"叶青棠抬手端起可乐，吸了一口才说，"在米国的和国内的看过，其他国家的还没来得及。"

"有什么感想？"

"感想就是，我那么喜欢一芥书屋，是有原因的。"

"嗯？怎么说？"应如寄稍稍坐正了身体。

"除掉那些不是由你主导的作品，早期由你主要负责的设计，还没有形成一个特别统一的风格，你好像还在探索，如果一端是个人主张，另一端是用户需求的话，你在这两端之间形成的这条线上的坐标是不固定的，会经常偏移。"

她一边说，一边伸出手指在桌面上画了一条线："而一芥书屋就恰好在中间，是一个和光同尘的作品。它好像没有特别惊世骇俗的突破，但实际上每一个细节哪怕偏差半分都会失去它整体的味道。它的特质和你的个性是完全契合的，距离感与平易感，在地性与特殊性，实用性和审美性……每一个点都非常平衡，非常完美。"

"你是夸建筑，还是在夸人？"应如寄笑着问。

"当然是在夸人。"

叶青棠看着他，眼里有光，源于一种由衷的崇拜，而应当没有哪个男人可以抵挡得住这样一种崇拜。

吃完东西，叶青棠去刷了个牙。她从浴室出来，在门厅找到应如寄，他正蹲在那儿，捏着美工刀拆快递。

"你买了什么？"

"给你的礼物。"

叶青棠往他背上一趴，他伸手将拆出来的两个正方形的盒子递给她。她接过，先随意打开了一个盒子，拿出里面的东西，愣了一下，又赶紧打开另外一个。那是两个不到巴掌大小的毛绒玩具,都是Q版的,一只黑猫,一只地鼠。

应如寄说:"照你画的图找人定做的。"

叶青棠爱不释手地摩挲片刻,将它们脑袋对脑袋地碰了一下。

"应如寄。"

"嗯?"

"虽然现在说好像有点早……"她抬眼看他,"我搬过来跟你一起住,可以吗?"

应如寄笑着回道:"求之不得。"

某天上午,应如寄打开了衣柜门,看见挂了满柜的女式衣物,反应过来这两扇柜子早已专门腾了出来给叶青棠用。

他合上柜门,意识到什么,朝餐厅里喊了一声:"青棠。"

"嗯?"叶青棠拖长声音应答,"怎么啦?"

"你在化妆?"

"嗯。"

"没事,你先化吧。"

应如寄从旁边的柜子里拿出件衬衫换上,在扣袖口的纽扣时,叶青棠旋着口红走了进来,问道:"怎么啦,有什么话要跟我说吗?"

搬家是个大工程,至少对叶青棠是如此,那间八十平方米的公寓里塞满了画册和影集,仅仅是想象一下打包的工作量,就让她望而却步。

而应如寄的意思是,她正好可以趁此机会先跟家里报备了再搬,她答应下来,说那就先留宿,这总没有问题。于是,为了方便留宿,叶青棠时不时会带一些常用的洗漱用品、护肤品和衣物过来……就在方才,应如寄才意识到,除了书、秋冬衣物和带不走的家具家电,叶青棠把能搬的基本都已经搬过来了。

应如寄注视着叶青棠,她走到了穿衣镜前,抿了抿涂抹在嘴唇上的口红,他问:"下周就到你生日了,有什么安排吗?"

"没有，你要安排我吗？"她抬起小指指腹，轻轻擦拭唇沿，擦出柔和的过渡。

"我想跟你父母吃个饭。"

叶青棠转头看他。

"某人一借宿就借宿了快一个月，叫你跟家里打声招呼，也不知道你说了没有。不管你说没说，瞒着女方家长偷偷跟人同居，不符合我的行事原则，这个礼数我得补全。"应如寄动作稍顿，"……只是吃顿饭，打声招呼，没有其他的意思。当然如果你觉得有压力，我尊重你的想法。"

叶青棠凑了过来，歪着上半身凑到他面前，笑着说："要是我就想一直地下恋，应老师你打算怎么办？会再甩我一次吗？"

"我会考虑考虑。"应如寄煞有介事。

叶青棠笑着说："那你去我家里吃饭好不好？我妈是知道的，我有跟她说，我爸还不清楚。我没法预判他的行为，他开明归开明吧，但我高中的时候，他冲来我家里玩的男生甩脸子也是有的。所以我只负责把你领回去，不管后面发生什么情况，你要自己负责应对。"

"管杀不管埋？"

"没错。"

叶青棠见应如寄已经穿好了衬衫，顿时又想捉弄他，她抓住他的衣领，踮脚，将一枚饱满的唇印印在他的颈侧，赶在他伸手来捉她之前，敏捷地一闪而过。

应如寄扬起下巴，对着穿衣镜擦拭那口红的印记，没擦干净，还沾得手指上都是。

他走去餐厅，拿了餐桌上的湿纸巾试了试，这才擦去。

当时装修的时候，没考虑过这里有一天会住进女人，是以也没安置梳妆台，而叶青棠嫌在浴室里站着不方便，常常直接就在餐桌这边化妆了。

此刻她已经化完了，正将摆了一桌面的化妆品一件一件收进化妆包里。

应如寄走到她身后去，一把按住了她的手，紧接着轻掐住她的下巴，扳过她的脑袋。

为报复她方才的举动，他吻花了她完美的唇妆。

下班后，应如寄开车去接叶青棠。

叶青棠有个海外的包裹填写的是观澜公寓的地址，需要先过去一趟。她在快递点拿了包裹，顺便上楼去拿几本要用的书。

这近一个月的时间，叶青棠就没在自己的公寓里睡过一天，屋子缺乏打扫，已经积了薄薄的一层灰。

应如寄是第一次进她的次卧，据她说是作书房之用的，但看层层叠叠堆起来的瓦楞纸盒，这里分明更像是一个仓库。叶青棠翻了几下，屋里尘埃四起，应如寄打开了窗户通风。

"要找什么，我帮你。"

"不用，我自己的东西我自己才知道放在哪里。"叶青棠叫他自己随便翻翻，稍微等她一下。

房间里有书桌和书架，看来最初是正儿八经地打算做个书房的，但很明显叶小姐现在生活、办公、娱乐都在餐桌上完成了。

应如寄目光逡巡一圈，落在了靠墙的置物架上。那上面有只白色礼品袋，殊为眼熟。他走过去，拿下来一看，果不其然。

"这个我能拿走吗？"应如寄问。

叶青棠抬眼一看："不能，你都还给我了，哪里还有再拿走的道理。"

"原本就是送给我的，不给我就摆这儿吃灰？"

"吃灰也不给你。"

"那怎么才能给我？"

"哄我高兴。"叶青棠翻着纸箱子，一副打定主意不肯轻易放过的架势。

应如寄走到她面前去，声音沉沉地落下来："诚心跟你道歉好不好？那时候我怎么敢收，本来想忘掉你就很困难。我又怎么知道，你是不是就是吃准了这一点，所以故伎重演。"

"……我以为你是嫌我没新意、没诚意。"

"怎么会。"他低下头，伸手去捉她的手，"……你哪怕只认真看我一眼，我都会觉得诚意十足。"

他将她的手绕到他背后去，她小声提醒说自己手上有灰，他没说话，只将她拥入怀中。

她低声，像很难释怀似的说道："……你错过我的两届书展了。"

"以后每一届都不会再错过。"他低头温柔地吻她。

应如寄替她抱着一摞书，提着礼品袋离开观澜公寓。

回到住处时，阿姨刚将饭菜做好——长期吃外卖或者外食不是个事，应如寄又不能一直劳烦丁阿姨两头跑，就另找了一个家政阿姨，负责打扫和做饭。

阿姨不住家，每日中午过来打扫，晚上过来做饭，待他们吃完收拾过厨房就会离开。

餐后有水果，是应如寄叫在郊区过隐居生活的朋友寄来的樱桃。那樱桃晶莹剔透，盛在透明水果碗里，引得叶青棠连拍了好几张照片，更新了沉寂好多天的朋友圈。

她衔着樱桃，凑近去喂应如寄。

应如寄分不清她与水果，哪一道更开胃，一并欣然笑纳。

晚饭后叶青棠先去洗了澡，冷气吹得皮肤上的水渍蒸发，带来微微紧绷的凉意。

她趿着拖鞋走回客厅里，却见应如寄正斜靠扶手跷腿而坐，膝头上摊着那个拒而复得的生日礼物。她走过去在他身旁坐下，原本也想再"评鉴"一下自己的画工，却又不自觉去看他，他像是一块净玉，有玉的质地与光泽。

她嫉妒他只看画不看她,于是两手捧住他的脑袋,用力地扳过来,亲上去。

应如寄笑着拿起画本给她腾位置,让她在自己膝头坐下。画本被摊在扶手上,他们一起侧身去看。

应如寄问:"你那时候不是在准备展览的事,哪来工夫画这个?"

"回家之后每天画三个小时。原本还有很多张的,草稿都打好了,时间实在赶不上,只能砍掉。"她翻到倒数第二页,"你喜欢我给你添置的东西吗?"

"喜欢。"应如寄实则只在看她。

他伸手合上了画本,"啪"的一声把它轻轻扔在茶几上,他侧低下头,垂眸,嘴唇轻碰她肩头的皮肤,低声问:"今天想玩什么剧本?"

他想以快乐弥补她。

"今天……"叶青棠道,"……什么都好。"

她面颊凑近他的呼吸,只想要他快一点吻她。

夏天将到了,叶青棠怕热,冷气总是开得很足。即便这样还是会觉得热,她觉得自己像一块融化的太妃糖。她这样告诉应如寄,他低笑出声,问她:"什么味道的太妃糖?"

他不要她回答,亲自去尝。

生日那天恰逢周六。

叶青棠的手机自早上起就没消停过,除了微信上的祝贺消息,还有一些显示快递正在派件的短信通知,不用想一定是朋友们寄来的生日礼物。她这两天陆陆续续地收到了好多件快递。

应如寄一大早就出去了,说是约了人谈事情,告知她中午会回来,带她出去吃饭,下午逛一会儿街,然后晚上去他家吃晚饭。

叶青棠睡到九点半起床,慢慢吞吞地一边聊微信,一边洗漱、化妆、换衣服,等准备好的时候,应如寄也就忙完回来了。

他不进屋,就站在门厅里问她:"可以出发了吗?"

"马上!"叶青棠拿起香水瓶在手腕上喷洒些许,最后朝镜中看一眼,确认一切都很完美,拿上包走出衣帽间。

应如寄抬眼看去。叶青棠穿了一条粉色的缎面吊带连衣裙,腰身化用类似宫廷风的鱼骨撑的设计,面料用的粉色非常温柔,像蒙了一层柔雾。

她从鞋柜里拿出一双高跟鞋,应如寄提醒她:"穿平底鞋吧,可能要走路。"

下楼上车,应如寄问她:"饿不饿?"

"还好,我早上吃了几片面包。"

"那先去个地方。"

"去哪里?"

应如寄笑着说:"保密。"

车一路朝郊外开去,是叶家承包的茶园的方向,叶青棠猜他多半是要带自己去看茶文化博物馆的建设进度,哪里知道,车径直路过了茶园,往更偏远的地方去了。

"你是要带我去吃什么农家乐吗?"叶青棠笑着问。

应如寄还是说,到了就知道了。

她就开始乱猜:"去摘草莓?泡温泉?还是说去庙里辟谷?"

应如寄的表情告诉她,她一项都没猜对。

车拐进山里,民居渐渐稀疏,两侧树木却茂密起来。路很窄,错车时叶青棠能听见树枝划过玻璃车窗的声音。开了约莫十五分钟,车停了下来,应如寄说:"到了。"

叶青棠往窗外看去,却只看到一排行将坍塌的平房,孤零零地立在荒草蔓生的半坡上。

她打开门,不明所以地下了车。

应如寄牵着她,走到了那房子前面:"我上午跟人签了合同,把这儿租下来了。"

"……做什么？"

应如寄笑着说："建我们的院子。"

叶青棠立即踏着一地的荒草，朝着那一排房子走去，经应如寄一解释，她便觉得这荒山野岭都有了意义。

她指着那大门问道："院子就是这个朝向吗？"

"一般坐北朝南。"

叶青棠拿出手机点开指南针，很认真地测了一下正南方所在的方位，又点开测距仪，丈量出了这一处的大致面积，估算下来足有两百多平方米了。

应如寄用手指划出一片，告诉她，预计那就是房子所在的地方，占地不用太大，两间卧室一个小客厅，加上厨房卫浴就足够了。厨房在侧方，直通院子。院子在屋前，除了画上的那些水缸、木凳、烧火盆等，还可以置一个纳凉的葡萄架，等秋天葡萄成熟了，他们可以自己酿酒喝。

叶青棠兴奋得要跳起来，好像恨不得明天就能凭空变出来那座院子："要等多久，也要等一年才能开工吗？"

"私人住宅和公共建筑不一样,很快就能开工。"应如寄笑着说，"有我自己盯着，效率还能更高，理想的话，或许今年冬天我们就能在户外生火了。"

"这是我这辈子收到过的最好的生日礼物！"叶青棠一把抱住他。

应如寄笑了笑，手掌按住她的后背："只是不知道，叶小姐这么不长情的人，冬天的时候是不是还跟我在一起。"

叶青棠眨一下眼睛，"如果没有持续到那时候，你会怎样？"

"投资有风险，只好认栽。"他笑着说。

天气闷热，此地草木丰茂，又多蚊虫。应如寄叫她上车，说回头等这边开工了再带她过来。

回去会经过茶园，应如寄也就顺便过去瞧了眼工程进度。那一处坡地已被铲平，整片围拢了起来，在绿色防护网里搭上了脚手架。

工地不远处有一排临时建起的平房，包括食堂、工人宿舍、设备间和仓库。

他们到的时候，工人们恰好正在吃饭，有几个没在屋里吃，端着大号的不锈钢饭碗坐在屋前的台阶上。有女人过来，且还是漂亮的年轻女人，不免会有打量的目光。

应如寄自然觉察到了，拉住她的手腕，低声说："外头热，你去车上坐着等我吧。"

工地环境相对封闭，又以男性居多，那些人的注视里不见得有恶意，但他还是怕叶青棠会觉得不自在。

"我也想去看看。"叶青棠说。

"工地上灰尘大，别弄脏你的裙子。"

叶青棠便点点头，转身回车上坐着去了。

透过车窗，叶青棠看见工地负责人给应如寄递了顶白色安全帽，他戴起来，抬手去调节帽绳。她笑了一声，立即拿出手机，隔窗拍了张照。

坐了大约十来分钟，应如寄回来了，拉开车门，带着一身薄薄的热气上了车。

回城的路上，叶青棠问应如寄："应老师，你当时为什么报的建筑设计专业？"

"因为十几年前觉得城市的建筑都是大同小异的火柴盒，有些很丑陋，有些很无聊。有一回我跟一位高中同学说了这个想法，他说，能住人不就行了，你觉得丑，有本事你去设计。"

"原来你吃激将法这一套有很长的渊源。"叶青棠笑着说。

应如寄挑了一下眉。

"不过，我觉得火柴盒并不是最丑的，大部分顶多只是平庸，丑的是……"

"拟物建筑。"应如寄说,"元宝、铜钱、酒瓶……"

叶青棠笑出声:"……救命,我脑海里已经有画面了。应老师你这么说是不是有攻击业内同行之嫌?"

应如寄说:"或许你知道,国内有个年度十大丑陋建筑评选吗?这些'杰作'都榜上有名。"

"真的吗?谁来评?"

"那些建筑学院或者建筑学会的教授。"

"这么专业吗?"

"是,还会有网友投票海选,五十进二十、二十进十,几轮后,只有进入决赛圈,才够资格被这些教授们评选。"

"Ugly Buildings 101 吗?"叶青棠笑得肚痛,"看来丑到出类拔萃也并非一件容易的事。"

应如寄笑着看了看叶青棠。他们似乎永远有话聊,永远不无聊。

中午吃过饭,下午应如寄陪叶青棠逛街。

他有叫人惊讶的好耐心,她换任何一件新衣给他看,他都会认真审视并给出意见,绝不拿"你穿什么都好看"这样的话搪塞敷衍。虽然,事后他再三强调,这就是事实。

叶青棠买了一条新裙子,一双新的高跟鞋,一只漂亮却无用的腕表。

车往叶家别墅方向开去,她之前逛累了,现在脱下鞋,脚掌踩在座椅上歪靠着休息。

叶青棠说:"你知道吗?"

"嗯?"

"我以前出去逛街,不会刷任何男人的卡,你是第一个——当然除了我爸。"

"为什么?"应如寄笑着问,"替你买单不是理所应当的事?"

"一方面因为我自己本来也不缺,另一方面,好像花了别人的钱,就势必要欠别人一点儿什么。"

"不怕欠我?"

"不怕。"叶青棠看向他,杏眼里是桃花春水,"……换成别的还给你好不好?"

应如寄顿了一下,才说:"你不怕我在前面掉头?"

"做什么?"

"马上回家。"

叶青棠轻嘶了一声,该怎么说,她永远会喜欢应如寄以最平静的语气讲出最暧昧的话。

"真的吗?"她笑着问,"放我爸妈的鸽子,听起来好刺激。"

"……你坐好。"应如寄无奈地说道。

叶承寅听说女儿生日要带男友回家吃饭,当作双喜临门地重视起来,他隐约知道叶青棠乱七八糟地谈过不少男朋友,但郑重其事带回家的这还是头一个。闺女今年二十六岁,算一算这个时间预备稳定下来也很适宜。

担心慢待客人,叶承寅亲自在厨房看火监工,还亲手做了一道茶叶炒虾仁,用的还是自家茶园头一茬的新茶。庄玉瑾看他忙活,只顾憋笑,也不提前点破,她很想看看他跟应如寄碰面时是怎么一副表情。

没多久,响起敲门声。

叶承寅将厨房交还给赵阿姨,亲自和庄玉瑾去开门。门打开一瞬,看见熟悉的面孔,叶承寅第一反应是打招呼,笑呵呵说道:"应老师,你怎么……"然后,他注意到自己闺女的手正被挽在应如寄手里。

他呆住了。

应如寄笑着说:"叶总,打扰了。"

庄玉瑾说:"快请进,坐一会儿就能开饭了。"

叶青棠松开应如寄的手,走进来一把抱住叶承寅的手臂,推着他往里走:"爸,你是不是做好吃的了,我闻到茶叶的香味了!"

叶承寅这才回过神，对应如寄说："请进……"

几人去沙发上坐下，叶承寅给人沏茶。

实话说，他对应如寄这般有真才实学的技术性人才一贯很钦佩，对方虽然是他的乙方，但这次合作机会算是他三顾茅庐得来的，算来其实是他有求于人。

他从没将应如寄当成晚辈看待过，而现在冷不丁，这人成了他女儿的男朋友，平白地矮了他一辈。他就好像是主板烧坏的电脑，整个进入死机状态。他以前跟着那些工人和应如寄的手下一块儿叫他"应老师"，当是尊敬，现在再这么称呼就似乎不合适……而要直接叫"如寄"，又有说不出的别扭。

是以，他最后将茶杯递到应如寄面前，只尴尬地笑着说："喝茶，喝茶。"

再看叶青棠，她就挨着应如寄坐着，用肢体语言昭彰亲密，他便更加尴尬。

庄玉瑾倒是十分自如，她跟应如寄认识不深，没这么多"思想包袱"，且叶青棠时时刻刻跟她汇报自己的恋爱进度，跟个刚谈了初恋的恋爱脑小姑娘一样。

话题由庄玉瑾展开，聊了会儿茶园那边工程进展的事。

没一会儿，赵阿姨通知开饭，他们转移到餐厅去。

应如寄拿出自己今天带过来作礼物的一支酒，笑着说："我陪叶总喝两杯。"

几杯酒下肚，叶承寅总算是彻底回神了，拾起一贯与人谈笑风生的本事，开玩笑道："酒我是喝了，设计费退不退？"

"爸，公事私事不要混为一谈。"

叶承寅立马将火力掉转，看向她似笑非笑道："哦，你这会儿知道公事私事了？那你跟人打交道的时候，打的是公事的名号，还是私事的名号？"

应如寄当然听出来这话其实是冲着他说的，便说："叶总，自去年第一次见到青棠，我就对她心生好感。青棠要借一芥书屋办展，我恰好认识书屋主人，就顺手卖了她一个人情，之后，我们一直有所往来……"

叶青棠打断他，直接说道："爸，是我追的应如寄。你看看他，让他主动，他敢吗？"

应如寄不动声色地微微挑了一下眉。

叶承寅看着叶青棠，语气平平的，听不出喜怒："我看你从小到大一直在胡闹。"

"恰恰相反。"叶青棠认真地说，"这是我唯一一次没在胡闹。"

庄玉瑾这时候笑着说："你们不吃菜吗？菜都凉了。"

她给叶承寅盛了碗汤递过去，又说："青棠今年二十六，不是十六。她十六岁的时候比现在有主张多了，那时候谁敢管她，她一准早就撂了碗筷走人了。还是长大了，是不是？"

她看向叶青棠，笑着说："懂得顾全大局了。"

她又看向叶承寅："你说人家胡闹，不是你这个当爸爸的头一个宠出来的吗？以前她要上房揭瓦，你都会主动递梯子。现在这算什么，人不是要拆房，是找了个建房的，你反倒要抽梯子了。"

应如寄和叶青棠都笑了，叶承寅也没忍住，他平生的两大软肋就是老婆和女儿，这俩联手他更是没有一点儿活路。

笑过气氛就轻松多了。

叶承寅摆出长辈的姿态，问叶青棠："谈多久了？"

"一个多月。"叶青棠补充，"但是，我们认识一年多了，早就知根知底。而且您认识应如寄在先的，您甚至还认识应爷爷，您肯定比我更了解他是什么样的人，对吧？"

叶承寅明明知道这是迷魂汤，还是欣然地灌了下去："我要是不知道，还能有一桌吃饭的机会？进门那刻我就把你轰出去了。"

"轰我啊？"叶青棠说。

"不然轰客人吗？房子还没建完呢，烂尾了怎么办？"

应如寄笑了，那时候叶青棠明明说了"管杀不管埋"，真到了这时候，她倒是第一个冲锋在前。不过，叶家人有他们自己的相处方式，由他说什么冠冕堂皇的话，还不一定能起效果。

叶承寅将那盘虾仁挪到叶青棠面前，说："尝尝，我的手艺。"

叶青棠非常乖觉地夹了一箸给应如寄，说道："我爸手艺很好，比他手艺更好的是他培育出来的茶叶。"

叶承寅被女儿两句马屁拍得晕乎乎，于是，一开始就没端稳的架子，这下彻底是放下了。

吃完饭，他们又移步到茶室去喝茶。

应如寄顺便跟叶承寅汇报了茶园那边项目的进度，只要是围绕着叶承寅心心念念的茶文化博物馆，便压根不愁没话聊。

叶青棠在一旁都听无聊了，自己起身去厨房找水果吃。她拿了个洗净的番茄，咬了两口，走回到茶室去，说道："爸，什么时候吃蛋糕啊？"

叶承寅便叫赵阿姨将冰箱里放着的冰激凌蛋糕拿了过来，他亲自插上蜡烛，又拿了相机过来，录下了叶青棠许愿吹蜡烛的全过程。

自叶青棠三岁起，叶承寅就开始录制，几乎每一年都没落下，就连叶青棠在外留学的那几年，他也会跟庄玉瑾飞过去陪女儿过生日，除了有一年因为天气原因没赶上，但也叫叶青棠自己拿手机录了发给他。

叶青棠曾经问他录这个做什么，他说等她以后结婚在婚礼上播放，她笑着说您就是很会为自己制造难过，以后我结婚怕不是您要比我哭得还惨。

此刻，叶青棠突然就想到了那时的对话。她有种隐约的预感，看老爹比她哭得更惨的那一天，应该不会特别遥远了。

吃过蛋糕，又坐了一会儿，叶青棠便准备跟应如寄回去。

"你今晚不在家里睡？"叶承寅问。

"我要跟男朋友单独约会啊。"叶青棠笑着说。

叶承寅有些后悔那么轻易叫人过关。

叶承寅和庄玉瑾将两人送到门口。应如寄说下次再来叨扰，感谢两人款待，并诚恳邀请："下一次有机会，请二位去我祖父家里做客。"

叶青棠小声说："……我都还没去过。"

只应如寄一人听见了，他转头看了看，笑着轻轻捏了捏她的手。

第十二章
爱是明知故犯 Chapter 12

车停在餐厅门口，应如寄等了好一会儿，刚准备给叶青棠发条消息，就看见她跟几个人走出来，在门前寒暄了一番后，她笑着将人送上车，随即抬眼张望。

应如寄打了一下双闪灯。她快步走过来，拉开车门的一瞬间，脸上的笑容荡然无存，似觉疲累地叹了声气。

应如寄拧开水瓶递给她："怎么了？没谈妥？"

新一届的书展仍是在南城美术馆举办，因为多招了两个策展人和几个正式员工，很多事情不必叶青棠和伍清舒再亲力亲为。另一方面，财务压力就大得多了，纯靠书展的摊位费和门票很难维系日常的运营开销，而对于赞助商的选择，叶青棠又十分谨慎，担心对方话语权太大，或者书展过分商业化导致很多事情身不由己。

叶青棠喝了一口水，吐槽道："别的都很好，他们出手超级大方，够我办三届都不止了。但他们提了一个要求，要冠名权，要把名字改成第六届XX杯艺术书展。"

应如寄笑着说："听起来是有些不伦不类。"

"他们还劝我，说你看围棋也是小部分人玩的东西，而且还是正儿八经的体育赛事，出个世界冠军全民瞩目，人家都可以冠名，为什么你不可以。"

"你怎么说?"

"我说,这两件事不是一样的,不合适拿来作类比呢。他们就嘲讽,读书人是要清高一些。"叶青棠夸张地做了一个掐人中的动作,"我要气死了。"

应如寄因为她的动作笑出了声:"你们工作室的财务状况现在怎么样?"

"放心放心,撑完今年肯定是没问题的,不然我哪里来的骨气拒绝这么大的赞助商。"

Jenny 的朋友投资了一家酒吧,最近刚开业,Jenny 邀请应如寄和叶青棠一块儿过去玩。

那是一个装修典雅的清吧,有种西方街头小酒馆的格调。而叶青棠今天为了跟意向赞助商吃饭,穿的是特别板正的套装,她自我调侃说自己不像来喝酒的,而像是来推销酒的。

Jenny 和楚誉都是十分随和的人,叶青棠跟 Jenny 虽然是第一次见面,却也相谈甚欢。

叶青棠问:"留学的时候你们三个就认识了吗?"

Jenny 笑着说:"其实按理来说,是我跟 Lawrence 认识在前的,我俩是初中校友。"

"这么巧?"

"对。不过是我单方面知道他。因为他老是考全校第一,拿各种奖项,周一红旗下讲话的也都是他,名气从初三传到我们初一。而且名字很有特色,看过一眼就很难忘记。"

叶青棠有同感,她至今记得那张黑底白字的名片,"Jenny,你小楚老师三岁?"

"我读了两个硕士学位,所以今年才博士毕业。"Jenny 解释了一句,继续说道,"后来我跟楚誉在一起,第一次跟 Lawrence 吃饭,他说他叫应如寄,我当时心里想:啊你就是那个把我们卷成麻花的应如寄!"

叶青棠笑出了声："应老师初中的时候和现在差别大吗？"

"我对他初中什么样没印象了，你知道这种风云人物，对不认识的人而言只是一个符号。"

叶青棠便看向应如寄，笑着问："你初中什么样的？"

"成绩略好的普通人。"

"略好？最讨厌你们这种故作谦虚的优等生了。"

应如寄笑了一声。

聊了一会儿，楚誉提及 LAB 事务所准备办一个小型展览，展品是部分设计手稿和模型，他问叶青棠的意见："这事儿是不是得找个专业的人来组织？"

叶青棠说："如果想效果更好一些，还是建议找一个策展人。策展人的工作就是帮你们确定展览的主题和想向大众传达的理念，梳理展品的主次关系和内在脉络，确定展览的基调与风格，以及设计参展动线、布置展品……靠谱的策展人能帮你们省不少事。"

应如寄这时候看向她："你接私活吗？"

"……啊？"叶青棠反应过来，"我可以吗？"

应如寄笑着说："你可以吗？"

"……是因为我是你女朋友你才找我，还是因为你信任我的专业能力？"

"两者皆有。由你来做，这件事对我而言会更有纪念意义。"

叶青棠思考片刻："七月我们那边就要开展，时间上……"

"不着急，这个展览会安排在下半年，你需要什么资料和多少人手，我都会叫人配合你。劳务费用方面，到时候我会找人专门跟你对接，你直接跟他报价就行。"

叶青棠笑了："如果我狮子大开口，你们会换掉我吗？"

"超过预算的部分，我自掏腰包。"

"那请问你们的预算是多少？"

"商业机密,不能说。"应如寄一脸认真。

"楚老师同意你假公济私吗?"

对面的楚誉一脸"话都让你们说完了,还问我做什么"的表情。

应如寄笑着说:"他只是我的合伙人,不是我的老板。"

聊到十点多,四人散去,各自回家。

回到家后,叶青棠先去洗澡,应如寄随后。他出来时,叶青棠正趴在沙发上玩手机,她叫他过去一下,要给他看个好东西。应如寄在沙发上坐下,叶青棠随即起身递过手机。

他瞥了一眼便笑出了声:"这是什么时候?初中?"

初中的叶青棠是齐刘海,照片里她瞪着大眼睛比剪刀手,身上穿着南城外国语中学初中部的蓝白校服。什么都好,只是滤镜有些许"阿宝色"。

"已经找不到原照片了,我都忘了是什么时候调的这样瞎眼的滤镜。"

"还有其他的吗?"

"有是有,但要一比一交换才公平吧。"

"我爷爷家里有一本影集,里面兴许有,下回带你去看。"

于是叶青棠点开了相册,把手机递给他,很慷慨地叫他随便翻。

海量的照片里,有拗角度的精心自拍,也有构图和定焦皆随意的抓拍,她不是每一张表情都好看,但每一张都鲜活。几乎能叫他勾勒出那个放学后和好朋友手拉手去买奶茶的少女,她经过学校操场时,那里正在打球的男生,都会不由自主地做一套浮夸的三步上篮,有人起哄,而她只是皱眉,冲他们抛去一个"烦死了"的白眼。

他边看,叶青棠边笑着问:"你读书的时候,是不是有好多女生追你?"

"我没怎么注意过。"

"真的假的？"

"真的。尤其刚上初中的时候，所有人都让我觉得很烦。"

"俗称中二病？"

应如寄笑了笑："不是。是因为那时候我父母正在闹着要复合。"

叶青棠一下坐起了身体，因为这是应如寄第一次详细对她提及他家里的事。

应如寄简要陈述了梁素枝和应仲泽那一段鸡飞狗跳的往事："我读小学的时候，如果去了我妈家里吃饭，我爸便会问我'那个潘金莲是不是又找了男人'……"

他垂下目光，声音低沉而平静："是的，我爸叫我妈潘金莲，我妈则叫我爸陈世美。我夹在他们中间，是他们辱骂彼此时的垃圾桶。"

叶青棠张了张口，没有出声。

"所以我难以理解，他们为什么会想要复合，恕我无法认同这样一种恶毒诅咒彼此，又任性将身边所有人都拖入沼泽的畸形关系。所幸，他们同居一段时间后，又再度吵翻了，就没再提复合的事。"

"那后来呢，他们有变得消停吗？"

应如寄摇了摇头，"不过后来我会发火，叫他们有什么话亲自去告诉对方。我爸再婚的时候，我妈跑到他的婚礼上大闹了一场，后来我妈再婚——是跟陆濯的父亲，我爸如法炮制。所以陆濯也很痛苦。"

所以那次陆濯跟她说，他和应如寄是同病相怜的战友关系。

应如寄伸手捏了捏她表情有几分呆滞的脸，笑着说："放心，这些我都会替你挡着，他们发疯也不会闹到你身上。"

"不是，不是……"叶青棠忙说，"我不是在想这个。我在想，所以你说，你对婚姻很谨慎。"

"嗯。实话说，我一贯不信破镜可以重圆。那时候我刚回国，我的前女友……"他看了她一眼，似乎在确认她是否介意他提及这个话题，"曾经联系过我，表达过诸如重新开始的想法。那时候我很忙，她是做律师的，更忙，我们甚至抽不出时间一起吃一顿饭。但我们彼此清楚,并非抽不出时间,只是内心认为对方已不值得自己额外抽出时间。所以我更坚信,在双方一致决定结束关系的时候,那段感情其实已经被判了死刑。"

"但是……"叶青棠伸手,揪住他上衣的领口,似乎觉得这样不足以表达心情,又一下抱住他,"你为了我回了两次头。"

"……是。"

"为什么?"

"因为是你。"应如寄笑了一声。

爱是明知故犯,痛中执迷,冥顽不灵。

只要你唤,我愿俯身。

叶青棠好久没说话,应如寄觉得奇怪,低头要去看她,她一下将脸埋进他的肩窝,小声说:"不要看我。"

应如寄轻笑:"……哭点在哪里?"

"……不知道,一定是晚上喝了太多酒。"她不要承认,比起感动,她其实更多的是后怕,如果不是及时看清自己的内心,她是不是一定会错过他。

"好了不哭了。"应如寄这样说着,却又忍不住抬起她的脸,产生这样恶劣的心态,是因为她哭的样子真的很美,"你的眼泪要留着在关键时刻对付我。"

叶青棠又"扑哧"一下笑了出来。

选了个周末,叶青棠和应如寄去探望应观岱。

叶小姐今天头发半扎,穿了一条白底浅黄带碎花的过膝连衣裙,打扮得像个漂亮又温柔的小学语文老师。她说这样显得淑女。

礼物是一盒茶叶、几本书和一只按摩枕,如果不是应如寄说真的够了,不必这样隆重,叶小姐说不定还想添一套文房四宝。

应观岱住的是南城大学的老员工楼,没有电梯,但所幸只在四楼,爬起来权当是锻炼身体。

应如寄带了钥匙,但仍敲了敲门。里头一道声音说"来了",然后有人打开里面那道木门,接着打开了外面的这一道绿色铁门。

叶青棠赶忙打招呼:"应爷爷好,我们来打扰了。"

应观岱笑眼眯成一条缝:"快进来快进来——外头热吧?"

"开车过来的,还好。"

丁阿姨过来给叶青棠找了双特意买的新拖鞋,接过她递来的礼物。

等进了屋,应观岱不住地打量叶青棠,笑容一直没下去过,"我就叫你青棠?"

"可以的,我爸妈还有应老师都这样叫我。"

"应老师。"应观岱咂摸了一下,"你都这么叫他啊?"

"……习惯了。"叶青棠莫名有点害羞。

丁阿姨端了晾好的凉茶上来,叶青棠喝了一口,笑着说:"尝起来好像是我家的花茶,有点茉莉香味。"

应观岱笑着说:"就是你父亲送的,我是他的老客户了。我以前倒是听过你父母鹣鲽情深,没想到在你的名字上也体现了。"

叶青棠笑了:"是的,我还说他们,秀恩爱就秀恩爱,为什么连我都不放过。"

一旁的应如寄露出了个些许疑惑的表情。

应观岱瞥了他一眼:"你不知道?青棠是合欢的别名。范成大的诗——'赠君以丹棘忘忧之草,青棠合欢之花'。"

"原来如此。"应如寄笑着说,"我一直以为就是字面意思。"

"这样理解也没错。我爸说,哪怕就理解为青色海棠花,也是个美丽的误会。"

他们说话间,只听见猫叫了一声,从书房里蹦了出来,又一下窜到了餐边柜下。

"句读,过来。"应如寄唤它。猫自然不搭理。

应如寄说:"它刚开始有些怕生,等熟悉就好了。"

"我可以看看吗?"

"嗯。"

叶青棠走到餐厅,蹲在餐边柜前,很努力地往里头看,但只瞧见了一团黑影,一动不动,甚至都不能确定,那是不是猫。

"句读。"叶青棠伸出手。

片刻,她看见那团黑影动了一下,紧接着一个脑袋探了出来,但只有一秒钟不到,甚至不够她看清楚五官在哪儿,就又躲了回去。

应如寄走过来,开柜门从里头拿出一个罐头,餐边柜底下立即传出"喵喵"的声音。

应如寄开了罐头,递给叶青棠。叶青棠拿着等了一会儿,句读终于出来了,但它十分警惕,端着一副随时溜之大吉的架势。她也不着急,只将罐头放在自己面前。

句读终究难抵罐头的诱惑,走上前来,凑近嗅闻,片刻后埋头开吃。

应如寄小声提醒:"你试着摸摸它的脑袋。"

叶青棠伸手,缓缓朝它头顶探去。它动作停了一下,但没躲开,继续吃罐头。

叶青棠手指碰到了毛乎乎的猫脑袋,只差将"它给我摸了"几个大字写在脸上。应如寄不由得笑了。

等到吃饭的时候,句读已经会试探性地来蹭她了,但当她真想上手摸的时候,它又傲娇地一下跳开。

吃饭时,应观岱提及了元旦那会儿叫应如寄去相亲的事,"那时候客人都到家里等着开饭了,他临了才给我打了个电话,说已经有心仪的姑娘了。我说,你现诌一个借口哄我,当我会信。他说,不信你问丁阿姨,她见过。"

一旁的丁阿姨这时候忙笑着说:"那时候就应该告诉您的,可做我们这行的也有规矩,一般都不敢乱说。"

叶青棠笑着问："那您真押着他去负荆请罪了吗？"

"是去了，礼数总要周全。"

叶青棠转眼去看应如寄，他神色如常，甚至还反问："谁告诉你的？"

"还能有谁，陆濯。"

"你认识陆濯？"应观岱问。

"他在我那儿实习呢。不过这一阵他好像在忙毕业的事，没怎么去了。"

"小陆在国外的学校定下来了？"

"定了。"应如寄说。

"出去历练一下也好。"

叶青棠却默了一下，心想，伍清舒是不是得跟他分手，异国恋，以她的性格怎么可能谈得下来。

吃完饭，应观岱说带叶青棠去参观一下他的书房。

书房的面积实在不算大，但架子上、椅子上、地板上……层层叠叠摞满了书，叫人害怕，担心打个大点声的喷嚏它们都要倒下来。书桌的三面也都拿书围拢了起来，书本的最上方堆叠的全都是写过的稿纸。真正留出来写字的地方，只有寸许空间，那里还摊着一本印着南城大学 logo 的横条稿纸本，上面压着一柄放大镜，两支老式的钢笔。

"您这儿好多书。"

"别的没有，就是书多。"

"小时候我爸也有这样一个书房，后来开始经商，书就看得越来越少了，现在书房里的大部头，全都是买的精装版做摆设的。"

"治学经商都是出路。如果你父亲不去做生意，我哪里有这么好喝又实惠的茶叶喝是不是？"应观岱笑着说。

叶青棠绕到打了玻璃柜门的书柜前，往里瞥了一眼，一下停住脚步。她小幅度地冲应如寄招了招手，笑着说："过来。"

"怎么了？"应如寄迈开脚步的一瞬间，突然想起来了。

叶青棠打开了玻璃柜门，指着那里面一芥书屋的模型，笑着问："这是什么？"

她一早就猜测那时候沈菲是替应如寄拿的模型，但在应如寄的办公室和书房都没找到，她就有些动摇。何曾想到，某人藏得这样深。

应如寄笑了笑，解释说："那时候舍不得扔，看见了又闹心，就放爷爷这儿让他替我保管了。"

"嫌我闹心还对我做的东西念念不忘。"

"岂止是对你做的东西。"应如寄轻声一笑，这一句声音极低。

叶青棠不好意思再听肉麻话，毕竟还有应爷爷在场。

她从书架上拿下一本《篆字印汇》，随手翻着，然后问应观岱："应老师说您这里有他初中的影集？"

"有啊。我找找去。我记得是搁卧室里了。"

没一会儿，应观岱说找到了，叶青棠便走出书房。

应观岱在沙发上坐下，叶青棠坐在他身旁，由他翻开，一张一张指给她看。应如寄站在沙发后面，叶青棠的身后，时不时低头去瞧一眼。

那些冲洗出来的老照片，放久了有几分泛黄，是岁月自然浸染的颜色。

照片不算少，应观岱说，都是应如寄奶奶拍的，她那时候不大管家里的生意了，多数事情交给了应仲泽和她娘家的兄弟，自己只专心照顾应如寄的日常生活和读书。

"奶奶去世很多年了吗？"

"如寄读大学那会儿她就走了。"应观岱微微叹声气。

叶青棠一时也沉默下来。

相册翻到下一页，出现了一张三人合影，除了应观岱和应如寄，另外一个叶青棠猜想应当就是应如寄的奶奶。她把自己拾掇得特别精神，个头娇小却显得干练极了。

三个人站在南城师范大学附属中学初中部的门口，应当是毕业留影，那后面的教学楼上悬挂有印着"毕业快乐"字样的红色横幅。

"应如寄的衣服，是他自己搭的还是奶奶帮忙搭的呀？"

这种细节应观岱已经不记得了，他转头看向应如寄。

应如寄说："奶奶搭的。"

"那她眼光也太好了吧，这种短袖白衬衫和黑色裤子，就是校草标配——而且，感谢奶奶相人的眼光和美女的基因，不然怎么会有我捡便宜的机会。"

应观岱哈哈大笑。

应如寄也笑。一句话夸了三个人，在哄人开心这方面，她一贯是天赋异禀的。

这日离开时，应观岱将人送到门口，叫叶青棠随时过来玩。

叶青棠答应下来，笑着说："以后打扰您的机会还多着呢。"

"那可真是求之不得了。"

应观岱一再叮嘱两人注意安全，直到下到了三楼，叶青棠才听见楼上的门关上了。

回到车上，叶青棠看着手里应如寄准备带回家的模型，突然没头没尾地说："我要跟你道歉。"

"嗯？为了什么？"

"我曾经说，你不会想要过凡夫俗子的生活。"

应如寄看了她一眼，她正把装着模型的透明盒子不停地朝一个方向颠倒着。

她说："可能因为我的家庭氛围，可以成为教科书范本般的温暖，而身在其中的人，反倒是习以为常，更不会过分向往，包括林牧雍……"

她抬头看应如寄一眼，而他神色如常，她继续说："我当时知道他将要结婚，且是奉子成婚，会有一瞬间觉得：啊……他也不过是凡夫俗子。但是刚刚我好像理解了。像是你爷爷奶奶、我爸妈、一对新手父母，商量着要给自己的孩子起一个寓意合欢的名——我想象不出，爱情还会有比这个更好的归宿。"

应如寄微笑看着她，"我在等你总结陈词。"

"我的总结陈词就是……"她将装模型的盒子放在中控台上，撑着中间的扶手箱，向他探身，夏日里浓绿的树荫下，她的吻比日光还要热烈。

她的总结陈词是：

爱可以孤子，可以反叛，可以毁灭，可以腐坏，可以堕落，可以牺牲，可以献祭，可以无疾而终，可以戛然而止……可以有一万种形式。

而她所希望的最终下落是："我会心甘情愿变成凡夫俗子。"

七月上旬，书展如期开幕。

开展后的两三日，日均接待量达到峰值。叶青棠和伍清舒忙到焦头烂额，根本没心情低落。

"我不开心是因为分手，你是因为什么？"中午的休息时间，在员工休息室里吃外卖的时候，伍清舒问她。

"因为某个人答应过我，以后绝对不会错过我的任何一届书展，结果这几天就因为要参加什么颁奖出国了。"

伍清舒白她一眼，脸上写着："就这？"

叶青棠则好奇："你真跟陆濯分手了啊？"

"不然？"

"就因为他要出国？"

伍清舒将菜里的蒜末一粒一粒挑出来，这个过程让她无比烦躁，"……我才懒得等他，每天面也见不着，就靠视频吗？蠢死了。而且他才二十一岁，我都二十六，马上二十七了。即便等两年他回国了，我二十九岁，就该结婚了。和他反正没结果，懒得玩了。"

叶青棠看着她，"说得好像这两年你就会以结婚为目的开始找对象一样。不是陆濯，你似乎也没什么想法去社交和认识新朋友吧。你别告诉我你又要回去找方绍。"

"不要提臭水沟里的男人。"

叶青棠笑了一声:"我觉得还是不要以年龄来判断一个人靠不靠谱吧。你又怎么知道他不想跟你结婚呢?"

"拿什么结婚?他那时候事业都还没起步,靠家里吗?他妈妈的性格,你也应该听应如寄提过。至于我家里,呵……"

叶青棠还要开口,伍清舒说:"不要劝我了。"

她将筷子一扔,懒得再挑,"这些商家怎么回事,都专门备注了不要葱姜蒜,我要给他们打差评……"

如果,如果陆濯在的话,他一定会笑着安抚她,然后接过筷子,替她挑净所有她不想吃的东西……这个念头只闪现了一秒钟,伍清舒就赶紧叫停。

她将外卖打包盒一收,平静地说:"我吃饱了,出去买咖啡,你要吗?"

"等我一下,我跟你一起去。"叶青棠说。

收拾过东西,两人自后门离开场馆,到附近咖啡店买了十来杯冰咖啡。

折返回员工休息室的时候,叶青棠侧身以手臂抵开了门,往里看一眼,顿了一下。走在后面的伍清舒觉察到了,赶紧两步走上前。

坐在座椅上的陆濯站了起来,冲着叶青棠微微颔首,紧接着走过来接过伍清舒手里的两袋咖啡,往桌上一放,一把抓住她的手腕,不由分说地将她往外带:"我们聊聊。"

"谁要跟你聊……"奈何嘴硬架不住力量悬殊。

叶青棠叹了声气,将咖啡分发给了员工,给伍清舒留了一杯。

她喝着自己的这杯冰美式,拿出手机,给应如寄发了一条消息:你再不回来我可就出轨了。

没收到回复,她也不甚在意,大抵对方在忙。

下午至晚上，客流量更多。

员工和实习生各司其职，哪一处缺人手或是临时出状况，叶青棠这个总负责人就顶上去。

伍清舒被陆濯带走之后，一下午都没回来，她也不愿意打搅他们，一个人顶了两个人的缺，忙到连喝口水的时间都没有。

晚上八点今日展览结束，叶青棠指挥人做清点和打扫。

其他人都走了以后，她在休息室的沙发上躺了一会儿，疲惫地爬起来，收拾自己的包。她注意到伍清舒的包还放在那儿没拿走，也就准备一并带走，等会儿去车上打个电话问一问，给她送回去。

外头响起脚步声。

"清舒？"叶青棠问。

没人应声，门直接被推开了。叶青棠抬头看去，一下愣住，丢了手里的东西，两步跑过去直接一扑："你回来了！"应如寄一手拿着花，一手拿着一座奖杯，及时张开了双臂。

他笑着说："你发微信的时候我已经在飞机上了。"

叶青棠两臂搂着他的腰，抬头看他："不是说还要三天才能回来吗？"

"嗯。我领了奖就提前回来了，后面的交流会懒得再参加。要是再晚一天，某人出轨了怎么办？"应如寄笑着说。

叶青棠轻哼一声："你以为我是在威胁你吗？"

"不敢这么以为。"

叶青棠便笑了："你给我买了花。"她松了手，稍微退开。

"还有这个。"应如寄递过奖杯。

叶青棠辨认着底座上的文字，笑着说："不是普利兹克奖啊。"普利兹克奖是建筑界的最高荣誉。

"……你高看我了。"

"不是都说建筑师的职业生涯黄金期是从四十岁才开始的吗，你还年轻嘛。"

应如寄笑了笑:"那我争取有生之年为你赢一座普利兹克奖。"

他往休息室里看了一眼:"就你一个人了?"

"嗯。清舒被你弟弟拐跑了,现在还没回来。"

"或许私奔了。"

"非常有可能。"

两人都煞有介事,对视一眼后笑出了声。

应如寄说:"带我参观一下?"

"好呀。"叶青棠做出一个"请"的手势,"现在是专属于应先生一个人的 special time。"

他们走回到大门口,沿着精心设计的观展动线,从头开始。

整个展厅高而阔,四周都是白墙,头顶没做多余的装饰,承重的梁柱直接暴露于外。整个空间十分简洁,像一块可供人随意涂抹的画布。

叶青棠叫人从顶上按规律垂下了无数条半透明的长幅白色展布,上面印刷着此届展览重点展品的经典词句,抬头望去,便仿佛置身于思想的白色森林。

这个设计一亮相便成为拍照热门,大家自发打卡,把照片发布在各大社交媒体,为书展带来了极为可观的客流。

应如寄仰头注视片刻,"很浪漫,但又让我觉得遗憾。"

"遗憾?"

"嗯。不该错过去年你在一芥书屋办的展,那一定也很浪漫。"

叶青棠稍稍歪着头看他片刻,笑着说:"你可以问问汤先生,愿不愿意借场地给你办你们的建筑设计展。"

"好主意。"

整个展馆大致分为书籍、展示、活动和购物收银四大区域,动线设计合理,叫人无须走回头路即可逛完所有展台。

书籍区域又按照摄影、建筑、平面设计、文艺作品等门类做了划分，每个展台都有独一无二的编号，如摄影以 P（Photography）开头，建筑以 A（Architecture）开头，以此类推。

行进途中，随处可见的海报与展架会引起观展者的兴趣，并附上展台编号，引导他们前往指定地点。

叶青棠说："其实布展方面，我参照的不是其他展会的经验。国内的很多漫展、书展我都去过，多是以参展单位排序的，你总能看到，大的参展商被安排在最醒目的位置——热闹，但是混乱。不过漫展还是更类似嘉年华的性质，或许热闹也就足够了——你猜猜看，我的主要参考对象是？"

应如寄思考片刻，笑着问："不会是家居城吧？"

"就是家居城！"叶青棠为他一猜即中而感到高兴。

"一些家居城的动线设计和门类分布确实有很值得借鉴之处。"

"我们下次一起去逛吧。我想听一听你作为建筑学专业人士的分析。"

"好。"应如寄笑着说。

场馆很大，即便是已经清场，在逛得囫囵的情况下，还是足足半小时才逛完。

应如寄拿了几本建筑和平面设计方面的书，叶青棠拍下了条形码，说明天再进系统结账，电脑已经关了，今天的库存数据也已总结登记。

他们回到休息室，那一堆要拿的东西叫叶青棠无从下手。

应如寄推着自己的行李箱，将她的包和奖杯接了过去，叫她只用拿着伍清舒的包，她还有空余的手抱一整束的花。这束花是用绿绣球、波浪洋桔梗、白色六出花和大飞燕包的，只有绿白两色，清新如青提牛奶冰激凌。

他们从大门出去后，叶青棠关了展厅的总闸，作为负责人去门口保安处登记签名，并请保安帮忙锁门。做完这一切之后，今天的工作才算彻底结束。

在后方停车场，叶青棠找到自己的车。

"我来开吧。"应如寄说，"你休息一会儿。"

叶青棠笑着递过车钥匙，"谢谢应老师。"

应如寄提着行李箱要往后备厢去，叶青棠说："等一下。"

他停下脚步，她踮脚，隔着那束花亲了他一下。她后退，应如寄却一把抓住她的手腕，往车身上一推，他倾身压过那束花，搂抱住她的腰，吻重重地压过去。

洗过澡，叶青棠拿起手机一看，伍清舒还没有回复她。她隐约有些担心，给她打了个电话过去。只响了一声，电话便被拒接了，紧接着伍清舒发来一条消息：我没事。

叶青棠刚要回复，又有一张照片发过来。她点开看一眼，直接从床上跳起，"……应如寄！"

应如寄正在浴室里剃须，她突然的一声叫他手一歪，刀片将脸划出一道血痕。

"怎么了？"他打开水龙头冲洗剃刀，掬一捧水洗去面颊的泡沫后，才抽出一张面巾纸，压住被刀片划破的地方。

而叶青棠已经等不及了，直接跑进浴室，将那张图片放大给他看——女人的中指上戴着一枚钻戒。

应如寄反应过来："你朋友？"

叶青棠点头："你弟弟好会哦。"

应如寄挑了挑眉。

显然，了解这桩八卦的兴趣，已经压倒了其他事，叶青棠躺回到卧室床上，给伍清舒拨去语音电话。在被拒绝两次、她又孜孜不倦地拨去第三次时，伍清舒终于接了："……干吗？"

"我只是想确认一下你是否存活,以及刚刚发过来的是不是网图。"

伍清舒笑了一声:"……我有这么无聊吗?"

"你答应了吗?你是不是答应了?"叶青棠急切地询问。

"……不答应不让我走啊。"

叶青棠又问:"那现在怎么说,你们还要分手吗?"

"不能了吧。如果不是年龄不到,可能他直接拉着我去领证了。"

"你中午还说不想谈异国恋的!虚伪的女人。"

"我是不想啊,就有点……被钻石晃花眼,你懂吗?"

叶青棠被姐妹的爱情甜得扭成一团,"没事,我准你假公济私,以后去国外采买的事情就交给你去做好吧。你千万别分手,不然我们没机会做妯娌了……"

应如寄已从浴室里出来,看着她似笑非笑的:"做妯娌?"

叶青棠抓了个枕头扔过去。

应如寄一下便接住了,往床上一丢,膝盖跪在床尾,紧接着捉住她的足踝,直接将她拽了过来。

"你干吗?"叶青棠笑起来。

她像是留意到了什么,然后伸手按住应如寄的后颈使他低下头来,盯住他下颌皮肤上的一道红痕,"划破了?"

不待应如寄出声,她已仰起头,轻舔过那道伤口,又立即退开。只是看着他,露出笑容。

她总是这样,下一点饵,随即便耐心等候收网。她好像很乐意看他为她失去理智,并对这样的套路乐此不疲。

当然他也是。

书展结束,叶青棠便开始替 LAB 筹划建筑设计展的事。应如寄跟汤望苓打了声招呼,很轻易就获得了一芥书屋的使用权。

叶青棠对那里再熟悉不过,规划起来得心应手。她对待工作从来没有敷衍这一说,开始策划以来,便将 LAB 负责设计的所有项目的公开资料都梳理了一遍。应如寄负责的那部分，她之前大多已考察过，倒是省下了不少的工夫。

书展和建筑设计展双线并行，叶青棠忙到应如寄都有几分后悔将这事儿委托给她，即便一再强调那展览多半只面向业内，她也不肯放松，甚至说，正因为面向的都是建筑业界的专业人士，才更不可草草了事。她不想叫人看笑话，不管是 LAB 的，还是她自己的。

到秋天时，茶文化博物馆那边的主体建筑落成。

他们在郊区的小院，基装部分也已完成。应如寄往衣帽间里添置了一座定制的黑胡桃木梳妆台，是他和合作的木造工作室的设计师一起完成的。

庄玉瑾又离开了南城，去了 RA 国，说过年再回来。伍清舒适应了异国恋，虽然每每嚷着要分手，但看到手上的钻戒又决心再等等。

有出版社请求叶青棠做代理，和林顿接洽商谈《布谷鸟钟声》引进中文版权的事宜。叶青棠委婉回绝，给了对方林顿的联系方式，叫社里与他直接对接，之后，她听说该社成功拿下了中文版权。去年叶青棠为那位外国摄影师谈下的中文版摄影集已成功上市，工作室拿到了一部分的签名本，放在自家店铺里，一售而空。

孙苗和姚晖领了证，红本发在朋友圈里。叶青棠私下对应如寄说，他俩在证件照里笑得像两个喜气洋洋的年画娃娃。楚誉和 Jenny 的婚礼定在 12 月 21 日——他们恋爱纪念日和订婚纪念日的那一天。

生活波澜不惊地推进，总有微小惊喜。

到十一月初，LAB 建筑事务所的设计展于一芥书屋开幕。展览为期三周，是免费性质的，但限制了观展人数，一天仅接纳五百人。

叶青棠每天都会到场，以备不时之需。

展览除了建筑的设计稿、摄影图片和模型，还有增强现实的体验模块，观展人戴上 AR 眼镜后，即可依照固定的手势，与三维模型进行互动，或者观看虚拟建筑，在一张空白纸上看到从一栋建筑只有地基到最后竣工、跃然而起的神奇过程。

十一月下旬，展览结束。

展览的最后一天下起了冷雨，导致来者寥寥。一芥书屋的主馆空旷又安静，只偶尔响起零星的脚步声。

叶青棠和应如寄站在三楼的平台上向下看，那螺旋式的缓步台阶往下延伸，沿路的墙壁上悬挂着黑白的建筑摄影图。黑与白的空间，并不显得冷或单调，只有叫人心情都缓慢下来的静谧，甚至能听见自窗外传来的潇潇雨声。

叶青棠声音很轻，像是怕打扰这寂静的氛围，"你还记不记得，去年你送我伞，也是这样一个雨天。"

"嗯。"

"如果那时候我要上你的车躲雨，你会答应吗？"叶青棠笑着问。

"当然。我一贯拿你没什么办法——但是你没有，我以为你会。"应如寄顿了一下，"我在等你过去。"

叶青棠倏然转头："真的？"

"真的。"应如寄低头看她，"我在S国待了两三个月，以为这事儿已经过去了，直到那时候在雨中偶然看到你的身影。我一边想，淋湿也活该，一边还是不忍心。"

叶青棠轻笑："你好爱我。"

"是。"应如寄也轻笑一声，坦然承认。

到下午六点，送走了最后一位参观者，整个展览正式结束。

叶青棠的习惯是每一次展览结束后，她总会沿着自己设计的观展动线最后再走一遍，最后停在终点，当作最终道别。

这一回的终点，就在三楼的那条长椅处。在长椅对面的墙壁上，放置了一张巨幅的摄影照片，就是一芥书屋本身。坐在一芥书屋里看

"一芥书屋",有种套娃循环式的奇妙。

她两手撑在身后,以懒洋洋的姿态静静地享受这落幕后独属于自己的、既满足又落寞的片刻。

楼下传来应如寄的声音:"青棠?"

"我在楼上。"

脚步声不轻不重地传来,渐渐靠近。

叶青棠抬头看去,"你不是要跟几个业内朋友去吃饭吗?"

"嗯。叫沈菲先带他们去了,我等会儿过去。"

"你不用送我,我自己开车回去。但是你要给我带夜宵。"

"好。"应如寄微笑。

他走过来,在她身旁坐下,与她一起静静看向对面的"一芥书屋"。

"青棠。"寂静的空间里,他的声音有种玉石相击的清越。

"嗯?"

"谢谢你。展览办得特别完美。"

叶青棠笑了一声:"受人之托忠人之事嘛。"

"不是。我知道是因为我,你付出了额外的情感和心血。我想,我人生的前三十四年,有你来为我做总结,是我的荣幸。"

叶青棠转过头去看着他,而他也正凝视着她,无比的虔诚与认真,"……你愿意吗?从今天开始,也由你开启我往后的人生。"

叶青棠心脏一紧,接着便看见,他伸手从大衣口袋里掏出一个墨蓝色的方形盒子。

他打开盒子,取出里面的戒指,起身,随即在她面前单膝跪下,正如那时候她蹲在他的面前,同他告白。

"青棠,请嫁给我。"

过了片刻,叶青棠才反应过来,她明明开心得如同浇入滚烫熔岩的玻璃瓶,随时将要爆裂,第一反应却是眼泪滚落。

她又立即笑出声,递过手指,"我愿意。"

戒指被戴上的一刻,她捉住应如寄的手,想拉他站起身来。

他却只是蹲在原地，抬手按住她的后颈，让她低下头。

额头相触，他在她低头的阴影里看着她的眼睛，轻笑了一声，抬头，却是去吻掉她的眼泪。

应如寄随即站起身，一把搂住她的腰，将她抱了起来，她再度站到了那张长椅上，低头与他对视，呼吸萦绕纠缠，她闭了一下眼睛，屏住呼吸。听见一声轻笑后，她的手被捉住，应如寄执起她的手，把那个吻落在了她的戒指上，之后他倏然退后，笑着说："我得走了。"

叶青棠：……

他说走便真的走了。

"应如寄！"叶青棠从长椅上跳下来，而他早有所料地停住脚步，在她跑过去的一瞬，牢牢地抱住了她，这一回没有预警，也无谓铺垫，他径直低头吻住她。

好一会儿，应如寄才松开她，用微哑的声音说道："这回真得走了。你自己回家好好吃饭，我给你带夜宵。"

"嗯。不许太晚，也不许和其他女人靠太近。"

应如寄笑了："你以前可从来不叮嘱这种事。"

"现在不一样，现在是未婚妻。"

"遵命，未婚妻。"他再度捉住她的手，低头亲吻她的手背，如骑士行礼。

走到一楼，应如寄刚准备走出大门，忽听叶青棠在三楼又喊他："应如寄！"

他抬头，她就两臂趴在围栏处，大声笑着说："还有一句话，我忘记说了。"

"什么？"

"我爱你！"

空旷的空间，荡起清脆而热烈的回声。

他不禁微笑。

雨一直下到夜里。应如寄带着夜宵回家的时候，是晚上十点。

屋里灯火通明，电视开着，在播一部 Netflix 的网剧，但客厅里没人。

"青棠？"他将夜宵放在餐桌上，逡巡一圈，在书房里找到了人。

叶青棠坐在皮椅上，趴在书桌上睡着了。他走过去查看，发现她手臂下摊着之前送给他的手绘本，针管笔和彩色马克笔散落一旁，具体画了什么看不见，被她压在了手臂底下，但大抵是那个红裙小女孩的故事后续。应如寄将那几支笔的笔帽都盖上，才注意到，桌子前还摊着他用来画手稿的速写本，正是画着院子的那一页。

他正要将其合上，发现上面多出了一行字，连起来便是这样：

青山行欲晚，棠梨一树春。

功名应如寄，诗酒作浮生。

左上角，还有另一行小字：我可以住进你的院子吗？

应如寄笑着提笔，在下方写上：你早已住进我的心里。

落笔后，应如寄伸手轻轻地摇了摇叶青棠的手臂。

她发出含糊的声音，缓缓睁眼，"……你回来啦。"

"嗯。起来吃夜宵吧，一会儿该冷了。"

"那你抱我。"她笑着朝他伸出双臂。

<正文完>

番外一
诗酒作浮生 Extra Chapter 01

01

郊区院子的硬装如期竣工。

应如寄选了一个空闲的时间,载叶青棠过去验收拍照。

一眼望去,所见格局几乎是应如寄那草图的一比一复刻,只差了那些花草树木——他们计划等开春之后再移植或者培种,怕现在寒冬的天气花草不易成活。

那烤火的石盆和厨房外的露天洗手台都已砌好,做凳子用的树根,是叫人从附近的丛林里挖出来的,送去工厂烘干之后,又做了防霉处理,摆放的位置应如寄亲自微调过,只为了使其看起来更自然。

房屋地基做了架高,一来因为山里潮湿,怕下雨地面返潮;二来这样和一芥书屋副馆一样,一排的台阶还可兼做长条凳。

进入室内,墙体皆为白色,有几面墙壁以木板上墙作装饰,原木与白色的搭配,即便是冬天亦觉得室内亮堂极了。软装尚未入场,屋子里明亮却并不显得空荡,冬日里被滤过的浅金色光芒,从玻璃窗户里照进来,落在身上像是在做温暖的海水浴。

要用在此处的家具,大部分都是应如寄找人定做的,有些还得等工时,哪怕软装全部做完,也得放一段时间才能入住。

而叶青棠已经有些等不及了，屋内屋外逛了一圈之后，忽然说："我想生火。"

"现在？"

"对，现在！"

两个不抽烟的人，车上连个打火机都没有。

叶青棠开始分工："你在附近捡一些枯树枝，我去买打火机。"这里虽然是在郊区，却并非荒无人烟，他们来时注意过，往山下开五分钟即有一家小超市。

应如寄十分配合，抱着权当是跟她过家家的心情。

他脱了大衣放在树桩凳上，在附近的林子里捡拾了一些枯枝败叶。

没一会儿，叶青棠开着车回来了，不单单只买了打火机，还有一口小铝锅、一瓶洗洁精、两只碗、一把筷子、两袋方便面和几根火腿肠。

"……你是打算野炊？"应如寄笑着问。

叶青棠点头，"可惜附近不知道哪里有卖菜的。我看到有一户自己菜地里种了菜，本来想去问问他们可不可以卖我一把，但他们养了一条狗，还没拴绳，好害怕。"

她将打火机递给应如寄，"你来生火，我把锅和碗洗一下。"

为了方便施工，这里水电一早就都通了。叶青棠将东西拿到院子一角的洗手台，洗干净以后，倒了小半锅的清水过来。

火已经升起来了。为了方便放锅，应如寄拿了几块砖把锅架起来，又往点燃的枯草上方塞了两根从建渣堆里翻出来的用来打框架的松木条。木条干燥疏松，片刻便引燃了，散发出一股清香。

应如寄接过那半锅水，搁在砖上，"锅盖呢？"

"……啊？"叶青棠笑了，"我忘了买了。"

"算了，慢慢烧吧。"

应如寄注意到她的手被冷水冻红了，忙将她两只手都捉了过来，一边焐着，一边凑到火堆前。

今天的天气不算冷，出了太阳，又没有大风，坐在火堆前，一会儿便觉得浑身暖洋洋的，人也好像变懒了，不想动弹。叶青棠脑袋一歪，靠在应如寄的肩上，他身上穿着一件粗针脚的灰色毛衣，同样叫她觉得温暖极了。

应如寄时不时将枯枝折断，添入火堆中，木头折断和燃烧的声音都很催眠，让她忍不住打了一个长长的呵欠。

没有盖子，那锅里的水好一会儿才烧开。

轮到野炊的重头戏，叶青棠一下便不困了，将泡面和火腿肠都拿过来，拆了袋子，准备丢下面饼时，又问："水会不会多了？"

"应该还好。你先不放调料。"

两块面饼投进去，叶青棠蹲在火旁，拿筷子搅拌，一会儿便煮散了，她又拆了火腿肠和料包放进去，一瞬间香气便四溢开来。一时来了阵风，燎起一阵烟，恰好朝她的方向飘去。她赶紧偏过脸，眯住眼睛。

应如寄从她手里接了筷子，拿了碗，先从锅中挑出一箸面，送到她嘴边，"你先尝尝。"

叶青棠一口吸入，"可以了，再煮应该就要软了。"

碗不大，一次性盛不完。为防煮得太久，应如寄将锅从火上端了下来，放在一旁的砖石上。他盛了一碗面，先递给叶青棠，然后再给自己盛了一碗。将要动筷时，叶青棠说："等下，我要拍照。"

她另一只手端着碗向他凑近，拍了张两只碗靠在一起的照片，随后笑着说："Cheers！"

也不知是什么缘故，野炊吃的东西，总比平常要香。两包的分量，应如寄可能只吃了半包，而吃完一包半的叶青棠，拿筷子挑着锅里的残余，明显意犹未尽。

应如寄笑着问："我再去给你买两包？"

"算了，下次……"说着话，叶青棠打了一个泡面味的饱嗝儿。

她立即窘得捂住嘴，而应如寄只是看着她笑，那目光仿佛在说，一个嗝而已，怕什么，他也不是没见过她更应该觉得羞耻的状况。

叶青棠立即开口："……你闭嘴！"

应如寄无辜极了："我可什么也没说。"

锅碗被应如寄拿到洗手台那边去清洗，等他洗完后回到火边，叶青棠已经垂着头打起了盹。她穿着一件白色的绒质外套，两手都拢在外套口袋里，整个人像是茸茸的一团。

应如寄刚洗过的手是凉的，他向她后领口里探去，摸着她后颈的皮肤，她一下惊醒，"……你好坏。"

她两手绕过去搂住他的腰，脑袋靠在他肩上，打着呵欠说："好困，让我睡一下。"

应如寄说好。

她的意识似乎渐渐困顿，脑袋越来越沉，就在他以为她已经睡着的时候，她含糊地说了一句："……今晚休战吧，我太困了。"

应如寄笑了一声，心道，也不知每回是谁先起的头。

他动作幅度很小地往石盆填了一把枯枝，火又大了几分。

02

过年期间，叶青棠跟应如寄的父母分别碰过一次面。

应如寄的父亲应仲泽，是那种典型的商人做派，而且十分好面子，点了一大桌子菜，全是山珍海味。席间几乎不必叶青棠开口，他自己已将场面盘得热火朝天。

跟应仲泽一起来的是个很年轻的女人，看着约莫不过三十来岁，应如寄没跟她打招呼，她全程也几乎没说过话。

事后应如寄告诉她，应仲泽二婚离婚之后，就没再结婚了，身边女人不断，换得太勤，他根本记不住，更懒得去记。大抵人自私到一定程度也是一种本事，起码应仲泽这一辈子，没谁比他过得更舒服了。

去见梁素枝之前，叶青棠倒有几分担心。她对伍清舒说，我先去探探我们未来婆婆的风向，你后面也好摸着石头过河。

但见了面，梁素枝却并没有她以为的那般刁钻。当天的一顿饭，只问了问她的家庭情况，工作状况等，除此之外也没再多问些什么。

当然，梁素枝的态度完全不热络，仿佛吃这顿饭也只是在例行公事。

饭后回家路上，叶青棠问应如寄："你是不是提前和梁阿姨打过招呼了？"

"嗯。"

"你怎么说的？"

"没说什么，就威胁了她几句。"

"……威胁？"叶青棠笑着说，"我想象不到，你会威胁别人？怎么威胁的？"

应如寄开着车，腾出手来摸摸她的手："你既然想象不到，我就不复述了。原本也不想带你走这些过场，但这件事我想求一个名正言顺。"

叶青棠顺势抓起他的手，碰了碰自己的脸颊，她喝了酒，脸有几分发烫，他的手是微凉的。

"我明白。"她说。

03

大年初二，应如寄上叶家拜访。

叶青棠穿白色套头毛衣和红色格纹短裙，一身喜气洋洋。

因为年后茶文化博物馆开放在即，叶承寅十分高兴。下午四人打麻将，叶承寅更是手气极好，赢得盆满钵满。

心情舒畅的结果是，一贯并不嗜酒的叶承寅，晚饭硬是拉着应如寄边说边聊地喝掉了半瓶白酒。

应如寄酒量一般，直接醉倒，醒来的时候只见窗外天色昏暗，不辨时间，他撑起身体拿起手机一看，凌晨一点钟。他躺下的时候似乎是晚上九点，也不知是被谁扶进了客房。

酒醒了大半了，他起身想去洗个澡。这间客房自带独立卫浴，干净的毛巾就放在毛巾篮子里，但没找见牙刷在哪儿。

他先洗了澡，出去拿手机给叶青棠发消息：睡了吗？

叶青棠秒回：没有！你醒了？

应如寄：你知道牙刷放在哪儿吗？

叶青棠：储物间应该有，你等下我给你找。

等了约莫五分钟，响起轻轻的敲门声。应如寄打开了门，刚准备出声，叶青棠"嘘"了一声。

她闪进来，递给他一把未拆封的牙刷，轻手轻脚地关上了门，几乎没发出太大的声响。

应如寄低头一看，发现她没穿拖鞋。叶青棠注意到了他的目光，轻声说："我爸妈都已经睡了，我怕脚步声吵醒他们。"

应如寄刷了牙，又问，有没有水喝。

叶青棠叫他等等，她出去了片刻，回来时拿了两瓶纯净水。

"你怎么这么晚还没睡？"应如寄在床沿上坐下，拧开水瓶。

"等你呀。"

"等我做什么？"

叶青棠接过他喝了小半瓶的水，放在床头柜上，然后单膝抵在他两膝间的床沿上，低头看着他，轻声笑着说："……你猜，我有没有带过其他男人来自己家里过夜？"

应如寄呼吸放缓。她穿的是套式的睡衣，吊带睡裙外面穿了一件系带的睡袍，纯黑色、丝绸质地，外面的那一件睡袍滑落了些许，松垮地挂在肩头。

"我猜你不敢。"应如寄沉声一笑，"不然怎么半夜做贼？"

"……"叶青棠低下头来，下巴抵在他肩头，"去我的房间吧？"

"你父母也住楼上?"

"嗯。"

"不了,不太好。"

"……这种时候还要当正人君子吗?"叶青棠笑着问。

"不是。"应如寄看着她,用叫她莫名觉得三分危险的那种目光,"是怕隔音不好。"

04

茶文化博物馆的开幕剪彩仪式上,高朋满座。叶承寅穿梭其间,意气风发。

有商界的朋友直夸这建筑风雅有格调,问是请的哪一位大师做的设计。知晓内情的人笑着说,是应仲泽家应总的那位公子,如今已是叶总的准女婿了。

这位朋友便笑着说:"哦?那什么时候请我们喝你家千金的喜酒啊?"

叶承寅笑得见牙不见眼,"快了快了。"

站在二楼栏杆处往下看的叶青棠吐槽道:"我看我爸已经是在预习婚宴招待宾客了。"

应如寄笑着说:"我是否也该下去预习预习?"

叶青棠对于婚礼一事毫不着急。她有私心,她想既然伍清舒和陆濯进展顺利,极有可能修成正果,那是不是可以等一等,到时候一起办婚礼。

伍清舒不以为然,"清醒一点儿大小姐,我们恋爱顺利并不代表谈婚论嫁的时候也会顺利。"

"……那你还收陆濯的戒指。"

"你也收了戒指,不也证都还没领?"

叶青棠:……

"而且，你是不着急，应如寄呢？"

晚上洗过澡，叶青棠在浴室里吹头发，应如寄进来洗手，她关掉吹风机，忽然说道："你会着急吗？"

"着急什么？"应如寄从镜中看她。

"结婚的事。"

"不着急。"

"……你竟然不着急。"

应如寄侧头垂眼打量她，笑着问："……你希望我怎么回答？"

"我想听你说，你着急得不得了，你怕我跑掉，如果我和其他人跑了，你一定会把我抢回来，然后……"

一只手搂住她的腰，他低头凑到她耳畔，声音低沉："然后，把你绑起来，让你跑不掉？"

他笑了："你想听这个？"

叶青棠双手捂脸，"……可以再说一遍吗？"

应如寄：……

05

叶青棠和应如寄正式恋爱以后，常去 LAB 工作室，最初孙苗还纳闷，叶小姐怎么天天和应老师有事情聊。

后来的某一天，叶青棠一进门，有个一贯比较跳脱的同事大胆地冲着叶青棠喊了声"老板娘"。

孙苗直接傻眼，当场把姚晖的椅子拖过来，"叶小姐在跟应老师谈恋爱？"

"……"姚晖看着她，"我以为你是最先知道的，你不是跟她关系还行吗？"

"不是……你们都知道了？他们有在哪里公开吗？"

"没公开。但明眼人一眼就能看出来吧……"姚晖又笑着说,"我算是明白当时追你的时候为什么那么费力了,你也太迟钝了。"

而孙苗将前后的事情一串联,早已沉浸在自己的情绪里,"呜呜呜美女利用我。"

她也是很直爽的性格,直接去找叶青棠摊牌。

而叶青棠也是一副傻眼表情,"……我以为你早就知道了。"

"……你们为什么都默认我会知道,我好伤心啊。"

"对不起。"叶青棠立即真诚道歉,"我最开始找你要你拍的照片,是有想要以此接近应如寄的意思,但是后来跟你来往就和他没什么关系了。我其实是很怕麻烦的一个人,那时候也只帮你、沈菲和我闺蜜代购了。"

孙苗是想要继续生气的,可是美女都跟她道歉了,"……那你喜欢我拍的海棠花的照片吗?"

叶青棠拿出自己的手机,解锁给她看——她的壁纸,竟然就是其中一张。

孙苗又要"呜呜呜"了,她理解了一贯对谈恋爱表现得兴趣乏乏的应老师为什么会栽在叶青棠身上——她也太会了,她一个直女都要心动了。连姚晖都没用过她的照片或者她拍的照片做壁纸呢。

06

软装做完的郊区小院敞着通了三个月的风,春天的时候,终于可以入住。叶青棠和应如寄办了暖房派对,请朋友们过去玩。

Jenny进门后便开始"数落"楚誉:"为什么你不可以更浪漫一点儿?我好喜欢这个院子!你也要为我设计一个。"

楚誉:"……我是万万没想到,我也有被应如寄卷到的一天。"

关于院子里究竟栽一棵什么树,应如寄最初觉得高大些的落叶乔木最好，在院落一角，夏日里还可遮阳。但和叶青棠在一起之后，几乎不再有第二个选项。

海棠花树是他自己亲自去挑的，请了专业的人移植过来，又用心照料了一个月，现在正是开花的时候。几个女孩子都为这花树倾倒，轮流互相拍照。

姚晖和楚誉被应如寄叫过去帮忙，清洗食材，切块，串竹签——中午吃烧烤。

特意定做的铁网烤架，架在石盆上刚好。火烧起来，青烟袅袅，铁网上刷上油，食物放上去吱吱作响。

烧烤、啤酒和一院春光，真有诗酒作浮生的惬意。

叶青棠吃饱了，就坐在屋前的木楼梯上，靠着伍清舒不住打呵欠："好想做个现在就退休的废物。"

"是啊……你这里要是有一台 PS5 的话，我也想退休了。"

下午大家在附近踏青，楚誉瞧上一块地方，还真动念也弄个"养老房"，跟应如寄做周末邻居。Jenny 点评说："东施效颦。"楚誉无言以对。

到了晚上，楚誉总算扳回一城——他的厨艺很是不错，指挥应如寄打下手，做出的一桌子菜，色香味俱全。大家就在户外吃，借着灯火与海棠花，举杯畅谈。

"应如寄。"

应如寄本来在听楚誉说话，忽听叶青棠轻声唤他，转头问她："怎么了？"

叶青棠指一指他面前的鱼汤，笑着说："我能喝你那碗吗？"

他怔了一下，抬眼一看，却见叶青棠自己的那一碗汤里，不知什么时候浮了一片海棠花瓣。他笑了，将自己的这碗递给她。

叶青棠捏着勺子正要喝汤，他忽地凑了过去，飞快地在她嘴唇上落下一个吻。众人"噫"声四起，他却毫不在意地坐正身体，平静地问道:"刚刚聊到哪儿了?"

私底下,每每都能叫应如寄脸红耳赤的叶青棠,此时此刻,却因为这个吻,直接将脸藏到了应如寄的肩后。

07

叶青棠和应如寄的婚礼和婚宴是分开办的。

应家和叶家两家的宾客众多,都凑一起恐怕都够开一次商业大会了。叶青棠不喜欢自己的婚礼自己不是主角,就和叶承寅商定,婚礼她要办一场小小的仪式,只请最亲近的朋友来。

至于婚宴,两位老板想请多少桌就请多少桌。届时不走仪式流程,她与应如寄露个面,敬个酒就成。

叶承寅一贯宠女儿,哪有不答应的道理。至于他从她三岁起就开始拍摄的视频,叶青棠说,婚礼不想太煽情,所以拒不采纳。叶承寅也只能遗憾地表示放弃。

可就在婚礼当天,司仪让新娘出场前,现场灯光一暗,音乐忽然一变,投影幕布随之亮起。

二十几年前的粗糙画质里,小女孩穿公主裙正闭眼许愿:"我想……我想爸爸妈妈永远在一起,我想住好大好大的房子,我还想天天过生日!"

一道温柔的女声,没有告诉她愿望说出来就不灵了,只是笑着说:"棠棠有这么多心愿啊?"

"嗯!可以都实现吗?"

"当然了,棠棠是公主,公主的愿望就是天上的星星,当然可以实现。"

此后便是一段混剪,吹蜡烛、唱生日快乐歌,以及每一年不同又相同的"生日快乐"。

最后的画面定格于今年五月的生日,她闭眼许愿,烛光照在她脸上，摇曳着似在回应她的心声。

随即，画面一黑。就在这黑屏中，响起了叶青棠的声音："我想爸爸妈妈身体健康，我想……永远做他们的公主。"话音落下，一束追光亮起，叶青棠一手抱着捧花，一手提着裙摆，出现于花瓣步道的尽头。

坐在第一排观礼的叶承寅，哭得狼狈极了，庄玉瑾好笑地拍他肩膀："好了好了。"

"……她都不要我们陪她走红毯。"他极其委屈。

"多好啊，我也不喜欢那个交接仪式。这是她自己选的路，就让她自己走过去吧。"

"……还是便宜应如寄这小子了。"

"就算是嫁给皇亲国戚你都会觉得便宜。"

叶青棠一步一步朝应如寄走过去。而音响里，那提前录好的声音还在继续："嗯……你们一定想问，为什么我的愿望里，没有今天的另一个主角应如寄。因为他不是愿望，他是我每天都在为之努力的现实。"

叶小姐成功搞哭了另一个男人。

08

能排进叶青棠"不爽"事件前三名的其中之一是，快要进入正题时，发现计生工具没了。

她后悔自己为什么不趁着双十一多囤一点儿。

应如寄退后，拍了拍她的脸，笑着说："我下去买。"

"其实……"

应如寄没让她把"其实"说完，很是坚持地起身，他捞起衣服披上，正在扣扣子，叶青棠往他背上一趴，"你为什么从来不提？"

"提什么？"

"生小孩的事。"

"因为即便我能替你分担,但归根结底都是要你来承担所有的风险和辛苦。"

叶青棠笑着说:"我一直不提的话,你就可以不要小孩吗?"

"可以。"

"那假如我现在就要呢?"

"那不行。"

叶青棠:……

应如寄说:"请拿出你最初专业严谨的态度来,我认为我们有必要先去做一套专业体检,检查染色体、癌症筛查、激素……"

叶青棠伏在他肩头笑:"你好烦。"

应如寄转头看她:"我帮你预约?有家属套餐。"

叶青棠看着他笑:"好啊。"

番外二 爱后余生 Extra Chapter 02

应如寄又一次失眠到凌晨两点。

他在S国的住处,是一处短租公寓,临海,夜里能瞧见港口游轮漂亮的灯火。夏天有时候刮大风,窗户玻璃被刮得微微作响,外头墨蓝色的海面翻滚,涛声隆隆,人就更显得渺小。那场景有种末日般的不真实。

应如寄以往很少失眠。

他是个做事很有条理的人,再忙也能将手头堆积如山的公事私事,按照轻重缓急排好次序,一一处理。生活中也没有太多需要他熬夜的事。

但自那晚在叶青棠那儿得知自己被当作"替身"的真相以后,他时常失眠,来S国以后尤其。说起来可笑,他原本是为了逃避才主动请缨来这里的。

那时候只觉得南城处处都有叶青棠的影子。

他自己的公寓已经叫人打扫过了,事关叶青棠的东西,哪怕小到一根发圈都清理得一干二净。

但是没用。只要一回到家,他就能想起在公寓各处发生过的事情。他们待过的沙发与卧室,共浴过的黑色陶瓷浴缸,一起吃一份便当的餐桌,聊天时一起等运行终止的烘干机,她穿过的他的衬衫,她用过的他的马克杯,她赤脚踩过的木质地板……

甚至，办公室也没法待下去。安静无人的时候，总能想到那天她在办公室陪他加班。那是他记忆中最为静谧美好的一天。

那一阵跟一个客户沟通，常会经过一芥书屋。遥遥望见那座白色的建筑，他也会想到叶青棠。那儿的一砖一瓦都有他的心血，是他最为珍视的代表作，而今，永远地与她产生了记忆的联结。

这让他痛苦不堪。

楚誉并不知道应如寄跟叶青棠来往的事。

那天应如寄没去预订的餐厅，又找他喝了一顿闷酒，那表现不用说，八成跟感情上的事情有关。但无论他怎么追问，应如寄始终三缄其口。他只能宽泛地安慰，你这样的条件，想找什么样的找不到，没有必要在一棵树上吊死。

那时应如寄只神色淡淡地"嗯"了一声。

后来的那一阵，应如寄照常工作，正经事一件没落下。单看外表，应如寄真跟没事人一样。

直到那天开会，说到S国有个项目即将动工，需要派人过去，应如寄冷不丁说，那我去吧。创始人兼老板都主动请缨了，底下的人自然无人争抢。外派去人生地不熟的地方，又不是什么好差事。

会后楚誉才品出味，这项目说重要也没那么重要，哪里需要应如寄亲自监工，就问他，该不是想假公济私，失恋散心？

应如寄瞥他，说公司都有他的一半，他假公济私又怎样？

楚誉惊讶，还没走出来呢？

都说现代人的爱情过分速食，他有些哥们儿头天栽在一个女人手里，隔天就能笑嘻嘻地转换目标。

而应如寄这事儿，少说快有一个月了。

应如寄只淡淡地说，南城待得难受，出去缓几天。

空间距离并不能治愈痛苦，尤其在S国连个喝酒说话的人都找不到。他不是善于快速和人交朋友的性格，也不爱把工作关系带入到私人生活，因此工作一结束，要没别的应酬，就会直接回公寓。健身、看书……熬到深夜上床，然后失眠到大半宿。

晚上下过雨。外头雨声停了，尤有海潮的声音。

应如寄抬手揿亮台灯，从床上坐了起来，走到窗边，站立许久，看海上缥缈的灯火。

寂静拉长了那种痛苦，像一支烧不到头的香烟。

他换了身衣服出门，迎面刮来一股咸潮的气息，霓虹招牌在湿度过高的空气里有点像是晕开一般模糊。

他推开酒吧门，径直走到吧台坐下，点一杯加冰的威士忌。午夜的清吧，音乐声混合人声，不觉得吵，反而很安静。

喝到第二杯的时候，有人过来搭讪。

是个混血面容的女人，高眉深目，长相分外明艳，有些南亚风情的野性。女人先讲英文，后讲中文，中文十分蹩脚，带一点广粤那边的口音。

女人说，她公寓就在附近，她家里有一支很好的红酒，问他想不想去尝一尝。

应如寄掠过女人的目光没有多余的打量和审视，他笑了笑说："抱歉。"

这句话并没有将其劝退，她在一旁的高脚凳上跷腿坐了下来，手指在杯口打圈，一边注视着他，一边说："我注意你很久了，我觉得你很特别。"

应如寄当她是称赞，说了句"谢谢"。这一句的语气就更客气。

女人很直爽："你有些伤害我的自尊心。"

应如寄转头看她一眼，淡笑着说："抱歉。希望你知道我的拒绝不代表什么。我只是想单纯地喝杯酒。"

女人认真看着他，"你长着一张让人很有搭讪欲望的脸。"

"很多人这么说。"

"但跟你交谈以后,我想,是我误解了。"

应如寄笑了笑。

女人抿了一口酒,"你是中国人吗?"

"是。"

"我旅行的下一站就是中国,我能有幸去你的家乡看看吗?"

"中国很多地方都很好玩,相信你去了不会后悔。"应如寄不动声色地化解了女人想进一步了解他的意图。

女人耸了耸肩,不再说话。

她垂眸沉默地喝了一会儿酒,再度开口时,声音忧伤了几分:"我的初恋是中国人。我看到中国人的面孔又难过又亲切。"

应如寄只有苦笑。为什么那么多人都执着于在别人身上找他人的影子。

女人在说完这句话以后,没再说别的什么。

这时候音响里放起了一首老歌《加州旅馆》,那女人像是被什么触动,背过身去,抬手的动作像是在擦眼泪。

应如寄的同理心无法让他看着旁边有人哭却无动于衷,但当下的他,实在不适合再涉入任何危险的关系。他单单要拾掇好自己的心事都有心无力。

他喝完了杯中的酒,买单时低声对酒保说,旁边那位女士的消费挂在他的账上。

走出酒吧,应如寄沿着滨海步道往前走,海风裹挟泪意般地咸,他在一种隐痛中想到了叶青棠生日那天的眼泪。

为谁流的不言而喻,却那么真实地烫伤了他。

他停下脚步,双臂撑着栏杆往黑沉的海面上看去。时隔多年,他觉得自己需要抽一支烟。

楚誉接管了叶承寅那茶文化博物馆的项目,白天他们开视频会议,同步项目进度。

正事聊完以后，大家闲谈几句。孙苗无意间提起，前几天在商场碰见了叶青棠："叶小姐问了应老师你的状况，我说项目现在是楚老师在负责，让她不用担心。"

时隔这么久，冷不丁出现的名字，还能像软刺似的扎他一下。

应如寄脸上没什么表情，甚至干脆就没接这茬。

等会议结束，他对着电脑处理文件，不知不觉停了下来，目光落在一旁锁屏的手机上，顿了顿，拿了起来。

他打开微信，解除了对叶青棠朋友圈的屏蔽状态——他自觉狼狈，竟需要以彻底逃避的方式，将她驱除出内心的国境。

在和叶青棠断交以后，他就将给她的备注"青棠"删除了，如今显示的是她原本的微信名"yqt"，头像依然是那个下三白眼的月野兔。

她朋友圈的更新并不密切，多数内容跟ABP有关，少数几条涉及了私人状况，也都是布展的花絮图。

他不知道自己是什么心情，一条一条翻过去，最后停在她七月份的花絮汇总九宫格上。

那里面有一张图，是她给一芥书屋模型上色的过程，颜料沾了她一手，图片上小小的花字是"慢工出细活"。

他不会自作多情地认为这传达了什么，就像他允诺了她的事情还是照办了一样，都是纯粹公事公办的态度。

但瞧见这张图，还是让他沉默良久。

叶青棠这个人，明媚肆意。他是怎么被她温暖的，就是怎么被她烫伤的。

自这以后，应如寄就没再将叶青棠的朋友圈屏蔽。有时候刷朋友圈，在时间线里看见她的更新，他会停顿一瞬，看过内容后，心起微澜地滑过去。

或许这种状态才是对的。讳莫如深正如讳疾忌医，心痛也可脱敏治疗。习惯以后，就不再那么痛苦。

这期间有一回,应如寄差一点给叶青棠发了微信消息。

那天依旧是失眠,他看完了一本某著名建筑师的设计书册,合上书页,躺在床上,随意地翻了翻朋友圈,一刷新就看到了半小时前叶青棠更新的动态。

是她打吊瓶的图,手边放了一摞书,手里还拿着笔,配文就四个字:卑微小叶。

应如寄猜想这是条分组朋友圈消息,因为她几乎没发过这类特别私人的动态。

评论区里有陆濯的留言:棠姐今天没来是发烧了?

叶青棠回复:我不来还有清舒看着你。别偷懒。

陆濯回了一个哭笑不得的表情包。

应如寄点开了叶青棠的对话框,"生病了"三个字已经打出来,却在发送前一刻猛然清醒。

关心她是一种本能。可这种本能现在已无用。

他删了内容,锁屏,躺在床上,关了灯,在黑暗里睁眼,体会到一种一败涂地的心情。

应如寄回国过两三次。

S国离得近,往返不需花太多时间。几次回去都是探望爷爷,怕他一个人在家孤独。

陆濯是梁素枝再婚生的孩子,实则跟应家没多大关系,但孩子懂事,有时候也会去拜访应爷爷。

应如寄某次回国,兄弟两人就一块儿去了应爷爷那儿。

吃饭时不免问起近况,陆濯说还在ABP实习,不过去得没往常那样勤了,因为大四开学要开始准备毕业论文,以及递交国外大学的申请材料。

爷爷对艺术书展是个什么东西不甚了解,陆濯就多介绍了几句,其中不免会提到叶青棠。

应如寄全程面无表情,从陆濯口中得知下一届书展的举办地定了南城美术馆。

陆濯提到伍清舒更多,提及叶青棠都是公事相关,但每听见她的名字,应如寄都有种微微的窒息感。

他意识到自己并没有戒除心痛,只是习惯了。

S国那边的项目步入正轨,后续只需按部就班地施工,定期验收即可。

十一月,应如寄回国。回来便赶上南城降温,他从常年温暖的地方回来,自然就患了一场感冒,没急着回去工作室报到,只待在家里休养。

都说人生病的时候最是脆弱,这话一点不假。

他那天下午吃了药,睡着了,梦见了叶青棠。她赤脚盘坐在沙发上吃酸奶,拿着遥控器飞快换台,一圈下来没有一个喜欢的节目,丢了遥控器,抬眼喊他,笑说好无聊,让他过去陪她玩。这梦境太逼真,他醒来以后顶着晕晃晃的脑袋起身,特意去客厅里看了一眼,确定她是不是真的在那儿。

会偶遇叶青棠,实属意外。

那是他感冒好了之后没多久,才重新接手了工作室的事务,那天下午跟一个客户约在某独立书店见面谈方案,回程时经过了南城某出版大厦。

灰冷的雨,让窗外的一切都显得萧瑟。

她就那么凭空出现,穿着一件深咖色的风衣。那颜色像是枯叶,却在他的眼中燃烧起来。

他几乎不由自主地出声,叫司机开慢一点。沈菲不明所以,回头看了一眼。他不说话,盯住窗外看了许久,让司机停车。

他抬了抬手,一个很无意义的动作,像是跟自己内心做了这么久的斗争,却终究落败。

这一刻他忘了她的无情，只想着：这么冷的天，她淋了雨，会不会又要生病。

他心硬了几次，依然做不到坐视不理，"……帮忙给人送把伞。"

沈菲问："谁？"

他扬了扬下巴。沈菲往外看，发出了然的一声"哦"。

下车前，沈菲问："如果叶小姐问我怎么还伞？"

应如寄语气平淡："你就说不贵，送给她了。"

沈菲点了点头。

隔着灰蒙蒙的雨雾，应如寄看见沈菲走了过去，叫住了雨中拿包挡雨的人。

她回头时表情有些错愕，没有第一时间接伞，而是抬头，目光越过沈菲的肩头，朝着停车的位置看过来。所幸有雨幕和车窗阻隔，她无法看清楚他的存在，否则，他不知道摆出怎样的表情，才贴切当下的场景。

片刻后，叶青棠接了伞。沈菲转身回来，带着一身雨水拉开了车门。

司机将要启动，应如寄说："等等。"因为他看见叶青棠站在雨中没有动，只定定地看着他这边。

双闪灯规律地跳动着，像是催促。应如寄终于出声："……开过去，载她一程。"

然而，那车将要靠近时，叶青棠却倏然转身，举着黑伞，快步朝着地铁站走去。

应如寄无法形容那一瞬间的心情，比深秋的雨更要灰败、沉闷，像是朝着深冬一路坠落，无可挽回。

他其实是一个骄傲的人，也比常人早熟。

父母闹成那样，他很难不早熟。

里子早被荒唐的父母捅得千疮百孔，面子还要靠他来维持。他聪明，也勤奋，学习成绩名列前茅固然是这份骄傲所致，更是为了脱离父母的影响,走自己选择的道路,不必受人辖制。

他实在过分厌恶男女关系里裹着扯不清的"狗血"戏码,向往一对一的笃定关系。

偏偏,他在明明已有防备的情况下,还是一头扎进了名叫"叶青棠"的陷阱,并将自己也变成了"狗血"戏码的配角,所有故事里最叫人同情的"替身"角色。

最荒唐的是,他居然还爱她,自暴自弃地爱她。

英文里有个词语是"chaos",完美契合他的心情。

叶青棠是例外,是打破他所有秩序的混乱。

是他最为无意义的有意义。

将上述这些,讲与叶青棠听的时候,她的第一反应是笑。

应如寄已经不生气了,伸手捏她后颈,连训斥都是温柔的:"没心没肺。"

叶青棠笑过以后,就看着他,"你好爱我。"

应如寄的表情是"那又怎样"。

"我没有想到,你那时候是想载我一程。"

应如寄淡淡地说:"怕你淋感冒了又要打吊瓶。"

"……其实我一度准备把你从我的分组里删除的。那天发那条动态,我不能说没有试探的意思。能看见的就你,陆濯,还有清舒他们,都是我朋友。"

应如寄说:"你这人惯会卖惨。"

"……我哪有!"

"是吗?第一回让我去接你不就是故意淋雨。"

叶青棠吐吐舌头,"谁让你就吃这一套呢。"

"你就是吃定我了,是吧?"

叶青棠笑着从背后搂住他的肩膀,"是。"

她又说:"我在意的人我才会用小心机。"

应如寄笑着:"那我还得谢谢你?"

"不用谢,我应该做的。"叶青棠凑近亲他一下,又笑着问,"那天在酒吧,你真的没想跟那个混血美女一起喝一杯吗?"

应如寄语气带着三分凉意,"喝了还能有你的事?"

叶青棠哈哈大笑。

这天的对话结束,应如寄总结说,可能人的一生总归会荒唐那么一次。

如果是为她而荒唐,那他欣然赴约。

而叶青棠说:"我也爱你。"

番外三 一百分

Extra Chapter 03

01

陆濯从来不信一见钟情之说,但这也不代表他就是"日久生情"这一派的。

不如说,他实则还从来没有体会过强烈的喜欢。高中时期对隔壁班女生有过模糊朦胧的好感,但那似乎都不足以支撑他采取行动,在得知追那个女生的人两只手都数不清时,他的唯一感想便是:要竞争啊,好麻烦。

是的,陆濯很厌恶竞争,大抵因为他太聪明,很多事情就算只付出五分的努力,也能有八分的回报。假如要他付出八分努力才能有十分回报,他便会觉得,那算了吧,八分就挺好了。

是以即便晃晃荡荡懒懒散散的,他也在高中时期维持住了班级前十名的成绩,最后成功摸着录取分数线考入了南城大学。

他学的是广告设计,被梁素枝骂没出息,说这学了往后出来能找到什么好工作?就是一个PS(修图)民工。他也不是很在意,因为清楚自己骨子里没有那种能定下心做学问的吃苦精神,像兄长那样熬得像是要抠了眼睛般制图建模,烈日寒风里还去下工地,他是做不到的。

他甚至也不是很愿意出国,但挨不住梁素枝的连番催促,也就只能准备起来了，然后托福一次便过，考了个够用的分数，也懒得再去刷分。去实习也是纯粹因为申请学校的需要，而不去大公司，取巧地选择 ABP，当然就是因为偷闲的本能。

02

报到那天，他在微信上联系了兄长的朋友叶青棠，对方叫他在楼下稍等，她派个人下去接他。

他单肩挎着背包立在楼下大堂里，应朋友的哀号上线帮他打一局渡劫局，正操纵着刺客英雄在草丛里神出鬼没地反野收割，KA 数据一路飙升时，他用余光瞥见有人从电梯那儿走了过来。黑色的长直发，有几分苍白的皮肤，瞧过来的目光像是寒风吹过结了霜雪的松枝，音色微凉也像是透明玻璃杯中的浮冰。

"你是陆濯？"她问。

他呆愣了好几秒，屏幕上英雄的血条很快就要见底了。他没管，直接将手机一锁，丢进外套口袋里，笑着说："我是。"

"我叫伍清舒，ABP 的创始人之一。跟我过来吧。"

报到的第一天，陆濯几乎没能将注意力从伍清舒身上挪开过。

她和他从前认识的女孩子完全不一样，一种抽象且难以描摹的感受，有点像是他在荒寂无人的冰天雪地里走着，天将晚时，碰到了一个人。

那个人站在远处，比天地更要静默，像是凭空出现的，也像是不存在于这世界上。她的缥缈叫他觉得心里空荡荡的，迫切地想要走近她，验证她是否真的存在。

03

伍清舒一贯对异性的好感十分敏锐，因为经历得太多，他们注视她的目光里是否带有某种欲望,她一眼便知。

叶青棠说,假如她是男人的话,注视她的时候眼睛里难免不会带有某种浑浊的情欲,因为她显得太出尘,就会激发人性的破坏欲。渎神焉知不是人类的一种本能。

伍清舒因此更加厌恶这样的目光,她不喜欢莫名其妙地就做了旁人凝视和幻想的客体。

陆濯对她当然是有好感的。不过他的好感没有引发她的厌恶,因为她能瞧出来他的目光里不带恶意。不如说,她已经很久没见过这样的目光了,像是还在高中的时候,某个男生经过她的窗边时偷偷看她,在她看过去的时候,男生就会假装若无其事地摸摸鼻子。

陆濯经常假装若无其事。

她的审美喜好一贯是浓颜系的,对他这种盐系的长相很不感冒。但不得不说,这样自带几分厌世感的脸,在一开始就削减了她的戒备心。

他是干净的,带一点盐味的清爽海风。只是,她是生在黑暗沟渠里的植物,他们从来不是一个世界的人。

第四届书展在即,伍清舒要负责大部分的设计工作,跑印厂,盯专色印刷。陆濯是个好助手。他很专业,至少不像别的实习生,CMYK(印刷时的颜色模式)和RGB(显示器的颜色模式)都分不清,提到PANTONE色(国际标准色卡)更是一脸茫然。

那天伍清舒和陆濯去印厂盯打样。天气热,厂房里闷,还有一股油墨味,她早餐吃的酸辣粉,因为小腹的痛连带着胃也一起翻腾,一出门就蹲在路边吐了。

陆濯被吓坏了,赶紧过去帮忙捞起她的头发,她脸色惨白,额头汗涔涔的。

"怎么了?吃坏东西了,还是……"

"没事……帮我买瓶水吧。"

陆濯细心地替她将头发拂至耳后,又接了她的包,他刚要走,她带着几分晃悠地站了起来,"算了,我自己去,还得买别的东西。"

陆濯忙将她手臂一扶,"我一块儿买不就得了。"

她看他一眼,"我要买卫生巾。"

陆濯愣了一下,这才反应过来:"你肚子疼?"

"嗯。"

"你先去车上歇着,凉快一些。"

陆濯扶着她到了车边,掏钥匙解锁,拉开车门,待她上了车,他递过车钥匙,"……你平常,用什么品牌的?"

他摸了摸鼻尖。

伍清舒一眼看出他的不自在,"……随便都行,应急用用。"

陆濯点点头:"那你等我一会儿。"

这附近不至于过分荒凉,走几步路便有超市。陆濯去了十来分钟,提着一只黑色袋子回来,手里还拿着一盒布洛芬,"不知道有没有用?你试试吧。"

"谢谢。"

他递过黑色袋子,"……问了一下超市老板,她推荐的绵柔,超薄……说比较透气。"他似乎在努力让这番话的语气显得平淡。

伍清舒没忍住扬了一下嘴角,"谢谢。"她拿水漱过口,吃了药,回印厂借用了洗手间。万幸今天穿的黑裙子。

回到车上,陆濯问她:"好些了吗?"

布洛芬生效没那么快,但她说:"嗯。"

回去路上,陆濯看她,欲言又止。

"你想说什么直接说。"

陆濯顿了一下,平静地问:"你有男朋友,是吧?"

"算不上。"

"上回送你回家,等在你家小区门口的那个人……"

伍清舒恹恹的,"我知道你说的是他。算不上。"

"那你们是……"

"这好像跟你没有什么关系。"

陆濯微微抿唇,不再说话了。

"抱歉。"过了会儿,伍清舒出声,"我不想聊他。"

04

叶青棠生日的隔天,伍清舒感冒了,到中午有点发烧。她交代了工作,原本准备一个人静悄悄地回去,但陆濯发现了,说什么也要送她。

送到了楼下,她让陆濯回去,他不肯,泊了车直接过来绕到副驾,打开门,捉着她的手臂将她一提。换平常她该骂人了,但今天实在没力气。而且他皮肤微凉,挨着他自己的热气好像也消退了两分。

陆濯扶着她上了楼,又是买药又是烧水,她服了药,晕晕乎乎地躺在沙发上,说想吃冰激凌。

"等你好了再吃。"

她好像觉得委屈,眉头紧皱,他摸摸她的额头,"我去给你买点水果。"

伍清舒迷迷糊糊睡着了。醒来时烧应当是退了,但四肢力气耗空。她睁眼,看见的是陆濯坐在地毯上的背影,他穿着一件深蓝色的T恤,肩膀平阔,他有种年轻男人的清瘦,但并不显得瘦弱。

她没出声,是因为懒。

而没一会儿,陆濯便转过头来,可能是用来确认她状况的习惯性动作。看见她睁着眼,他顿了下。"醒了?"他把手背探过去,传来温度相差无几的触感,"烧好像退了。"

"我想去洗个澡。"伍清舒爬起来,洗了个热水澡,换了一身干净居家服,重新回到客厅里。

陆濯递来一个插着吸管的椰子,"不太冰,你试试。"

她接过来抱在手里,吸了一口,清甜清爽,好像瞬间没那么难受了。

"你还不回去吗?"伍清舒放下椰子,淡淡地问。

"赶我走吗?"他笑着说,"好歹我也是照顾你的功臣。"

"我想再陪你待会儿。"他转过头,不再看她,这一句话里没什么情绪,但又好似充满了情绪。

茶几上还放着洗净的草莓和车厘子,伍清舒拈了一个草莓送进嘴里,顺手拿起了一旁的电视遥控器和PS5手柄。

陆濯看一眼,"还真是你自己玩的?"

"不然你以为?"

"我以为是不算你男朋友的那人玩的。"

"他不玩这些东西。"伍清舒等主机启动,淡淡地说,"他玩吉他、键盘……和女人。"

陆濯倏然转头看她。她脸上没什么表情。

一下午,伍清舒打游戏,他陪着闲聊,没什么主题,也不深入聊什么话题。遇到卡关,他就会接过手柄替她玩一会儿,过了关再还给她。

快到傍晚的时候,叶青棠过来了一趟。而让陆濯没想到的是,他将走时,那人也来了。

叶青棠叫那人"方绍"。

他那回送伍清舒回家时远远地看过那人一眼,不大分明,现在面对面观察,只觉得他的气质阴郁又浑浊,分明留的是寸头,长相却有种偏于中性的俊美。

是和他截然不同的类型。

陆濯走时不免有些不忿,但没有表露出来:他将伍清舒照顾好了,姓方的这时候跑来,跟捡成果一样。不过他更多是一种无力感,因为叶青棠告诉他,这人是伍清舒的初恋,纠纠缠缠的前前男友和前男友。

他那时候心里想的是:啊,好麻烦,要竞争啊。但生平第一次,他没想放弃。也是他生平第一次,已经投入了五分,却还想将剩余的努力也一把投入。

05

以陆濯这样的性格，他自然从小没跟人打过架。

他懒得跟人计较，有时候遇到矛盾宁愿回避，真伤害到了自己的利益，他会用头脑、用迂回的方式讨回来，但绝对不会跟人动手。

那时候已经是书展结束后了，暑假他有几个高中同学从别的城市回来，大家组了个局去酒吧喝酒。好巧不巧，那日驻唱的人就是方绍。

陆濯一晚上心情不爽，快离开那会儿达到了临界值——他去洗手间，经过走廊，恰好看到中途休息的方绍正跟一个穿着暴露的女人搂在一块儿。

他自洗手间出来，看了一眼，忽喊："伍清舒！"

方绍霍然松开了那女人，抬起头来，朝声源处瞧过来。

倘若方绍不抬头，陆濯兴许还不见得这样生气。啤酒让他丢失理智，几乎没多想，提拳便照着方绍的鼻子挥过去。

那女人被吓得尖叫。

方绍大抵觉得理亏，骂了几句，但没还手，他按着鼻子仰头，指缝里鲜血渗出。

陆濯大口喘气，这一拳并不叫他觉得痛快。他甚至一句狠话都说不出，因为没立场，也不觉得言辞对这人有用。

然后他回家，倒头就睡。黑暗里电话声响起，他摸过来费力睁眼，是"清舒"两个字。

隔着电话，伍清舒的声音更有一种无机质感的清冷，"方绍说，你把他打了。"

陆濯嗤笑一声："他找你告状？我都还没跟你告状。"

"……陆濯，你不必管我的事。"

"我只是不懂。这种烂人值得你抓着不放？"

"因为你不了解我。我也没有多好。"

"是吗?你不好在哪儿?你也出去乱搞?你也跟人纠缠不清,不给名分不谈未来?"

那边沉默了。

"我是挺不想管你的,如果我能的话,可是有什么办法……我喜欢你。"

"……你喝醉了。"

"这不是你会说的话,你应该说你也配。"

"陆濯……"

陆濯自嘲一笑:"对自己好点儿吧伍清舒。有的人连伤害你一根手指都不舍得,你却任由你自己被其他人践踏。"

那边又是沉默。

"……我确实喝醉了。准备睡觉了,你早点休息吧。"

他挂了电话,继续睡觉。

再度被吵醒时,看时间已是四十分钟之后了。

伍清舒说:"我在你家楼下,你出来一下。"

陆濯霍然坐起身,然而另外一种情绪又使他暂且按捺不动,"我妈在家,半夜我出门会被骂。"

"随便你吧,我等你十分钟,不下来我就走了。"

陆濯一分钟也没让她等。他随意抓了件T恤套上,出门时主卧的梁素枝被吵醒,恼怒地问他大半夜的做什么,他没应声,拿了钥匙摔上门直接走了。

伍清舒站在树影下,像是一道幽灵。他走过去,她抬眼,递过来一瓶冰水。

"你想说什么?"陆濯捏着水瓶没打开,那冰凉的温度好像能使他冷静。

伍清舒抬眼看着他,和平日无二的目光,像是轻雪,"谢谢。"

"我不想听这个。"

"那你想听什么？"

陆濯嘴角紧抿。

伍清舒轻声说："……他是一个烂人，但他是……第一个为我打架的人——打我继母和前夫所生的偷窥我洗澡的弟弟，打琴行揩油的老板，打学校那些造谣说我一晚三百块的男生。"

陆濯心口发堵，"别拿我和他比。我不想为你动了手，还只是'第二个'。"

"没有。"伍清舒摇头，"我只是想说，从十六岁起，我就跟他纠缠在一起。我们拥有对方所有的第一次，甚至曾经差点就领了证。好像血肉连着骨头，我不知道怎么把它们分开。"

"哪怕他现在这样羞辱你？"

伍清舒抿住唇，"……长痛和短痛，你会选哪一样？"

"我都不选。"陆濯语气很坚决，"我希望让你快乐。"

"你好自负。我自己都不知道怎样才会快乐。"伍清舒转过目光，看着夜色里不知道的哪一处，"……不过还是谢谢你。"

"你说谢谢，不如说试试。"陆濯走近一步。

伍清舒没有应声。

他又靠近一步，犹疑地去捉她的手。指掌相触，她能感觉到他手心的薄汗，以及不知该不该捉紧她的动作，他或许都没谈过恋爱吧，牵个手都能紧张成这样。

伍清舒绷住脸，一下抽开了手，退开后，冷淡地说："抱歉。"

06

自"醉后"表白之后，陆濯对待伍清舒便从假装若无其事变成了明目张胆。

上班时，会经过她办公桌前随意地放下一盒水果；她吃个中饭的工夫，桌上便多出来一张展览票；闲来无事时也常来办公室，非要她给他找点事做；游戏大号等级太高，就开了个小号跟她双排，一路带着她升级，某天出了新皮肤，她为感谢顺手送了他一个，之后一周他把把秒锁那个英雄，只为了穿她送的皮肤。

秋天开学以后，陆濯开始写论文，他把办公室当学校图书馆，时时跑过来，光明正大地摸鱼做他的开题报告。

有时候伍清舒做一个东西忘了时间，等回过神的时候办公室里就只剩下她与陆濯，陆濯觉察到她的动静，便会转过头来询问她是不是准备走了，然后合上自己的笔记本。

陆濯开的车是他家里淘换下来的一辆旧车，他是个对机械产品无甚兴趣的人，给他一辆随便怎样的破车他都能开。

但他所有的东西，不管新的旧的，都会收拾得特别干净，球鞋、背包或者车，都是如此。

所以伍清舒愿意坐他的车，车厢里清清爽爽无任何异味。有时候他起得早，还会"顺道"过来接她去上班。

秋日的早晨微冷，他在T恤外面套一件运动外套，等在车门外，在她过来时，递过热腾腾的豆浆。

伍清舒不是没有表达过拒绝的意思，但似乎只要她不拿出要跟他绝交的决绝态度，他就会丝毫不受影响地继续慢慢吞吞地跟她耗下去。

07

深秋那会儿，方绍住院了。那天伍清舒收到他的微信，他说他要做一个手术。直到下班时，伍清舒都没回复他。

方绍又发来一条：*清舒，我想见见你。*

隔天上午，伍清舒处理完工作上的事，往医院去了一趟。方绍的手术排期在后天，他那床就他一个人，无人陪护。

伍清舒冷淡地说："你的那些莺莺燕燕呢？"

"……我没通知其他人。"

"怕她们见不得你这副模样？"伍清舒的语气更冷了，"这种时候才会想到我是吗？"

方绍看了她好久，叹了声气："我说了我只想见见你。"

"不是什么要死的病，别煽情了。"她翻他床头病历卡，垂落的目光里几无情绪。

手术当天，伍清舒还是又去了一趟。

方绍自己联系医院找了个护工，倒是用不着她随时陪护。术后恢复期的这人虚弱地躺在床上，对她流露出的情绪都是脆弱的，她好像难得又再见到了高中时期的那个方绍，凶狠和脆弱的一体两面，和她一样。只是，她好像累得再没有任何情绪波动了。

方绍出院的前一晚，伍清舒安安静静地坐在病床前的椅子上替他削一个苹果。

方绍看着她，轻声说："清舒，我们从头开始吧。"

伍清舒手里动作没停，无波无澜地削完了那个苹果，皮都没断一下。她将削好的苹果拿张纸巾垫着，放在床边柜子上，轻声地问："这是你第几次说这句话了？"

方绍张了张口，没能出声。

"不管是你第几次说，这都是我最后一次听了。"伍清舒擦干净手，站起身，她侧低下头，两手伸到颈后，解下了脖子上的银链，随即将它轻轻地放在了苹果的旁边。

方绍望过去，所有的话都哽住——那上面是读大一那会儿，他给她买的，那时候他说，等过几年把银链上的银戒吊坠换成铂金钻石的。这话伍清舒一直记得，直到他好像故意地忘了，这承诺便下落不明地过了期。

"自己保重吧。"伍清舒朝门口走去,"再见。"

"……清舒。"

门在她背后阖上,关掉了从里头传来的最后一声呼唤。她穿过走廊时没有回头。

她打了个车回家,刚走进小区门口,就接到了陆濯的电话,问她:"你在家吗?"

"……刚到家,怎么了?"

"是我去得不凑巧吗,怎么这两回到工作室你都不在。"

他平和的声音里有种温暖的质地,让她站在夜色里无端地觉得心口微痛,"……可能刚好我外出了,有事吗?"

"没什么事……同学家开了家蛋糕店,我支持生意买了两份布朗尼,你吃吗?我就在你小区门口。"

伍清舒轻吸一口气,"你找地方停车吧,我在小区门口等你。"

几分钟后,陆濯出现了。

伍清舒从里头按按钮帮他开了门,他穿过闸门后的第一句话是:"你怎么了?"

"……什么怎么。"

"心情不好吗?"

伍清舒没作声。

他犹豫了一下,一把抓住了她的手腕,将她带到自己跟前,低头看她,"方绍又找你了?"

"没有,先进去吧,你堵门口了。"

上楼进屋,伍清舒放了包,去拆陆濯带过来的甜点。

她站在餐桌前,舀了一小勺送进嘴里,巧克力先苦后甜,后续栗子和砂糖带来的甜味像个高浓度炸弹在她口腔里爆炸。她好像耐受不了，放下勺子的同时，眼泪也滚落下来。

陆濯一下慌了，却没多余试探，直接从背后一把将她抱住。

她手掌撑在餐桌边缘，陆濯低头挨近她的侧脸，低声问："能告诉我吗，怎么了？"

"九年……"她轻声说，"结束了。"

她说那是血肉和骨骼相连，切分有多痛苦，他无法说"那可以想象"，他想象不了没经历过的事，而正在经历的是心口闷痛，因为她在哭，而他不知道怎么安慰，除了沉默。

她肩膀发抖，哭声压抑，他伸手掰开了她紧扣在桌沿上的那只手，让她转过身来，然后将她紧紧搂入怀里。她的眼泪浸湿了他胸前的衣服，如果这是海洋，他愿意跟她一起溺亡。

08

第二天，陆濯一早就去了工作室。

伍清舒面色如常地来上班，神色平静得仿佛昨晚的伤心未曾发生过一样。但他也敏锐地觉察到，她身上郁郁寡欢的特质似乎消散了几分，人也变得轻松了许多——长痛和短痛真的那么难选吗，好像也不见得。

年末临近新一届书展开幕的时候，一切都又忙了起来。

29号那天晚上，陆濯在场馆里帮忙布展，他站在人字梯上张贴海报，伍清舒在下方递无痕胶。

"后天什么安排？"他问。

"没什么安排，在家打游戏。"

"加我一个？我把手柄带过去。"

"随便你，你乐意吃外卖的话。"

陆濯笑了一下。

年末的最后一天,陆濯照旧陪着伍清舒在场馆里忙碌。

将下班时,伍清舒过来对他说:"晚上出去吃饭。青棠订的位,她去不了了。"

"怎么去不了?"

"我怎么知道,问你哥去。"

五点半,两人准备离开。伍清舒被叶青棠拉到一旁,两人嘀咕了两句。

陆濯觉察到伍清舒在看他,一副好似怕被他听到的警觉。

出门时,陆濯问:"棠姐跟你说什么了?"

"……反正跟你无关。"

陆濯笑着说:"我也没觉得跟我有关。"

"还真跟你有关。"伍清舒看他,"……不过我不会告诉你。"

叶青棠订的是一家西餐厅,角落有人现场演奏钢琴,氛围浪漫。

他们喝掉了半瓶葡萄酒,回去时不想叫代驾,像是怕浪费这微醺的特殊时刻。

伍清舒就说走走吧,走累了再说。

夜寒风大,可能是喝了酒的缘故,他俩一时倒不觉得冷。

拐过一个弯,远远便看见了已经亮灯的南城大厦,滚动的字阵,显示着流光溢彩的"新年快乐"。

两人就站在路边遥望,一时间谁也没动。

"你有什么新年愿望吗?"伍清舒两手揣在黑色羊绒大衣的口袋里,因为冷而稍稍地缩着肩膀。

"你说新的一年,还是说现在?"

"有什么区别吗?"伍清舒转头看他。

年轻人好像不怕冷,毛衣外面只一件料子硬质的黑色风衣,头发被风吹乱了,衬着那一张经久耐看的脸,更像是杂志里街拍的人。

"有啊。"陆濯笑着说,"新一年的愿望,是跟你在一起。"

"那现在呢？"

"现在……"

陆濯的目光自那亮灯的大楼上移开，随即转头落在她的脸上，他停住片刻，用低低的声音说着："……现在，我很想吻你。"

伍清舒顿了一下，"那你为什么不过来。"

陆濯愣住了。伍清舒两步走到他跟前，伸出大衣口袋里的两只手，轻轻搭在他肩膀上，踮脚，轻碰了一下他的嘴唇。

陆濯瞳孔持续放大，看见她后脚跟落回地面，一步又退远了。他想也没想，伸手一把抓住她的手臂拽回来，随即两臂搂住她的腰，低头又吻向她。

冻僵的是她，还是他自己，他说不清，只觉得是没有知觉的，毫无实感。直到他听见她叹了声气。温暖带来另一种失真感，他笨拙得甚至不知道怎么回应，整个人是眩晕的。

片刻，伍清舒退开一步，朝街边招手，他才后知后觉地回过味来。

上了出租车后座，在黑暗里，他终于拿回主动权，他一手捧着她的侧脸，一手捉住了她要去推开他的两只手，按在自己胸口。直到谁都喘不上来气，他才退开。

她好像生气了："这是车上！"

他笑，下巴抵在她肩头，低声说："姐姐你摸一下我的耳朵，是不是好烫。"伍清舒的手也热起来了，手指捏住他的耳垂，像是火星与火星的接触。

他一贯很排斥叫她"清舒姐"，这个时候突然叫"姐姐"，谁都知道是故意的。后半程他一直抱着她，是那种像是怕她会化为一缕烟就消失了一样的拥抱。

车到了小区门口，下车以后，伍清舒说："你去趟便利店。"

"你需要什么？"

伍清舒看他，"……这个也要问我吗？你喜欢什么就买什么啊。"

陆濯一下愣住了，半晌才反应过来："……我有个问题。"

"嗯？"

"我现在是你……男朋友？"

"你不愿意？"

陆濯笑了一下，而后摸了一下鼻尖，"……是不是太快。"

"你不想要就算了。回去打游戏吧。"

陆濯当下就有点进退两难，最后心想，有备无患，万一呢。

自诩什么场面没见过的陆濯，在将镭射包装的盒子放到收银台上时，还是觉得有些不自在，好在他还不至于掩耳盗铃地再拿一盒口香糖。

伍清舒还站在原地，似乎已冷得不行，不住跺脚。他走到面前之后，她便转身飞快往里走，他两步跟上前，很是强硬地将她的一只手从口袋里拽出来，握在自己手中。

伍清舒抛给他一个"你好麻烦"的眼神，但是没将他甩开。

家里空调和油汀（充油取暖器）都开上了，伍清舒说要先去冲个热水澡，脚太冷了。

陆濯坐在沙发上，听里头水声哗哗，有种如坐针毡之感。

过了快二十分钟，伍清舒才从浴室出来，脸已让热气熏得发红，她问："你要洗澡吗？"

"……嗯。"

"那趁现在。不然水要再放一会儿才热。"

陆濯觉得自己今晚特别逊，好像每一步都是被人推着在往前走。他还是觉得太快，这不是他一开始预期的节奏，自己需要冷静一下。

等他洗完澡出来，伍清舒正裹着绒毯坐在沙发上，PS5主机已经打开了，她没在过主线任务，正在操纵着角色打猎看风景。

他在她身旁坐下，她脑袋很自然地靠过来，靠在他肩膀上。

沐浴露是一股甜香的味道，和她的气质截然相反，陆濯意识到，刚刚自己的"冷静一下"其实也并没有什么用。

好在，伍清舒并无下一步的举动，仍旧漫无目的地玩着游戏。时间被拉长了一样缓慢。

最后，还是陆濯在这场比拼耐心的漫长拉锯战里败下阵来。

他伸手去拿她手里的游戏手柄，她只顿了一下，没做任何反抗地让他拿走了。他躬身将手柄放在茶几上，身体往后靠时，偏过头，低头便吻住她。

不必过分高估自己的理智，陆濯很快就认识到，后续的发展顺理成章得根本由不得理智思考。直到触及伍清舒微微发颤起了鸡皮疙瘩的皮肤时，他才知道，她也没有她表现的那样冷静。

陆濯在黑暗里亲吻她湿漉漉的眼睛。在重要时刻他从来不喊她"姐姐"，他喊她"清舒"，他说："我好喜欢你。"

好孩子气的措辞，但她不知道为什么想要落泪。

入睡之前，伍清舒伸手抱住他。他已经睡着，呼吸沉缓。

她于是轻声说："我也好喜欢你。"

09

过年的时候，挨不住陆濯的一再请求，伍清舒答应让他去拜访她外婆。

初一那年，伍清舒妈妈去世，父亲不到三个月就另娶他人。继母是个很不好相与的人，她带过来的那个儿子更是个小王八蛋。

高一那年，小王八蛋偷看她洗澡，她跟父亲告发，继母反过来对伍父说，自己的儿子才读初二，那么小懂什么，反倒是你闺女，天天穿得花枝招展的是给谁看，你这个当爹的不好好管教，也不怕跟不三不四的人学坏了。

那之后,伍清舒就开始住校,逢年过节也不爱回家,只去外婆那儿。

外婆耳朵不大灵光了,伍清舒给她买了助听器,她不爱用,又常常忘了充电,说听不见就听不见吧,安静点儿也没什么不好。

好在外婆身体健康,腿脚利索,在老房子的一楼打理着一阳台的花花草草,每天的早晚都要去公园散步。

外婆很喜欢陆濯,觉得他清清爽爽的,又有教养,待人还平易。

在厨房里,外婆小声对伍清舒说:"你和小方断了也好。你本来就受了那么多苦,跟着小方还得受苦。过几年外婆去了,没人照顾你,你怎么办。还是得找个值得托付的人,未来才有指靠。"

因为听不大清楚,外婆对于声量的把控也不准,她以为的小声,实则让坐在客厅里的陆濯听得一清二楚。

伍清舒帮忙择菜,只是听着,没搭腔。

她从来不把爱情作为自己的"指靠"。至于陆濯,她很清楚,他们一样也没有未来。

临走时,外婆给陆濯封了一封红包,陆濯不肯接,伍清舒说:"你收着吧,她的心意。"

陆濯便收了。

外婆笑着说:"小陆,麻烦多多照顾我们清舒。"

陆濯郑重地说:"我一定会的。"

10

开年后,伍清舒让陆濯专心忙论文,说工作室那边不必去了,因为新招了几个人,没再那样忙了。

大四下学期学校管得就更松了,陆濯几乎不回宿舍,大部分时间都待在伍清舒那里。他白天会去市图书馆,找个靠窗的位置认认真真写论文,好空出晚上的时间陪女朋友。

他们一块儿双排,或者玩主机游戏的双人模式;有时候晚上一起趿着人字拖下楼,去街边买一把烤串;新电影上映,半夜出门赶零点场,回家时路上寥寥几人,他喜欢在空旷的大街上亲她。

之后,陆濯拿到了大学的 offer,紧接着开始准备毕业论文答辩。那一阵为了方便进校园网,陆濯住回了宿舍。

陆濯毕业典礼那会儿,也是书展筹备工作的白热化阶段。不过伍清舒还是带了花去祝贺他。陆濯牵着她去跟几个室友打招呼。

他有个室友带了单反相机,说要不给他俩拍张照。

伍清舒立即挡脸,"不要。我不上镜。"

陆濯搂着她的肩膀,笑着说:"你还不上镜?拍一张嘛,就一张?自拍也行。"

"我说了不要。"伍清舒很坚决。陆濯愣了下,却没再勉强。

等隔天办完离校手续,宿舍里的东西都搬回家之后,陆濯去找伍清舒。她还在南城美术馆,指挥着今年新招的策展人帮忙布展。等到结束,陆濯送伍清舒回去。

一路上,伍清舒沉默极了。陆濯隐隐不安,很快墨菲定律得以证实。

车停在小区门口,她没有立即下车,坐在副驾上,很冷静地说:"我们分手吧。"

虽有预料,陆濯的心还是一沉:"……就因为我要出国?"

"我接受不了异地。"

"我有假期就回来。"

"两年时间,没你说的这样轻巧。"

陆濯很想笑一下,但实在很难成功,"……这一回,长痛和短痛你倒是毫不犹豫地选了短痛。"

伍清舒垂着眼,"你想怎样以为都可以。"

"……那你当初为什么答应我,你也不是及时行乐的性格。"

"别追问了吧,这样没意义。即便不分手又怎样,我们也没有未来。你想过吗,到时候你回国我都多少岁了。"

"这么俗不像你。"

"不要自认为很了解我。"

陆濯仰头,轻声叹了口气,"……你不愿意相信我吗?"

"我是不相信我自己。不能时时见面我很容易变心的。"

"……但你跟方绍在一起了九年。"

"你一定要提他吗?当初是你说的,你不想和他比。"伍清舒声音更清冷,"……就这样吧,我们一直都挺好的,不要结束的时候闹得这样难看。"

她伸手要去拉门,陆濯按了一下,将门落锁。

她看过来,目光里没有任何情绪,"陆濯。"僵持了许久,陆濯还是将门解锁。她拉开车门下去,不曾再看他一眼。

到家后,伍清舒将自己摔在床上。枕头边摆着一只可达鸭,是他们出去玩的时候,陆濯从娃娃机里夹出来的。她抬头看了片刻,将其拿了过来,可达鸭抱着头,头痛极了的模样。

11

工作让伍清舒忙得晕头转向,没空考虑其他。

开展第三日中午,伍清舒和叶青棠买了咖啡回来,却发现休息室里多了一个人。

多日不见的陆濯,穿着一件灰色T恤,垂眸坐在那里。

他抬头看了她一眼,站起身,二话没说夺了她手里的咖啡,搁在桌上,将她手腕一抓,强势地往外带,"我们聊聊。"

"……谁要跟你聊。"她被他的力量拽得身不由己。

陆灈的车停在后门停车场，应当还没停多久，车内还有稀薄的冷气。

他将她塞进车里，落了锁，回驾驶座，一言不发地将车驶出去。

车内响起"嘀嘀嘀"的提示音，他看她一眼，"你系一下安全带。"

伍清舒气急败坏地拉出安全带扣上，"你到底想做什么？"

陆灈不回答她。车是往她家所在的方向开的。

到了小区门口，陆灈找地方停了车，要上楼去她家里。

"你能不能别闹，我还得回去工作。"

"我还有东西在你那儿，收拾完我就走。"

伍清舒气急，但没话说。

进门之后，陆灈拿起遥控器和手柄，打开了 PS5。

伍清舒没好气地开口："我没空陪你玩游戏。"

"你主线预计还有三个小时。"陆灈不为所动，"打完吧。不然我总是放不下这事儿。"

伍清舒：……

陆灈将手柄递给她，"打完，收拾完东西我就走，绝对不再缠着你。我不喜欢事情不能有始有终。"

伍清舒没了脾气。她心烦意乱，却还是接过手柄，坐了下来。

载入游戏进度，第一个任务她就没过去，她烦躁地将手柄一扔，陆灈却拿了起来，重试检查点。

他似乎真的要摆出今天一定要把剩余进度打完的架势。

伍清舒的心情已经变作了无可奈何，她没心思自己打，就坐在一旁，看着陆灈接任务、完成任务、过主线剧情……

她从来没有经历过这样漫长的三个半小时。

终于，最后一个任务完成，故事迎来大结局。

陆灈将手柄一扔，似觉疲累地叹声气，身体往后靠去。屏幕上在自动播放大结局的剧情。她心乱如麻，没有任何心情观看。直到剧情结束，音乐声中开始滚动制作人员的名单，陆灈终于开口："你帮我收东西吧。"

"……我收？"

"你收，是你要分手的，你来收。"

伍清舒轻咬了一下嘴唇，站起身来。她翻出一个装过书的纸盒，丢在卧室地板上，随后打开衣柜门，将里面陆濯的 T 恤、运动裤、外套、袜子……一样一样取出来叠好，丢进去。

衣柜收完，她再去浴室，收好他的牙刷、洗面奶和剃须刀。

每收一样，她的心脏就好似空了一分。

直至最后，一眼扫去，整个空间里再也没留下陆濯住过的痕迹。

而陆濯却走了过去，拿过了枕边的那只可达鸭。

她脱口而出："……这是你送我的。"

陆濯拿着公仔，看着她："你想留着？"

"……随意。你拿走就拿走吧。"伍清舒别过脸。

陆濯走到了她面前，将可达鸭丢进了纸箱里，然后说："还有。"

"……还有什么？"

"抽屉里的套。"

伍清舒走过去，用力地拉开了抽屉，将那个纸盒拿出来，直接朝他身上扔去。陆濯没有躲，纸盒"啪"的一声落地，他走过来，捉住她的手腕，低头看着她水雾弥漫的眼睛，"……我还以为你真的不在乎。"

伍清舒只是深深吸气。

"你看，你一直处于主动。由你开始，也由你结束，什么事情都是你一句话说了算。我只是让你做分手时应该做的事情，你就好像受不了了。这么痛苦的话，又为什么一定要跟我分手呢？"

他声音渐低，因为不想看她落泪的样子，所以最后一个字是落到她的嘴唇上的，她气得张口咬了陆濯，他也不放开。于是她的手垂落下去，终于放弃了所有抵抗。

他这才退开，嘴唇上破口的地方还在渗血，他一手伸进裤子口袋里，另一只手去捉她的手，哑声说："……反正你一直口是心非，我也不想在乎你的意见了。"

他把裤子口袋里的手拿出来，伍清舒一时睁大了眼睛。他什么也不问，直接就将那个闪着光的钻戒，往她中指上套。伍清舒用力地想抽回手，但他攥得死紧。

"……你干吗？你有病吗？"她直接慌了。

"你怕什么？"那戒指就这么稳稳当当地套上去了。

他紧接着便攥住了她的手，连摘下来的余地也不给她，他深深呼了一口气，头低下来，下巴抵在她肩膀上，低声说："清舒。"

伍清舒挣扎的动作放缓。

"……我一直是个很懒散的人，付出五分努力，获得七八分回报就觉得足够了。只有你，我想付出一百分去努力争取，哪怕你只回报给我一分。不用你辛苦，我会努力读书，回来努力找工作，努力挣钱。"

伍清舒本来还有一番道理要说，现在却一个字都说不出了。

他抓起她的手，拿她的手指去轻碰他的嘴唇，她竟觉得这个痴迷又虔诚的吻是有痛觉的。

他偏过头，注视着她流泪的眼睛，碰一下她的唇，"答应我好不好？"

"不要。"

"答应我。"

"不要。"

"答应我。"

"不要不要不要……"

声音被吻堵住，如狂风遇火顷刻燎原。

天黑了下来，陆濯又开始问："答应我吗？"

"……都说了不要。"

他笑着说："我不管，你要不答应，我就一直亲到你答应为止。"

"……有病。"

他没有再阻止她，如果她想，她随时可以把戒指摘下来。但她没有。那枚银戒最终没能兑现一个过期承诺，可有人直接把承诺铸造成钻石戴在她的手指上。

陆濯说，那是他用实习、接外包攒下的钱买的，可能克数不大，但已是他目前全部的身家。

"你的身家够小的。"伍清舒笑着嘲了他一句，"还不够我买个包的。"

"是。这下我可是一无所有了，姐姐还不负责？"陆濯笑着说。

"好了，负责。"她转头亲了他一下。

之前点了份外卖，现在饥肠辘辘的两人准备去吃东西。

伍清舒站在餐桌前解外卖的袋子，陆濯从身后靠过来，低头轻吻她的耳朵，"清舒。"

"嗯？"

"我爱你。"

塑料袋还在发出窸窣的声响。陆濯以为自己不会得到回应，直到听见她轻声说："我爱你。"

12

陆濯回国那天天气糟透了。伍清舒开车去接他，回来时在高架下堵成一片。似乎是前方出了事故，得等交管部门派人去挪车，也不知几时能疏通。雨水将街景模糊成一片，雨刮器卖力地工作着，车载广播里在播听不懂的慢情歌。

伍清舒手臂撑住中间的收纳盒，探过身体与陆濯接一个等待好久以后终得实现的吻，漫长得让她愿意耗尽余生。

好似他们的爱情本身。

〈番外完〉

图书在版编目（CIP）数据

野棠 / 明开夜合著.
—武汉：长江出版社，2023.4
ISBN 978-7-5492-8721-5
Ⅰ.①野… Ⅱ.①明… Ⅲ.①长篇小说—中国—当代
Ⅳ.①I247.5
中国版本图书馆CIP数据核字(2023)第032670号

本书经明开夜合授权同意，由北京晋江原创网络科技有限公司委托天津漫娱图书有限公司正式授权长江出版社，在中国大陆地区独家出版中文简体版本。未经书面同意，不得以任何形式转载和使用。

野棠 / 明开夜合 著

出　　版	长江出版社			
	（武汉市解放大道1863号　邮政编码：430010）			
选题策划	漫娱图书　买嘉欣			
市场发行	长江出版社发行部			
网　　址	http://www.cjpress.com.cn			
责任编辑	张艳艳			
特约编辑	郭昕　龚伊勤			
总 策 划	ZOO工作室	开本	889mm×1230mm　1/32
装帧设计	吴彦　罗琼	印张	9.25
印　　刷	深圳市精彩印联合印务有限公司	字数	254千字
版　　次	2023年4月第1版	书号	ISBN 978-7-5492-8721-5
印　　次	2023年4月第1次印刷	定价	48.00元

版权所有，翻版必究。如有质量问题，请联系本社退换。
电话：027-82926557(总编室)　027-82926806（市场营销部）